MORTE NA MESOPOTÂMIA

Use aqui seu leitor de QR Code
e assista a um vídeo exclusivo.

Agatha Christie
(1890-1976)

Agatha Christie é a autora mais publicada de todos os tempos, superada apenas por Shakespeare e pela Bíblia. Em uma carreira que durou mais de cinquenta anos, escreveu 66 romances de mistério, 163 contos, dezenove peças, uma série de poemas, dois livros autobiográficos, além de seis romances sob o pseudônimo de Mary Westmacott. Dois dos personagens que criou, o engenhoso detetive belga Hercule Poirot e a irrepreensível e implacável Miss Jane Marple, tornaram-se mundialmente famosos. Os livros da autora venderam mais de dois bilhões de exemplares em inglês, e sua obra foi traduzida para mais de cinquenta línguas. Grande parte da sua produção literária foi adaptada com sucesso para o teatro, o cinema e a tevê. *A ratoeira*, de sua autoria, é a peça que mais tempo ficou em cartaz, desde sua estreia, em Londres, em 1952. A autora colecionou diversos prêmios ainda em vida, e sua obra conquistou uma imensa legião de fãs. Ela é a única escritora de mistério a alcançar também fama internacional como dramaturga e foi a primeira pessoa a ser homenageada com o Grandmaster Award, em 1954, concedido pela prestigiosa associação Mystery Writers of America. Em 1971, recebeu o título de Dama da Ordem do Império Britânico.

Agatha Mary Clarissa Miller nasceu em 15 de setembro de 1890 em Torquay, Inglaterra. Seu pai, Frederick, era um americano extrovertido que trabalhava como corretor da Bolsa, e sua mãe, Clara, era uma inglesa tímida. Agatha, a caçula de três irmãos, estudou basicamente em casa, com tutores. Também teve aulas de canto e piano, mas devido ao temperamento introvertido não seguiu carreira artística. O pai de Agatha morreu quando ela tinha onze anos, o que a aproximou da mãe, com quem fez várias viagens. A paixão por conhecer o mundo acompanharia a escritora até o final da vida.

Em 1912, Agatha conheceu Archibald Christie, seu primeiro esposo, um aviador. Eles se casaram na véspera do Natal de 1914 e tiveram uma única filha, Rosalind, em 1919. A carreira literária de Agatha – uma fã dos livros de suspense do escritor inglês Graham Greene – começou depois que sua irmã a desafiou a escrever um romance. Passaram-se alguns anos até que o primeiro livro da escritora fosse publicado. *O misterioso caso de Styles* (1920), escrito próximo ao fim da Primeira Guerra Mundial, teve uma boa acolhida da crítica. Nesse romance aconteceu a primeira aparição de Hercule Poirot, o detetive que estava destinado a se tornar o personagem mais popular da ficção policial desde Sherlock Holmes. Protagonista de 33 romances e mais de cinquenta contos da autora, o detetive belga foi o único personagem a ter o obituário publicado pelo *The New York Times*.

Em 1926, dois acontecimentos marcaram a vida de Agatha Christie: a sua mãe morreu, e Archie a deixou por outra mulher. É dessa época também um dos fatos mais nebulosos da biografia da autora: logo depois da separação, ela ficou desaparecida durante onze dias. Entre as hipóteses figuram um surto de amnésia, um choque nervoso e até uma grande jogada publicitária.

Também em 1926, a autora escreveu sua obra-prima, *O assassinato de Roger Ackroyd*. Este foi seu primeiro livro a ser adaptado para o teatro – sob o nome *Álibi* – e a fazer um estrondoso sucesso nos teatros ingleses. Em 1927, Miss Marple estreou como personagem no conto "The Tuesday Night Club".

Em uma de suas viagens ao Oriente Médio, Agatha conheceu o arqueólogo Max Mallowan, com quem se casou em 1930. A escritora passou a acompanhar o marido em expedições arqueológicas e nessas viagens colheu material para seus livros, muitas vezes ambientados em cenários exóticos. Após uma carreira de sucesso, Agatha Christie morreu em 12 de janeiro de 1976.

Dedicado a meus
muitos amigos arqueólogos
no Iraque e na Síria

Sumário

Prefácio 13
Capítulo 1 – Frontispício 15
Capítulo 2 – Apresentando Amy Leatheran 17
Capítulo 3 – Fofocas 24
Capítulo 4 – Eu chego a Hassanieh 29
Capítulo 5 – Tell Yarimjah 40
Capítulo 6 – Primeiro anoitecer 45
Capítulo 7 – O homem à janela 59
Capítulo 8 – Alerta na madrugada 69
Capítulo 9 – O relato da sra. Leidner 77
Capítulo 10 – Sábado à tarde 87
Capítulo 11 – Um caso insólito 93
Capítulo 12 – “Não acreditei...” 100
Capítulo 13 – Chega Hercule Poirot 106
Capítulo 14 – Um de nós? 117
Capítulo 15 – Poirot dá um palpite 125
Capítulo 16 – Os suspeitos 134
Capítulo 17 – A mancha no lavatório 141
Capítulo 18 – Chá no dr. Reilly 150
Capítulo 19 – Nova suspeita 163
Capítulo 20 – Srta. Johnson, sra. Mercado, sr. Reiter 173
Capítulo 21 – Sr. Mercado, Richard Carey 187

Capítulo 22 – David Emmott, padre Lavigny e uma descoberta 197
Capítulo 23 – Experiência mediúnica 211
Capítulo 24 – O assassinato é um hábito 222
Capítulo 25 – Suicídio ou homicídio? 227
Capítulo 26 – A próxima serei eu! 237
Capítulo 27 – Começo de uma jornada 244
Capítulo 28 – Fim da jornada 272
Capítulo 29 – L'Envoi 282

Prefácio

Por Giles Reilly, doutor em Medicina

Os episódios registrados nesta narrativa aconteceram por volta de quatro anos atrás. Circunstâncias exigiram, a meu ver, que um relato objetivo dos fatos viesse a público. Corriam boatos dos mais insanos e patéticos insinuando que provas relevantes haviam sido suprimidas e outros disparates do tipo. Esses falsos juízos foram ventilados em especial na mídia norte-americana.

Por motivos óbvios, era desejável que o relato não fosse escrito por um membro da equipe arqueológica, alguém que o público, com certa razão, presumiria estar imbuído de preconceitos.

Por isso, sugeri à srta. Amy Leatheran que se encarregasse da tarefa. É claro que ela é a pessoa certa: profissional ao extremo, não influenciada por ligação prévia com a expedição arqueológica da Universidade de Pittstown ao Iraque e, de quebra, uma testemunha observadora e perspicaz.

Não foi lá muito fácil persuadir a srta. Leatheran a se encarregar da tarefa – na verdade, persuadi-la foi uma das incumbências mais espinhosas da minha carreira. Mesmo depois de pronto o manuscrito, ela mostrou curiosa relutância a me deixar vê-lo. Descobri que essa hesitação devia-se em parte a alguns comentários não lisonjeiros relativos à minha filha Sheila. Logo a convenci a deixar de lado esse pudor. Afinal, garanti-lhe, hoje em dia os filhos criticam os pais por escrito aberta e publicamente; então, nada mais justo e prazeroso que os pais vejam os filhos receberem o troco! A outra objeção: a excessiva modéstia quanto a seu estilo literário. Ela me pediu para "corrigir a gramática e todo o resto". Fiz o contrário: não mexi numa vírgula sequer. A meu ver, o estilo da srta. Leatheran é enérgico, singular e perfeitamente adequado. Se ela chama Hercule Poirot de "Poirot" num parágrafo e de "sr. Poirot" no outro, essa variação é ao mesmo tempo atraente e inspiradora. Num instante ela está, por assim dizer, "recordando suas boas maneiras" (e enfermeiras são maniáticas por etiqueta); no seguinte, o interesse dela é o de um mero ser humano – sem a touca e os punhos brancos!

A única liberdade que tomei foi redigir o primeiro capítulo – com a ajuda de uma carta gentilmente cedida por uma das amigas da srta. Leatheran. A intenção é compor uma espécie de frontispício – ou seja, esboçar o perfil da narradora.

Capítulo 1

Frontispício

No saguão do Tigris Palace Hotel, em Bagdá, uma enfermeira terminava uma carta. Sua caneta-tinteiro deslizava no papel com vigor e rapidez.

> *(...) Bem, querida, acho que já contei todas as novidades. Está sendo legal conhecer um pouquinho do mundo – mas prefiro a Inglaterra toda vida, obrigada. Você não ia acreditar na sujeira e na bagunça de Bagdá – nada a ver com o romantismo das* Mil e uma noites! *Claro, à beira do rio a paisagem é bonita, mas a cidade em si é um horror – e loja decente que é bom, nada. O major Kelsey me levou para dar uma volta nos bazares. Não há como negar: mesmo antiquados, eles têm lá seu charme. Mas só vendem um monte de tralhas e nos deixam com dor de cabeça de tanto martelar artesanalmente as panelas. Eu mesma não as usaria antes de desinfetar bem. A gente tem que tomar muito cuidado com o zinabre nas panelas de cobre.*
>
> *Vou escrever e lhe manter informada sobre o emprego de que o dr. Reilly me falou. Ele disse que o tal norte-americano está em Bagdá e pode vir falar comigo hoje à tarde. É para a mulher dele... ela tem "fantasias", nas palavras do dr. Reilly. Não disse mais nada, mas claro, querida, a gente sabe o que em geral isso significa. Cá entre nós, torço para que não seja delirium tremens por excesso de álcool! Claro, o dr. Reilly não falou nada – mas me olhou de um*

jeito... Sabe o que eu quero dizer. Esse tal dr. Leidner é arqueólogo. Está escavando ruínas em algum local do deserto para um museu ianque.

Bem, querida, tenho que encerrar agora. O que me contou sobre a pequena Stubbins é mesmo de arrepiar! O que foi que a enfermeira-chefe achou disso?

Fico por aqui.
Da sempre amiga,
Amy Leatheran

Dobrou a carta, inseriu num envelope e endereçou à enfermeira Curshaw, Hospital St. Christopher, Londres.

Ao tampar a caneta, um dos meninos locais se aproximou dela.

– Um cavalheiro veio falar com a senhora. O dr. Leidner.

A enfermeira Leatheran se virou. Deparou-se com um senhor de altura mediana, ombros meio caídos, barba castanha e olhos ternos e cansados.

O dr. Leidner deparou-se com uma jovem de seus 35 anos, de porte ereto e confiante, rosto bem-humorado de olhos azuis um tanto salientes e cabelos castanhos sedosos. A enfermeira Leatheran lhe pareceu a pessoa ideal para cuidar de alguém com problema nos nervos. Bem-disposta, forte, arguta e prática.

"Não preciso procurar mais", pensou ele.

Capítulo 2

Apresentando Amy Leatheran

Não tenciono ser escritora nem saber nada da arte de escrever. Traço estas linhas só porque o dr. Reilly me pediu. Não sei explicar direito, mas quando o dr. Reilly nos pede para fazer alguma coisa, é impossível recusar.

– Mas, doutor – argumentei –, eu não faço o tipo literário... não sou nem um pouquinho literária.

– Conversa fiada! – estimulou. – Finja que está escrevendo o histórico de um paciente, se preferir.

Claro, é *possível* encarar assim.

Dr. Reilly não parou por aí. Afirmou ser mais do que necessário um relato direto e sem enfeites dos episódios acontecidos em Tell Yarimjah.

– Se uma das partes envolvidas escrevesse o texto, não seria convincente. Diriam que é tendencioso.

Claro, isso também era verdade. Participei de tudo, mas na condição de intrusa, por assim dizer.

– Por que o senhor mesmo não escreve, doutor? – indaguei.

– Eu não estava no local... você sim. Além do mais – acrescentou com um suspiro –, minha filha não ia me deixar.

O jeito com que ele se submete àquela mocinha mimada é vergonhoso. Eu cogitava dizer isso quando notei o brilho maroto no olhar dele. Isso é o pior do dr. Reilly. A gente nunca sabe quando ele está brincando ou falando sério. Sempre diz as coisas do mesmo jeito vagaroso e tristonho – mas na metade das vezes há uma pitada de bom humor por trás.

– Bem – ponderei em tom de dúvida –, acho que eu *seria capaz.*

– Claro que seria.

– Só não sei como estruturar.

– Há uma boa tradição nisso. Comece pelo começo, continue e só pare quando chegar ao fim.

– Não estou bem certa nem de onde nem de quando tudo começou – comentei, cética.

– Acredite em mim, enfermeira: a dificuldade de começar não é nada perto da dificuldade de saber a hora de parar. Pelo menos comigo é assim quando tenho que falar em público. Alguém tem que me agarrar pela gola do casaco e me fazer sentar à força.

– Ah, não brinque, doutor.

– Não podia falar mais sério. Então, o que me diz?

Outra coisa me preocupava. Vacilei por breves instantes e fui sincera:

– Sabe, doutor, tenho medo de às vezes... bem, ser um pouco *pessoal.*

– O diabo que me carregue, mulher, quanto mais pessoal melhor! Esta história trata de seres humanos, não de bonecos! Seja pessoal... seja preconceituosa... seja indelicada... seja tudo o que bem lhe aprouver! Escreva à sua maneira. Depois temos tempo para burilar os trechos caluniosos! Vá em frente. Você é uma moça de bom-senso e vai fazer um relato racional da coisa toda.

Foi assim. Prometi me esforçar ao máximo.

E aqui estou. Mas, como avisei ao doutor, é difícil saber exatamente por onde começar.

Acho que primeiro devo dizer umas palavrinhas sobre mim. Tenho 32 anos e meu nome é Amy Leatheran. Cursei enfermagem na escola do Hospital St. Christopher e trabalhei dois anos junto à maternidade. Construí um bom currículo de trabalhos particulares e por quatro anos fiz parte da equipe da Casa Geriátrica da srta. Bendix, em Devonshire Place. Fui para o Iraque com a sra. Kelsey. Cuidei dela quando ela teve bebê. Ela ia para Bagdá com o marido e já havia contratado uma moça local, que trabalhara alguns anos para uns amigos por lá. As crianças dessa família de amigos iam estudar na Inglaterra, e a moça concordara em trabalhar para a sra. Kelsey depois que elas partissem. Ainda fragilizada, a sra. Kelsey estava apreensiva quanto a empreender uma longa viagem com uma criança tão pequena. Por isso, o major Kelsey providenciou que eu a acompanhasse e cuidasse dela e do bebê. Eles pagariam minha passagem de volta, caso não encontrássemos alguém precisando de enfermeira para a viagem de retorno.

Bem, não há por que descrever os Kelsey – o bebê era uma gracinha, e a sra. Kelsey, uma simpatia, embora, às vezes, se preocupasse à toa. Desfrutei bastante a viagem. Nunca antes fizera uma longa travessia oceânica.

O dr. Reilly estava a bordo do navio. Moreno e com o rosto alongado, desfiava toda espécie de gracejo em voz baixa e tristonha. Gostava de pegar no meu pé; vivia falando as coisas mais extraordinárias para ver se eu engolia. Trabalhava como clínico num lugar chamado Hassanieh – a um dia e meio de Bagdá.

Eu já estava em Bagdá há uma semana quando por acaso nos encontramos; ele me perguntou quando eu estaria liberada do trabalho com os Kelsey. Respondi que era engraçado ele perguntar, porque casualmente a família Wright (o outro pessoal que mencionei) partiria para casa antes do previsto, e a outra enfermeira ficaria livre para se apresentar de imediato.

Explicou que escutara sobre os Wright e por isso tocara no assunto.

– Para falar a verdade, enfermeira, tenho um possível trabalho para você.

– Um paciente?

Estreitou os olhos como quem pensa no que responder.

– Acho difícil chamar de paciente. É só uma senhora que tem, vamos dizer... fantasias?

– Ah! – exclamei.

(A gente sabe o que *isso* costuma significar: bebida ou drogas!)

O dr. Reilly não deu maiores explicações. A discrição em pessoa.

– Isso mesmo – continuou. – O nome dela é sra. Leidner. O marido é americano... de origem sueca para ser mais exato. É o diretor de uma grande escavação norte-americana.

E explicou que essa expedição escavava um sítio arqueológico numa grande cidade assíria, algo parecido com Nineveh. Na verdade, a sede da expedição não ficava muito longe de Hassanieh, mas era um lugar isolado, e o dr. Leidner, há um bom tempo, andava preocupado com a saúde da mulher.

– Não entrou em detalhes, mas parece que ela tem ataques periódicos de pânico.

– Ela passa o dia todo sozinha com os nativos? – indaguei.

– Ah, não. Tem bastante gente por perto... sete ou oito pessoas. Não creio que ela costume ficar sozinha na sede. Mas o certo é que ela se deixou dominar por um estado esquisito. Muitas responsabilidades já pesam nos ombros de Leidner, mas ele é louco pela mulher e fica preocupado por vê-la assim. Pensa que vai ficar mais tranquilo sabendo que uma pessoa responsável, com conhecimento especializado, está cuidando dela de perto.

– E o que a própria sra. Leidner acha disso?

O dr. Reilly respondeu em tom sério:

– A sra. Leidner é encantadora. É raro manter a mesma opinião sobre um assunto dois dias a fio. Mas no geral aceitou bem a ideia. – E acrescentou: – Meio excêntrica. Afetuosa como ela só, mas mente até não poder mais... O fato é que Leidner acredita piamente que ela está mesmo assustada por uma razão ou outra.

– O que ela lhe contou, doutor?

– Ah, ela não me consultou! Não gosta de mim, aliás... por vários motivos. Foi Leidner quem me procurou e expôs esse plano. E aí, enfermeira, que tal? Conheceria mais um pouco do país antes de ir para casa... A temporada dura mais dois meses. E escavar é um trabalho bem interessante.

Um instante de hesitação e análise.

– Bem – ponderei –, acho que posso tentar.

– Ótimo – disse o dr. Reilly, levantando-se. – Hoje Leidner está em Bagdá. Vou avisá-lo para passar em seu hotel para ver se acerta os detalhes.

O dr. Leidner veio ao hotel naquela tarde. Meia-idade, modos deveras nervosos e vacilantes, com um jeitinho meigo e afável, quase indefeso.

Pareceu dedicado à esposa, mas reticente quanto ao problema dela.

– Sabe – comentou, cofiando a barba com ar meio perplexo, gesto que mais tarde descobri ser sua marca registrada –, minha mulher está mesmo com os nervos fragilizados. Ando... muito preocupado com ela.

– Ela está em boa saúde física? – perguntei.

– Sim, acho que sim. O problema dela não é físico, eu diria. Mas... bem... ela imagina coisas, sabe.

– Que tipo de coisas? – perguntei.

Mas ele se esquivou, limitando-se a murmurar em tom perplexo:

– Ela se descontrola por coisas mínimas... Não consigo mesmo ver fundamento no medo dela.

– Medo de quê, dr. Leidner?

Respondeu vagamente:

– Ah, apenas... pânico nervoso, sabe.

Posso apostar, pensei comigo, que o problema envolve drogas. E ele nem se dá conta! Muitos homens não notam. Só se perguntam por que suas mulheres andam tão nervosas e com mudanças de humor tão extraordinárias.

Perguntei se a própria sra. Leidner gostava da ideia de minha contratação.

Um sorriso clareou-lhe o rosto.

– Sim. Foi uma surpresa. Uma surpresa bem agradável. Ela achou a ideia excelente. Disse que vai se sentir bem mais segura.

A expressão me causou um impacto estranho. *Mais segura*... Expressão esquisita. Imaginei que a sra. Leidner tivesse problemas mentais.

Ele continuou com uma espécie de ansiedade juvenil.

– Tenho certeza de que vocês duas vão se dar bem. Ela é uma pessoa encantadora. – Abriu um sorriso contagiante. – Ela sente que você será um grande conforto para ela. Tive a mesma sensação quando vi você. Se me permite dizer, você aparenta vender saúde e bom-senso. Sem dúvida, é a pessoa ideal para cuidar de Louise.

– Bem, podemos tentar, dr. Leidner – afirmei contente. – Meu desejo é ser útil para sua esposa. Talvez ela tenha medo do contato com o povo local?

– Ah, não, minha nossa. – Sacudiu a cabeça, achando graça da ideia. – Minha mulher adora os árabes... Aprecia a simplicidade e o senso de humor deles. Esta é apenas a segunda temporada dela aqui (estamos casados há menos de dois anos), mas ela já fala árabe razoavelmente.

Fiquei calada por alguns instantes; em seguida, fiz nova tentativa.

– Não pode me contar do que afinal a sua mulher tem medo, dr. Leidner?

Ele titubeou. Respondeu devagar:

– Espero... acredito... que ela mesma vai lhe contar.

E isso foi tudo que eu consegui extrair dele.

Capítulo 3

Fofocas

Ficou combinado que eu me apresentaria em Tell Yarimjah na semana seguinte.

A sra. Kelsey se instalava na casa dela em Alwiyah, e me alegrei por colaborar e aliviar o peso de seus ombros.

Nesse meio-tempo, chegaram a meus ouvidos alguns comentários sobre a expedição do dr. Leidner. Um amigo da sra. Kelsey, capitão da Força Aérea Britânica, fez um muxoxo ao exclamar:

– Linda Louise. Então é isso que ela anda aprontando ultimamente! – Ele se virou para mim. – Esse é o apelido que demos para ela, enfermeira. Sempre foi conhecida como Linda Louise.

– Quer dizer que ela é bonita? – perguntei.

– É lhe dar o valor que ela própria se dá. Ela *pensa* que é!

– Não seja maldoso, John – retorquiu a sra. Kelsey. – Sabe que não é só ela que pensa assim! Muita gente adora ela.

– Talvez esteja certa. Já anda meio madura, mas tem lá seus encantos.

– Você mesmo já a galanteou – riu a sra. Kelsey.

O aviador corou e admitiu envergonhado:

– Digamos que ela tem um jeitinho insidioso. Quanto a Leidner, ele idolatra o chão que ela pisa... e todo o resto da expedição tem que idolatrar também! É isso que se espera deles!

– Quantos são ao todo? – perguntei.

– Tudo que é tipo de personalidade e origem, enfermeira – falou o capitão em tom animado. – Um arquiteto inglês, um padre francês de Cartago que decifra as inscrições... tábulas e blocos, esse tipo de coisa, sabe. E tem também a srta. Johnson. Ela também é britânica... espécie de faz-tudo. E um gordinho responsável pelas fotografias. Ele é norte-americano. E o casal Mercado. Só Deus sabe de onde eles vêm... talvez um desses paisinhos de língua latina! Ela é bem nova... criatura com olhos de serpente... E ah!, adivinha se ela não odeia Linda Louise! E dois jovens para arrematar. Turminha estranha, mas legal como um todo. Não concorda, Pennyman?

A pergunta foi dirigida a um senhor de idade sentado ali perto, que girava absorto o pincenê.

O velho sobressaltou-se e ergueu o olhar.

– Sim... sim... gente boa mesmo. Analisando individualmente, quero dizer. Claro, Mercado é um cara meio excêntrico...

– Ele tem uma barba para lá de *exótica* – acrescentou a sra. Kelsey. – Tipo esquisito e vacilante.

O major Pennyman prosseguiu sem tomar conhecimento da interrupção.

– Os dois rapazes são boa gente. O americano é meio quietão, e o inglesinho fala pelos cotovelos. Engraçado, em geral acontece o inverso. O próprio Leidner é um sujeito agradabilíssimo... Modesto e despretensioso. Sim, individualmente, todos são simpáticos. Seja como for, posso estar imaginando coisas, mas na última vez que os visitei tive a estranha sensação de que havia algo errado no ar. Não sei bem o que era... Ninguém parecia agir com naturalidade. Todos pareciam dominados por uma estranha atmosfera de tensão mental. Posso explicar melhor o que eu quero dizer contando que todos passavam a manteiga adiante com uma polidez meio exagerada.

Um pouco encabulada, pois não gosto muito de expressar a minha opinião, comentei:

– Ficar muito tempo confinado mexe com os nervos da gente. Senti isso na pele em meu trabalho no hospital.

– Isso é verdade – concordou o major Kelsey –, mas a temporada recém começou. Não houve tempo ainda para esse tipo de irritação aparecer.

– Uma expedição é meio que uma miniatura de nossa vida aqui – ponderou o major Pennyman. – Não faltam panelinhas, rivalidades e ciúmes.

– Ouvi falar que neste ano a expedição trouxe vários novatos – comentou o major Kelsey.

– Deixe-me ver. – O aviador enumerou-os nos dedos. – O jovem Coleman é novato, e Reiter também. Emmott já tinha participado da expedição ano passado, assim como o casal Mercado. O padre Lavigny é recém-chegado. Veio substituir o dr. Byrd, que adoeceu este ano e não pôde vir. Carey, claro, é um colaborador de longa data. Participa desde o começo das escavações, há uns cinco anos. A srta. Johnson está na equipe há quase tanto tempo quanto Carey.

– Sempre achei que eles se davam tão bem lá em Tell Yarimjah – observou o major Kelsey. – Pareciam uma família feliz... o que é mesmo surpreendente quando se leva em conta a natureza humana! Tenho certeza de que a enfermeira Leatheran concorda comigo.

– Bem – respondi –, sou obrigada a concordar! Cada briga que presenciei no hospital... Quase sempre, tudo começava por coisinhas insignificantes, como a disputa por um bule de chá.

– Sim, em círculos fechados, temos a tendência de nos tornarmos mesquinhos – ponderou o major Pennyman. – De qualquer modo, tenho a impressão de que tem algo mais neste caso. Leidner é um sujeito tão amigável e simples. Sabe como tratar as pessoas. Sempre mantém a alegria no ambiente de trabalho e estimula o bom relacionamento entre todos da expedição. Mas percebi *mesmo* essa tensão no ar naquele dia.

A sra. Kelsey caiu na risada.

– E não vê a explicação? Nossa, salta aos olhos!

– Como assim?

– A *sra.* Leidner, é claro.

– Ah, deixe disso, Mary – pediu o marido. – Ela é cativante, não faz o tipo brigona.

– Não disse que ela era brigona. As pessoas *brigam* por causa dela!

– Em que sentido? E por que ela faria isso?

– Por quê? Digo por quê: tédio. Ela não é arqueóloga, é apenas a mulher de um. Longe da agitação, entedia-se e cria o próprio drama. Diverte-se tumultuando o ambiente.

– Mary, você não sabe de nada. Só está imaginando coisas.

– Claro que estou! Mas vai descobrir que tenho razão. Não é à toa que Linda Louise se parece com a Mona Lisa! Talvez ela não faça por mal, mas gosta de colocar lenha na fogueira.

– Ela é dedicada a Leidner.

– Ah! Não estou sugerindo intrigas amorosas vulgares. Mas aquela mulher é uma *allumeuse*.

– Como as mulheres são amáveis umas com as outras – constatou o major Kelsey.

– Sei. Língua viperina. É isso que vocês, homens, dizem que temos. Mas em geral acertamos em cheio ao avaliar outras mulheres.

– Em todo caso – ponderou o major Pennyman, pensativo –, mesmo julgando verdadeiras as severas análises da sra. Kelsey, não creio que elas explicariam aquela curiosa atmosfera de tensão... algo como a sensação que temos antes de uma tempestade. Tive a forte impressão de que uma tempestade pode irromper a qualquer minuto.

– Ora, não vá assustar a enfermeira – disse a sra. Kelsey. – Ela vai para a escavação daqui a três dias. Assim ela pode desistir.

– Ah, não é assim tão fácil me assustar – respondi com uma risada.

No entanto, as coisas que ouvi me fizeram pensar um bocado. O modo inusitado com que o dr. Leidner utilizou a expressão "mais segura" me veio à mente. Seria o medo secreto de sua mulher, inconfesso ou talvez revelado, que provocava reações nos outros do grupo? Ou seria a tensão real (ou, quem sabe, a causa desconhecida dessa tensão) que provocava reações nos nervos *dela*?

Procurei no dicionário a palavra que a sra. Kelsey tinha usado. *Allumeuse*: provocante. Mas ainda assim não fazia sentido.

"Bem", pensei comigo, "vamos esperar para ver."

Capítulo 4

Eu chego a Hassanieh

Parti de Bagdá três dias depois.

Fiquei com pena de abandonar a sra. Kelsey e o bebê, uma gracinha que crescia a olhos vistos, ganhando o peso apropriado a cada semana. O major Kelsey me levou até a estação e esperou o trem partir. Eu chegaria a Kirkuk na manhã seguinte, e lá haveria alguém à minha espera.

Dormi mal; nunca durmo bem num trem e tive uma noite agitada com pesadelos. Pela manhã, entretanto, vislumbrei pelo vidro um dia maravilhoso e me senti interessada e curiosa pelas pessoas que eu estava prestes a conhecer.

Desci à plataforma e mirei ao redor, hesitante. Um jovem se aproximou. Cara redonda, bochechas cor-de-rosa. Para falar a verdade, nunca antes em minha vida eu vira alguém tão parecido com um personagem dos livros de P. G. Wodehouse.

– Epa, opa, opa – saudou. – Enfermeira Leatheran? Digo, deve ser ela... dá pra notar. Eh, eh! Meu nome é Coleman. O dr. Leidner me mandou. Está se sentindo bem? Viagem terrível e tudo o mais? Como se eu não conhecesse estes trens! Bem, aqui estamos... Já tomou café da manhã? Esta é toda a sua bagagem? Puxa! É tremendamente modesta, não é mesmo? A sra. Leidner tem quatro malas e um baú... Sem falar na caixa dos chapéus, no travesseiro e nisso ou aquilo... Estou falando demais? Vamos até o velho furgão.

Acompanhou-me até um veículo que mais tarde ouvi chamarem de perua. Um pouquinho caminhoneta, um pouquinho caminhão e um pouquinho carro. O sr. Coleman me ajudou a subir, explicando que seria melhor eu me sentar perto do motorista para sentir menos os solavancos.

Solavancos! É de se admirar que a geringonça não tenha se desmantelado todinha! E nada de estrada: só uma espécie de trilha cheia de sulcos e buracos. Oriente glorioso, pois sim! Só de pensar em nossas magníficas rodovias da Inglaterra me deu uma saudade louca de casa.

O sr. Coleman, sentado atrás de mim, a toda hora inclinava-se à frente e gritava no meu ouvido.

– A estrada está em ótimas condições – bradou ele, logo depois de eu ser arremessada do assento e quase bater com a cabeça no teto.

E ao que parece ele falava sério.

– É esplêndido para a saúde... exercita o fígado – informou. – Devia saber disso, enfermeira.

– Um fígado estimulado não me será de muita serventia se meu crânio rachar ao meio – observei com acidez.

– Tem que passar aqui logo depois de uma chuva! Cada derrapagem gloriosa! A maior parte do tempo o carro vai de lado.

A esse comentário não ofereci resposta.

Pouco depois, tivemos que atravessar o rio, o que fizemos na balsa mais maluca que você pode imaginar. Foi um milagre completarmos a travessia, mas para os demais a bordo pareceu uma coisa corriqueira.

Levamos quatro horas até Hassanieh – para minha surpresa, uma cidade até bem grandinha. E bem bonita, aliás, para quem a enxergava do outro lado do rio – erguendo-se muito alva com seus minaretes de contos de fada. Um pouquinho diferente, porém, quando a gente cruzava a ponte e entrava nela: um fedor só, toda dilapidada e periclitante, com lama e bagunça por todos os lados.

O sr. Coleman me levou até a casa do dr. Reilly, onde, ele informou, o doutor me esperava para almoçar.

O dr. Reilly recebeu-me com a simpatia de sempre. A casa também era simpática, com banheiro e tudo novo em folha. Tomei um banho revigorante, vesti outra vez o uniforme e desci, agora com novo ânimo.

Passamos à sala de jantar, e o almoço foi servido. O doutor desculpou-se por sua filha, que, segundo ele, sempre se atrasava. Já havíamos saboreado um bom prato de omelete quando ela apareceu. O dr. Reilly apresentou:

– Enfermeira, esta é minha filha Sheila.

Ela apertou a minha mão, desejou que eu tivesse feito boa viagem, livrou-se do chapéu, cumprimentou friamente o sr. Coleman com um aceno de cabeça e sentou-se.

– E aí, Bill – disse ela. – Como vão as coisas?

Os dois começaram a falar sobre uma festa prestes a acontecer no clube, e eu pus-me a avaliá-la.

Não posso dizer que fui com a cara dela. Meio fria demais para o meu gosto. Tipo da moça sem papas na língua, mas bonita. Cabelo preto e olhos azuis – tipo do rosto pálido com a boca lambuzada de batom. Seu jeito seco e irônico de falar me incomodava. Tive uma estagiária parecida sob minha orientação – a garota até que trabalhava direitinho, admito, mas sua conduta sempre me irritava.

Tive a nítida impressão de que o sr. Coleman estava caído por ela. Começou a gaguejar um pouco, e sua conversa tornou-se levemente mais idiota do que antes, se é que isso é possível! Ele me lembrava um canzarrão parvo abanando o rabo e tentando agradar.

Depois do almoço, o dr. Reilly rumou ao hospital, e o sr. Coleman tinha que pegar encomendas na cidade. A srta. Reilly perguntou se eu queria dar uma volta para conhecer um pouco a cidade ou se preferiria ficar em casa. O sr. Coleman, avisou ela, voltaria para me apanhar uma hora depois.

– Tem algo para conhecer? – indaguei.

– Tem uns lugares pitorescos – respondeu a srta. Reilly. – Mas não sei se você ia gostar deles. Sujos demais.

Ela disse aquilo de um jeito que me deixou exasperada. Nunca ouvi falar que o caráter pitoresco justificasse a sujeira.

No fim, ela acabou me levando ao clube; local aprazível, com vista para o rio e revistas e jornais britânicos à disposição.

Na volta, como o sr. Coleman ainda não chegara, sentamos e conversamos um pouco. Não sei explicar direito, mas não foi uma situação fácil.

Ela me perguntou se eu já conhecia a sra. Leidner.

– Não – respondi. – Só o marido dela.

– Ah – murmurou. – Fico imaginando... o que será que você acha dela?

Não emiti resposta alguma. Ela continuou:

– Gosto muito do dr. Leidner. Todo mundo gosta.

"É o mesmo que dizer", pensei com meus botões, "que não gosta da mulher dele."

Permaneci calada; em seguida, ela perguntou de supetão:

– Qual é o problema dela? O dr. Leidner lhe contou?

Não ia começar a fofocar sobre uma paciente antes mesmo de conhecê-la. Limitei-me a dizer de modo evasivo:

– Pelo que sei, anda meio fatigada e quer alguém para cuidar dela.

Ela deu uma risada – um tipo asqueroso de risada – áspera e abrupta.

– Minha nossa! – exclamou. – Nove pessoas já não são suficientes?

– Imagino que todos tenham trabalho a fazer.

– Trabalho a fazer? Claro que há trabalho a fazer. Mas Louise vem em primeiro lugar... ela se esforça para isso.

"Não", pensei comigo. "Você *não* gosta dela."

– Em todo o caso – emendou a srta. Reilly –, não sei por que ela quer uma enfermeira profissional. Eu diria que uma ajudante amadora seria mais o estilo dela; não alguém para lhe empurrar o termômetro na boca, contar os batimentos cardíacos e reduzir tudo à verdade nua e crua.

Bem, devo admitir, aquilo me deixou curiosa.

– Acha que não há nada de errado com ela?

– Claro que não há! A mulher é forte como um touro. "A querida Louise não dormiu." "Está com olheiras." Sim, pintadas com lápis azul! Vale tudo para chamar atenção, para ter alguém ao redor dela a paparicando!

Nisso havia um fundo de verdade, é claro. Eu já havia topado (que enfermeira não topou?) com muitos pacientes hipocondríacos cujo prazer era chamar a atenção de uma equipe completa de atendentes. E ai do doutor ou da enfermeira que tivesse a audácia de dizer: "Não há nada de errado com você!". Para início de conversa, não iam acreditar. E ainda por cima ficariam indignados!

Claro, era bem possível que a sra. Leidner fosse um caso desse tipo. O marido seria, naturalmente, o primeiro a ser enganado. Maridos, eu já tive a oportunidade de constatar, são crédulos quando o assunto é doença. Mas, apesar de tudo, isso não se enquadrava bem com o que eu ouvira. Por exemplo, não combinava com aquela expressão: "mais segura".

Engraçado, aquelas duas palavrinhas tinham ficado meio que impressas em meu cérebro.

Refleti um pouco e indaguei:

– A sra. Leidner é nervosa? Digo, inquieta-se por morar longe de tudo?

– Por que motivo ficaria nervosa? Minha nossa, são dez pessoas na expedição! E eles também têm guardas... por causa das antiguidades. Ah, não, ela não é nervosa... pelo menos...

De repente cortou a fala, como se tivesse lembrado de algo. Pouco depois, continuou devagar.

– É estranho você falar nisso.

– Por quê?

– O tenente Jervis, da Força Aérea, me convidou para fazer um passeio a cavalo até o local. Foi pela manhã. A maioria do pessoal estava na escavação. Ela escrevia uma carta sentada na varanda e imagino que não tenha escutado a nossa aproximação. Não havia nem sinal do menino que costumava nos anunciar, então fomos direto à varanda. Ao que parece, ela viu a sombra do tenente projetada na parede... e soltou um grito! Desculpou-se, é claro. Alegou ter pensado que era um estranho. Meio curioso, aquilo. Quero dizer, mesmo se fosse um estranho, por que se assustar daquele jeito?

Assenti com a cabeça, pensativa.

A srta. Reilly calou-se, até que explodiu de súbito:

– Não sei o que há de errado com eles este ano. Todos andam meio sobressaltados. Johnson anda tão carrancuda que mal abre a boca. David só fala o estritamente necessário. Bill, é claro, não fecha a matraca, e de alguma forma a sua conversa parece piorar o humor dos outros. Carey vagueia como se o céu estivesse prestes a desabar. E todos se vigiam como se... como se... ah, não sei explicar, mas é *esquisito.*

Curioso, pensei comigo, que duas pessoas tão diferentes quanto a srta. Reilly e o major Pennyman tivessem a mesma sensação.

Naquele exato instante, o sr. Coleman entrou alvoroçado. Alvoroço é a palavra perfeita. Não seria surpresa nenhuma se a língua dele saltasse para fora e se de repente ele exibisse um rabo e começasse a abaná-lo.

– Opa, opa – saudou ele. – Sem dúvida o melhor comprador do mundo... Eu em pessoa. Mostrou à enfermeira todas as belezas da cidade?

– Ela não se impressionou muito – respondeu friamente a srta. Reilly.

– Não a culpo – foi a réplica cordial do sr. Coleman. – Não há lugar mais monótono e acabado!

– Não ama o pitoresco e o antigo, Bill? Não entendo por que é arqueólogo.

– Não me culpe por isso. Culpe meu protetor. É um corujão erudito... conselheiro emérito da universidade... folheia livros até de pantufas... esse tipo de gente. Meio escandaloso ele ter um protegido como eu.

– Acho incrivelmente tolo ser forçado a uma profissão que não lhe interessa – comentou a moça, cáustica.

– Forçado não, meu bem, forçado não. O velho me perguntou se eu tinha alguma profissão particular em vista, e respondi que não, daí ele deu um jeito de arranjar uma temporada de escavação para mim.

– Mas não tem ideia alguma do que *gostaria* de fazer? *Tem que* ter!

– Claro que tenho. Se dependesse de mim, eu fazia é nada. Gostaria mesmo é de ter dinheiro suficiente para virar piloto de corrida.

– Você é patético! – exclamou a srta. Reilly.

Ela não escondia a irritação.

– Ah, sei que isso está fora de propósito – retorquiu o sr. Coleman animado. – Então, se tenho que fazer algo, não importa o que, desde que eu não fique enfurnado num escritório o dia todo. A ideia de conhecer um pouco do mundo me agradava bastante. Lá vamos nós, disse eu, e aqui estou.

– E só imagino o quanto deve ser útil!

– Aí que você se engana. Posso ficar em pé na escavação gritando "*Y'Allah*" com extrema competência! E também não sou de se jogar fora como desenhista. No colégio, era especialista em imitar a caligrafia alheia. Eu poderia ter me tornado um falsário de primeira categoria. Se bem que ainda há tempo para isso. O dia que você estiver na parada de ônibus e eu passar jogando lama com meu Rolls-Royce, vai saber que segui a senda do crime.

A srta. Reilly comentou com frieza:

– Não acha que já devia ter começado em vez de ficar só falando?

– Que tal nossa hospitalidade, enfermeira?

– Estou certa de que a enfermeira Leatheran não vê a hora de se instalar.

– Sempre tem certeza de tudo – retrucou o sr. Coleman com um sorrisinho irônico nos lábios.

Aquilo era bem verdade, pensei. Que mocinha arrogante e convencida.

Murmurei lacônica:

– Talvez fosse melhor irmos andando, sr. Coleman.

– Tem razão, enfermeira.

Apertei a mão da srta. Reilly e agradeci a ela. Então, partimos.

– Que moça atraente, a Sheila – comentou o sr. Coleman. – Mas não perde uma chance de alfinetar a gente.

O veículo saiu da cidade. Logo enveredamos numa espécie de estradinha cheia de buracos e sulcos que serpenteava entre lavouras verdes.

Meia hora depois, o sr. Coleman apontou uma grande colina perto da margem do rio à nossa frente e comunicou:

– Tell Yarimjah.

Pude ver pequeninas silhuetas escuras se movimentando para lá e para cá como formigas em frenética atividade.

De repente, todos começaram a correr para um dos lados da colina.

– Turma da escavação – explicou o sr. Coleman. – Fim do expediente. Paramos uma hora antes do pôr do sol.

A sede da expedição situava-se um pouco mais afastada do rio.

Aos trancos e barrancos, o motorista contornou a curva e passou raspando por um estreito arco. Lá estávamos nós.

A sede erguia-se ao redor de um pátio. Originalmente, ocupara apenas o lado sul do pátio, com poucos e insignificantes quartos a leste. A expedição prolongara a construção nos outros dois lados. Como

Planta da sede da expedição de Tell Yarimjah

será de especial interesse adiante, anexo aqui um esboço da planta da sede.

Todos os cômodos davam para o pátio, assim como a maioria das janelas – à exceção da ala sul original, onde também havia janelas para o lado externo. Nessas janelas, porém, havia grades por fora. No canto sudoeste, uma escada conduzia a um terraço plano e comprido, com parapeito, que corria por toda a extensão da ala sul, a qual era mais alta do que os outros três lados.

Segui o sr. Coleman. Contornamos a ala leste do pátio em direção à grande varanda que ocupava o miolo da ala sul. Ele abriu uma porta na extremidade da varanda, e entramos numa sala com várias pessoas sentadas em volta de uma mesa de chá.

– Tcharam! – anunciou o sr. Coleman. – Chegou a Sairey Gamp.*

A dama que se sentava na cabeceira da mesa ergueu-se e veio me receber.

Foi meu primeiro vislumbre de Louise Leidner.

* Enfermeira personagem do romance *Martin Chuzzlewit* (1844), de Dickens. (N.T.)

Capítulo 5

Tell Yarimjah

Tenho que admitir: a primeira impressão que tive ao ver a sra. Leidner foi de surpresa completa. A gente sempre fica imaginando como é uma pessoa quando escuta falar dela. Eu criara a imagem convicta de uma sra. Leidner morena e insatisfeita. Do tipo inquieto, com nervos à flor da pele. E também esperava que ela fosse – para ser sincera – meio vulgar.

Ela não era nada parecida com o que eu havia imaginado! Para começar, loiríssima. Não de origem sueca como o marido, mas poderia ser, levando em conta a aparência. Dona daquela beleza loira de cútis escandinava que raramente se vê. Não assim tão jovem. Entre os trinta e os quarenta, eu diria. Rosto meio encovado, cabelos loiros já salpicados de fios grisalhos. Mas que olhos fascinantes! Os únicos que vi em toda a minha vida que podem ser descritos como de cor realmente violeta. Imensos com tênues sombras embaixo. De silhueta esguia e frágil, passava a impressão de intenso cansaço e, ao mesmo tempo, vivacidade. Sei que parece tolice dizer isso – mas foi essa a sensação que eu tive. Percebi, também, que se tratava de uma perfeita dama. E isso tem lá sua importância – mesmo nos dias de hoje.

Ela estendeu a mão e sorriu. Falou em tom baixo e macio, com o jeito meio arrastado típico dos americanos:

– Estou tão contente com a sua vinda, enfermeira. Aceita um chá? Ou prefere primeiro ir até o seu quarto?

Aceitei o chá, e ela me apresentou aos demais à mesa.

– Esta é a srta. Johnson, e o sr. Reiter. Sra. Mercado. Sr. Emmott. Padre Lavigny. Meu marido deve estar chegando. Sente-se aqui entre o padre Lavigny e a srta. Johnson.

Obedeci, e a srta. Johnson começou a falar comigo, perguntando sobre minha viagem e assim por diante.

Simpatizei com ela. Ela me lembrava a enfermeira-chefe nos meus tempos de estagiária. Todas as enfermeiras a admiravam e trabalhavam por ela com afinco.

Ela beirava os cinquenta anos, calculei, e tinha aparência masculina, com o cabelo cinza-escuro aparado bem curto. Voz espontânea, agradável, de timbre grave. No meio da cara feia e enrugada, havia um quase risível narizinho arrebitado, que ela costumava coçar de modo irritante quando algo a incomodava ou a deixava confusa. Vestia um conjunto de tweed assaz viril. Ela me informou que era natural de Yorkshire.

Achei o padre Lavigny meio assustador. Alto, barba negra comprida e pincenê. Bem que eu tinha escutado a sra. Kelsey falando que havia um monge francês na expedição; agora eu percebia que o padre Lavigny trajava uma vestimenta de monge de um tecido branco de lã. Fiquei espantada; sempre pensei que os monges entravam nos mosteiros e não saíam mais de lá.

A sra. Leidner falava com ele a maior parte do tempo em francês, mas ele falou comigo num inglês proficiente. Notei que tinha olhos astutos e observadores que dardejavam de rosto em rosto.

Do outro lado da mesa, estavam os outros três. O sr. Reiter, jovem loiro e robusto, usava óculos. Tinha cabelo comprido e encaracolado e olhos azuis bem redondos. Imagino que deva ter sido um bebê lindo, mas agora não era grande coisa! Para ser sincera, me lembrava um porco. O outro moço tinha o cabelo cortado rente ao crânio. Rosto afilado, um tanto cômico, com dentes perfeitos que o deixavam atraente quando sorria. Mas lacônico: quando lhe dirigiam a palavra só assentia com a cabeça ou respondia com monossílabos. Norte-americano, a exemplo do sr. Reiter. Na última pessoa, a sra. Mercado, não pude dar uma boa olhada, pois sempre que relanceava o olhar na direção dela a flagrava me encarando com uma espécie de olhar fixo e ávido, no mínimo desconcertante. Alguém poderia pensar que enfermeiras são animais exóticos pelo jeito que ela me fitava. Que falta de educação!

Bem novinha, ela – não mais do que 25 anos –, e de aparência trigueira e sensual, se é que você me entende. Bonita sob certo prisma; aparentava ter o que minha mãe chama de "um pé na África". O pulôver de cores vivas combinava com o colorido das unhas. No rosto delgado de passarinha inquieta, destacavam-se os olhos grandes e a boquinha justa, meio desconfiada.

O chá estava esplêndido – mistura forte e saborosa –, bem diferente das insossas infusões chinesas que a sra. Kelsey sempre me oferecia e que tinham sido um suplício para mim.

Havia torradas, geleia, um prato de biscoitos de passas e um bolo. O sr. Emmott me passava as coisas com extrema polidez. Por mais calado que fosse, sempre notava quando meu prato estava vazio.

Pouco depois, o sr. Coleman entrou alvoroçado e sentou-se do outro lado da srta. Johnson. Não parecia haver nada de errado com os nervos *dele*. Falava pelos cotovelos.

A sra. Leidner suspirou uma vez e lançou um olhar fatigado na direção dele, mas aquilo não surtiu efeito.

Nem tampouco o fato de que a sra. Mercado, a quem ele dirigia a maior parte de sua conversação, já estava bem ocupada me observando e não fazia nada além de dar respostas mecânicas.

Quando o chá se aproximava do fim, o dr. Leidner e o sr. Mercado chegaram da escavação.

O dr. Leidner me cumprimentou à sua maneira gentil e amável. Acompanhei o seu olhar rápido e ansioso ao rosto da esposa, e ele pareceu aliviado com o que viu. Em seguida, sentou-se na outra cabeceira da mesa, e o sr. Mercado, no lugar vago perto da sra. Leidner. Ele era alto, magro, melancólico, bem mais velho do que a esposa, de tez amarelada e barba exótica, macia e amorfa. Fiquei contente com a sua chegada, pois a mulher dele parou de me encarar e transferiu a atenção a ele, observando-o com uma espécie de impaciência que achei bastante estranha. Ele mexeu o chá de modo sonhador e não disse uma só palavra. Um pedaço de bolo permaneceu intocado em seu prato.

Restava um lugar à mesa, e naquele exato instante a porta se abriu e um homem entrou.

Quando cravei os olhos em Richard Carey, tive a sensação de que há muito tempo não via homem tão bonito – e, no entanto, tenho lá minhas dúvidas quanto a isso. Dizer que um homem é bonito e ao mesmo tempo dizer que se parece com uma caveira soa uma contradição de mau gosto, mas era a pura verdade. Parecia que a pele de sua cabeça se esticava de modo incomum sobre os ossos – belos ossos, por sinal. Um atraente contorno unia a mandíbula, as têmporas e a fronte, delineadas com tal nitidez que me fazia lembrar uma estátua de bronze. No rosto magro e moreno sobressaíam-se dois olhos azuis dos mais brilhantes e intensos que já

vi. Calculei que tinha 1 metro e 85 e pouco menos de quarenta anos.

O dr. Leidner me apresentou a ele:

– Enfermeira, este é o sr. Carey, nosso arquiteto.

Ele murmurou algo num inglês agradável e inaudível e sentou-se perto da sra. Mercado.

A sra. Leidner alertou:

– Receio que o chá esteja um pouco frio, sr. Carey.

Ele respondeu:

– Ah, não tem importância, sra. Leidner. Culpa minha ter chegado tarde. Eu queria terminar de fazer a plotagem daqueles muros.

A sra. Mercado ofereceu:

– Geleia, sr. Carey?

O sr. Reiter empurrou à frente o prato das torradas.

E recordei do major Pennyman comentando: "*Posso explicar melhor o que eu quero dizer contando que todos passavam a manteiga adiante com uma polidez meio exagerada*".

Sim, havia algo curioso naquilo...

Uma tênue formalidade...

Alguém poderia dizer que se tratava de um grupo de estranhos – não pessoas que se conheciam (algumas delas) há vários anos.

Capítulo 6

Primeiro anoitecer

Depois do chá, a sra. Leidner me levou para mostrar o meu quarto.

Talvez aqui seja melhor dar uma breve descrição dos quartos. A simples distribuição dos cômodos pode ser facilmente entendida acompanhando a planta.

Em cada lado da grande varanda havia uma porta, e cada porta dava para uma das salas principais. A porta à direita de quem entrava na varanda abria-se no refeitório, onde tomamos o chá. A outra dava para uma sala exatamente igual (chamei-a de sala de estar), utilizada como living e como uma espécie de escritório informal – ou seja, ali se realizava algum desenho (outro, além do estritamente arquitetônico), e as peças mais delicadas de cerâmica eram trazidas ali para serem reconstituídas. Da sala de estar, acessava-se o depósito de antiguidades, onde todas as descobertas da escavação eram levadas, guardadas em prateleiras e escaninhos ou dispostas em grandes bancadas e mesas. A única saída desse depósito era pela sala de estar.

Contíguo ao depósito de antiguidades, mas com acesso por uma porta que dava para o pátio, ficava o quarto da sra. Leidner. Esse cômodo, como os demais da ala sul, tinha duas janelas de frente para as lavouras, mas com grades por fora. Dando a volta, junto ao quarto da sra. Leidner, mas sem porta entre os dois, ficava o do dr. Leidner, o primeiro quarto da ala leste do prédio. Logo depois, ficava o meu. Em seguida, vinha o da srta. Johnson, com o do sr. Mercado e o da sra. Mercado na sequência. Depois, localizavam-se os supostos banheiros.

(Quando uma vez o dr. Reilly me escutou falando essa expressão, ele riu na minha cara e disse que banheiro ou é banheiro ou não é! Em todo o caso, quando a gente se acostuma com torneiras e encanamento adequados, parece estranho chamar aquelas salinhas escuras em que se podia entrar com os sapatos sujos – cada qual com sua minúscula banheira de estanho abastecida de água enlameada em latões de querosene – de *banheiros*!)

Toda essa ala fora acrescentada pelo dr. Leidner à casa árabe original. Os quartos, todos iguais, tinham porta e janela que davam para o pátio. Na ala norte ficavam a sala de desenho, o laboratório e o setor de fotografia.

Partindo da varanda em direção ao outro lado, os cômodos se distribuíam praticamente da mesma forma. O refeitório conduzia ao gabinete onde se guardavam os arquivos e se realizavam os serviços de catalogação e datilografia. O quarto maior, equivalente ao da sra. Leidner na outra extremidade, pertencia ao padre Lavigny; ali ele decodificava – ou seja lá como você queira chamar – as tábulas de argila.

No canto sudoeste, uma escada levava ao terraço. Na ala oeste, ficavam primeiro a cozinha e, em seguida, quatro pequenos cômodos usados pelos moços – Carey, Emmott, Reiter e Coleman.

No canto noroeste, situava-se o ateliê fotográfico com o quarto escuro contíguo. A seguir ficava o laboratório. Então vinha a única entrada – o imponente arco que havíamos atravessado. Na parte externa da construção principal, encontravam-se as outras benfeitorias, como alojamentos para os criados nativos, a casa da guarda, além de estábulos e tudo o mais para os cavalos que transportavam a água. A sala de desenho, para quem olhava do pátio, ficava à direita do arco e ocupava o restante da ala norte.

Detalhei aqui a conformação da sede, pois não quero voltar ao assunto mais tarde.

Como mencionei, a sra. Leidner em pessoa me mostrou a sede e enfim me instalou no quarto, fazendo votos de que eu me sentisse em casa e pedisse tudo o que precisasse.

Mobília agradável, embora modesta: cama, cômoda com gavetas, cadeira e lavatório (que consistia em mesa com jarro e bacia para lavar o rosto).

– Os meninos vão lhe trazer água quente antes do almoço e da janta... e pela manhã, é claro. Se quiser em outra hora, é só sair e bater palmas; quando os meninos vierem, diga: "*Jib mai' har*". Acha que pode lembrar disso?

Disse que achava que sim e repeti um tanto vacilante.

– Está bem. E fale em alto e bom som. Árabes não entendem nada falado na coloquial voz "britânica".

– Línguas são coisas engraçadas – comentei. – Parece estranho que existam tantas línguas diferentes.

A sra. Leidner sorriu.

– Há uma igreja na Palestina em que a "Oração ao Senhor" está escrita em... se não me engano, noventa línguas diferentes.

– Puxa! – exclamei. – Vou escrever contando isso a minha tia. Ela *vai* se interessar.

Distraída, a sra. Leidner manuseou o jarro e a bacia e mudou a posição da saboneteira alguns centímetros.

– Espero que tenha uma estadia feliz por aqui – desejou ela – e que não se sinta entediada.

– É raro eu me entediar – garanti-lhe. – A vida não é longa o suficiente para isso.

Ela não respondeu. Continuou a brincar desligada com os utensílios em cima da mesa.

De repente, ela espetou em mim os olhos cor de violeta.

– O que afinal meu marido lhe contou, enfermeira?

Ora, em geral existe uma resposta de praxe para esse tipo de pergunta.

– Pelo que entendi, a senhora anda um pouco estafada e tudo o mais, sra. Leidner – respondi de modo loquaz. – E só queria alguém para cuidar da senhora e aliviar as preocupações.

Ela curvou a cabeça devagar e pensativa.

– Sim – concordou. – Assim está bem.

Aquilo foi um pouquinho enigmático, mas eu é que não ia fazer perguntas. Em vez disso, comentei:

– Espero que a senhora me deixe ajudá-la com todos os afazeres da casa. Não me deixe ociosa.

Ela abriu um sorriso ameno.

– Obrigada, enfermeira.

Em seguida, sentou-se na cama e, para a minha absoluta surpresa, começou a me fazer um interrogatório minucioso. Digo para a minha absoluta surpresa porque, desde o instante em que a vi, tive a certeza de que ela era uma dama. E uma dama, pelo que sei, muito raramente demonstra curiosidade sobre assuntos privados alheios.

Mas a sra. Leidner parecia desejosa de conhecer tudo o que havia para saber sobre mim. Onde fizera o meu treinamento e há quanto tempo. O que me trouxera ao Oriente. Em que circunstâncias o dr. Reilly havia me recomendado. Chegou até a perguntar se algum dia eu visitara os Estados Unidos ou se tinha parentes por lá. Fez outras perguntas que me pareceram despropositadas na época, porém mais tarde passaram a fazer sentido.

Então, de repente, a atitude dela mudou. Ela sorriu – um sorriso terno e luminoso – e falou, com doçura, que estava feliz com a minha vinda e que tinha certeza de que eu traria conforto a ela.

Levantou-se da cama e disse:

– Quer subir ao terraço para admirar o pôr do sol? A esta hora costuma ser linda a paisagem.

Concordei de bom grado.

Quando saíamos do quarto, ela indagou:

– Tinha muita gente no trem que veio de Bagdá? Algum homem?

Respondi que não havia notado ninguém em particular. Havia dois franceses no vagão-restaurante na noite anterior. E um grupo de três homens cujo trabalho, a julgar pela conversa, tinha algo a ver com o oleoduto.

Ela assentiu com a cabeça e deixou escapar um som tênue. Pareceu um pequeno suspiro de alívio.

Subimos juntas ao terraço.

A sra. Mercado estava lá, sentada no parapeito, e o dr. Leidner inclinava-se sobre um monte de pedras e cerâmicas quebradas dispostas em fileiras. Havia objetos que ele chamou de moinhos de mão, além de pilões, machados, martelos e outros artefatos líticos, tudo mesclado a inúmeros pedaços de cerâmica com os desenhos mais estranhos que já vi.

– Venham cá – chamou a sra. Mercado. – Não é maravilhoso?

Sem dúvida, o pôr do sol era maravilhoso. À distância, com o sol se pondo ao fundo, Hassanieh erguia-se meio feérica, e o Tigre, rumorejando entre as duas amplas ribanceiras, parecia um rio mais onírico do que verdadeiro.

– Não é lindo, Eric? – indagou a sra. Leidner.

O doutor ergueu o olhar distraído e disse de modo mecânico:

– Lindo, lindo.

E continuou a selecionar fragmentos de louças de barro.

A sra. Leidner comentou com um sorriso:

– Arqueólogos só prestam atenção no que fica abaixo de seus pés. O céu e o firmamento não existem para eles.

A sra. Mercado deu uma risadinha.

– Ah, é um pessoal muito esquisito... em breve vai descobrir *isso*, enfermeira – disse ela.

Fez uma pausa e acrescentou:

– Todo mundo ficou *tão* contente com a sua vinda. Andávamos muito preocupados com a nossa querida sra. Leidner, não é mesmo, Louise?

– É mesmo?

Não havia animação na voz dela.

– Ah, sim. Ela andou *bem* ruinzinha, enfermeira. Toda espécie de sobressaltos e digressões. Sabe, às vezes o pessoal vem e me fala: "É só um problema nervoso". E eu sempre respondo: o que poderia ser *pior*? O sistema nervoso é o cerne, o centro do ser humano, não é?

"Tsc, tsc", pensei comigo.

A sra. Leidner disse com frieza:

– Bem, agora não precisa mais se preocupar comigo, Marie. A enfermeira vai cuidar de mim.

– Com certeza eu vou – confirmei alegre.

– Estou certa de que isso fará toda a diferença – ponderou a sra. Mercado. – Todos nós sentíamos que ela precisava consultar um médico ou fazer *algu-*

ma coisa. Os nervos dela estão em frangalhos, não é, Louise querida?

– Isso é tão verdadeiro que parece que o meu jeito também afetou os *seus* nervos – disse a sra. Leidner. – Não temos um assunto melhor para falar além de meus deploráveis achaques?

Percebi que a sra. Leidner era o tipo de mulher que cria inimigos com facilidade. A aspereza fria em sua entonação (não que eu a culpe por isso) pintou de rosa as pálidas bochechas da sra. Mercado. Ela balbuciou algo, mas a sra. Leidner havia levantado e se aproximado do marido na outra ponta do terraço. Tenho minhas dúvidas se ele a escutou chegando; quando ela repousou a mão em seu ombro, ele ergueu o olhar com rapidez. No rosto dele havia ternura e uma espécie de ávida interrogação.

A sra. Leidner assentiu com a cabeça suavemente. Em seguida, de braços dados, os dois atravessaram o terraço e enfim desceram os degraus.

– Ele é dedicado a ela, não é? – comentou a sra. Mercado.

– Sim – respondi. – É bonito de ver.

Ela me observava com um olhar de esguelha estranho e inquieto.

– O que há mesmo de errado com ela, enfermeira? – perguntou, baixando um pouco a voz.

– Ah, nada grave, creio eu – respondi alegre. – Ela só está um pouco exausta, imagino.

Continuava a me fitar com insistência, como fizera durante o chá. Perguntou à queima-roupa:

– É uma enfermeira especializada em problemas mentais?

– Minha nossa, não! – exclamei. – O que a fez pensar nisso?

Permaneceu calada por um instante, até dizer:

– Sabe o quanto ela tem se comportado de modo esquisito? O dr. Leidner lhe contou?

Não compactuo com fofocas sobre meus pacientes. Por outro lado, por experiência própria, constatei que em geral é muito difícil chegar à verdade por meio dos parentes e, até saber a verdade, costumamos tatear no escuro e perder tempo. Claro, quando há um médico responsável, é diferente. Ele nos informa o que é preciso saber. Mas, neste caso, não havia médico responsável. O dr. Reilly nunca havia sido consultado profissionalmente. E algo me dizia que o dr. Leidner não tinha me contado tudo o que podia ter contado. Em geral, o instinto do marido é ser reticente – e, é bom que se diga, isso prova a sua dignidade. Não obstante, quanto mais eu soubesse, mais subsídios teria para escolher a melhor linha de ação. E era evidente que a sra. Mercado (a quem eu comparava em minha cabeça a uma gata malévola) morria de vontade de falar. E, para ser sincera, tanto do ponto de vista humano como do profissional, eu queria escutar o que ela queria dizer. Se quiser, o leitor ou leitora pode considerar mera curiosidade de minha parte.

Perguntei:

– Pelo que entendi, ultimamente a sra. Leidner anda meio fora do normal dela?

A sra. Mercado deu uma risada desagradável.

– Fora do normal? Antes fosse só isso. Ela tem nos deixado de cabelo em pé. Uma noite escutou dedos tamborilando na janela. Depois viu um punho sem braço. Mas quando apareceu um rosto amarelo grudado na janela (e ela correu até a janela e não tinha nada ali), bem, eu é que lhe pergunto se não temos razão em ficarmos um pouco arrepiados.

– Talvez alguém estivesse pregando uma peça nela – sugeri.

– Ah, não, ela imaginou tudo. Três dias atrás, no meio do jantar, escutamos tiros disparados no vilarejo (quase a dois quilômetros de distância), e ela teve um sobressalto e soltou um grito lancinante... Todo mundo ficou muito assustado. Quanto ao sr. Leidner, veio correndo até ela e se comportou da maneira mais patética. Não parava de dizer: "Não foi nada, querida, não foi nada mesmo". Sabe, enfermeira, às vezes acho que os homens *estimulam* as mulheres a terem essas fantasias histéricas. É uma pena, porque é uma coisa péssima. Ilusões não deviam ser encorajadas.

– Isso se *forem* ilusões – disse eu, secamente.

– O que mais poderiam ser?

Não respondi, pois não sabia o que dizer. Era um negócio curioso. Reagir aos tiros com gritos era até certo ponto compreensível – quer dizer, isso em se tratando de uma pessoa com nervos fragilizados. Mas essa história esquisita sobre rostos e mãos fantasmagóricos era bem diferente. Das duas, uma: ou a sra. Leidner tinha inventado a história (do mesmo modo que uma criança conta mentiras só para se tornar o centro das atenções) ou senão, como eu havia sugerido, alguém deliberadamente tentava pregar uma peça nela. O tipo de coisa, refleti, que um jovem entusiástico e destituído de imaginação como o sr. Coleman até poderia achar engraçado. Decidi vigiá-lo de perto. Pacientes nervosos são capazes de perder a cabeça por uma simples brincadeira.

A sra. Mercado me olhou de soslaio e disse:

– Ela tem uma aparência bem romântica, não acha, enfermeira? O tipo de mulher para quem as coisas *acontecem*.

– Muitas coisas têm acontecido para ela? – quis saber eu.

– Bem, o seu primeiro marido foi morto na guerra antes que ela completasse 21 anos. Não acha isso tocante e romântico?

– É um modo de dourar a pílula – respondi, mordaz.

– Ah, enfermeira! Que observação notável!

Era mesmo um comentário bastante verdadeiro. É comum a gente escutar as mulheres dizendo: "Se *ao menos* Donald (ou Arthur, ou seja lá qual for o nome dele) tivesse sobrevivido". E às vezes eu penso: caso ele tivesse sobrevivido, muito provavelmente hoje seria um marido chegando à meia-idade, corpulento, de pavio curto e nada romântico.

A noite caía, e sugeri que descêssemos. A sra. Mercado concordou e perguntou se eu não queria dar uma olhada no laboratório.

– Meu marido vai estar lá... trabalhando.

Respondi que adoraria, e nos encaminhamos para lá. O lugar estava iluminado por uma lamparina, mas vazio. A sra. Mercado mostrou-me parte da aparelhagem e dos ornamentos de cobre sob recuperação, além de vários ossos cobertos de cera.

– Que fim levou Joseph? – indagou a sra. Mercado.

Ela deu uma espiada na sala de desenho, onde Carey trabalhava. Ele mal levantou o olhar da mesa ao entrarmos, e fiquei surpresa com a singular aparência de tensão em seu rosto. Na mesma hora pensei: "Este homem está no limite. Não demora algo vai estalar". E lembrei que outra pessoa também notara nele aquele mesmo estado de tensão.

Enquanto saíamos, volvi a cabeça outra vez para dar uma última olhada. O torso inclinado e os lábios estreitamente apertados realçavam o aspecto de "caveira" insinuado pela conformação óssea. Talvez seja imaginação fértil, mas o visualizei na pele de um cavaleiro de tempos remotos prestes a partir para uma batalha na qual sabia que ia morrer.

E de novo senti sua rara e involuntária força de atração.

Encontramos o sr. Mercado na sala de estar. Explicava o conceito de um novo processo à sra. Leidner. Sentada numa cadeira de espaldar reto, em madeira maciça, ela bordava flores em sedas finas. Aquela estranha aparição, delicada e etérea, me tomou de surpresa. Parecia mais uma criatura fantástica do que alguém de carne e osso.

A voz esganiçada da sra. Mercado se ergueu:

– Puxa, *até que enfim* achamos você, Joseph. Pensei que estaria no laboratório.

Perplexo e atrapalhado, ele ergueu-se num pulo, como se a entrada da esposa tivesse quebrado um feitiço. Gaguejou:

– Eu... eu tenho que ir agora. Estou no meio de... no meio de...

Em vez de arrematar a frase, virou-se rumo à porta.

A sra. Leidner arrastou sua voz macia:

– Tem que terminar de me contar outra hora. Assunto bem interessante.

Ergueu o olhar em nossa direção, sorriu com doçura distraída e volveu a atenção ao bordado outra vez.

Pouco depois, ela disse:

– Temos livros ali, enfermeira. Ótima coleção. Escolha um e sente-se.

Dirigi-me até a estante. A sra. Mercado ficou mais um tempinho, até que se virou de modo abrupto e saiu.

Ao passar por mim, não gostei da expressão que vi no rosto dela. Parecia possessa de fúria.

Sem querer, me lembrei de algumas coisas que a sra. Kelsey insinuara sobre a sra. Leidner. Não queria considerá-las verdadeiras, pois eu gostava da sra. Leidner. Entretanto, fiquei me perguntando se não havia algo de verdade por trás daqueles comentários.

Não creio que fosse apenas culpa dela, mas o fato é que tanto a amável e feiosa srta. Johnson quanto aquela vulgar cospe-fogo sra. Mercado não se comparavam à sra. Leidner em matéria de charme e beleza. E, afinal de contas, homens são todos iguais no mundo todo. Na minha profissão, logo, logo, a gente percebe isso.

Mercado era material descartável, e não creio que a sra. Leidner desse a mínima para a sua admiração – mas a mulher dele se importava. Se eu não estivesse enganada, ela se incomodava profundamente com aquilo e, se pudesse, estaria bem disposta a se vingar da sra. Leidner.

Fitei a sra. Leidner ali sentada, bordando suas flores bonitas, tão arredia, longínqua e indiferente. Tive a sensação de que eu precisava alertá-la de alguma forma. Tive a sensação de que ela não sabia o quanto o ciúme e o ódio podiam ser estúpidos, irracionais e violentos – e o quão pouco é preciso para deixá-los arder a fogo lento.

Em seguida pensei com meus botões: "Amy Leatheran, não seja tola. A sra. Leidner não tem nada de ingênua. Beira os quarenta anos e deve saber tudo o que há para saber nessa vida".

Mas, apesar de tudo, eu tinha a sensação de que talvez ela não soubesse.

Aquele seu jeito impassível era tão esquisito.

Comecei a imaginar que tipo de vida ela tivera. Sabia que estava casada com o dr. Leidner há apenas dois anos. E, de acordo com a sra. Mercado, o primeiro marido morrera uns quinze anos atrás.

Aproximei-me e sentei ao lado dela com um livro, e pouco depois fui lavar as mãos para a ceia. Boa refeição – um curry apetitoso. Todos foram dormir cedo; fiquei contente, pois estava cansada.

O dr. Leidner me acompanhou até o quarto para ver se eu tinha tudo o que precisava.

Deu-me um caloroso aperto de mão e disse com ansiedade:

– Ela gosta de você, enfermeira. Conquistou-a de imediato. Estou tão alegre. Sinto que agora vai ficar tudo bem.

Parecia um menino de tão ansioso.

Tive a impressão, também, de que a sra. Leidner havia gostado de mim, e isso me deixou bastante satisfeita.

Mas eu não compartilhava dessa confiança. Não sei o porquê, mas algo me dizia que havia coisas naquela história de que ele nem sequer desconfiava.

Havia *algo* – algo que eu não conseguia sondar. Mas sentia na atmosfera.

Apesar da cama confortável, não dormi bem. Tive uma noite de sonhos atribulados.

Os versos de um poema de Keats que eu aprendera na infância martelavam em minha cabeça. Eu não entendia o motivo daquilo e fiquei desassossegada. Sempre odiara aquele poema – talvez porque tenha sido obrigada a decorá-lo. Mas, de modo inexplicável, quando acordei no escuro percebi no poema, pela primeira vez, uma espécie de beleza.

"*O que é que você tem, ó cavaleiro?* (como era mesmo?) *Cavalgando a esmo, pálido e sozinho?*" Pela primeira vez, vislumbrei o cavaleiro em minha mente

– o rosto do sr. Carey. Sombrio, tenso e bronzeado, como o rosto daqueles pobres soldados que eu lembrava ter visto quando criança durante a guerra... Senti pena dele – então caí no sono outra vez e descobri quem era a *Belle Dame sans Merci*: a sra. Leidner! Montada a cavalo, inclinava o corpo lateralmente e segurava um bordado florido nas mãos. De repente, o cavalo tropeçou e por todos os lugares havia ossos cobertos de cera. Acordei tremendo, com a pele toda arrepiada, e murmurei comigo que comer curry à noite *nunca* fez bem a meu estômago.

Capítulo 7

O homem à janela

Acho melhor esclarecer logo que não vai haver nenhuma cor local nesta história. Não entendo nada de arqueologia nem quero entender. Não vejo sentido em mexer em pessoas e lugares enterrados e perdidos. O sr. Carey costumava dizer que me faltava o temperamento arqueológico. Não há dúvida: ele tinha razão.

Logo na manhã seguinte após a minha chegada, o sr. Carey perguntou se eu gostaria de ver o palácio que ele estava – se não me engano, ele disse "*planejando*". Se bem que eu não tenho ideia como alguém é capaz de planejar algo acontecido há tanto tempo! Bem, respondi que gostaria e, para ser sincera, deixei-me contagiar um pouco pela empolgação. O palácio tinha quase três mil anos, ao que consta. Fiquei me perguntando que tipo de palácio existia naquela época e se seria como as ilustrações que eu vira da mobília da tumba de Tutankhamon. Mas você não vai acreditar: não havia nada para ver além de *lama*! Muros de não mais do que sessenta centímetros de altura sujos de lama – e isso é tudo o que havia lá. O sr. Carey me levou aqui e ali contando coisas – mostrou onde ficavam o grande pátio, os aposentos, o andar superior e as inúmeras salas que davam para o pátio central. Tudo que pude pensar foi: "Mas como é que ele *sabe*?". Lógico, tive a polidez de não verbalizar. Só posso dizer que me decepcionei *muito*! A meus olhos, a escavação toda não aparentava nada além de lama – nem sombra de mármore ou de ouro nem nada bonito. A casa de minha tia em Cricklewood daria ruínas bem mais imponentes! E pensar que aqueles antigos assírios (ou sabe-se lá como se chamavam) se autodenominavam *reis*. Quando o sr. Carey terminou de mostrar seus antigos "palácios", deixou-me aos cuidados do padre Lavigny, que me mostrou o resto do sítio arqueológico (ou montículo, como eles chamavam). Eu tinha um pouco de medo do padre Lavigny, por ele ser monge e estrangeiro, sem falar na voz cavernosa e tudo o mais, mas até que ele foi simpático – embora meio superficial. Às vezes me dava a impressão de que tudo aquilo era tão surreal para ele quanto para mim.

A sra. Leidner me explicou isso mais tarde. Ela disse que o padre Lavigny só se interessava por "documentos escritos" – como ela os chamou. Esse povo escrevia tudo na argila. Símbolos esquisitos, com aparência pagã, mas bastante sensatos. Havia até lousas escolares – com a aula do professor de um lado e os exercícios do aluno no verso. Confesso que aquilo me deixou bem interessada – parecia tão humano, se é que você me entende.

O padre Lavigny deu uma volta comigo na escavação, mostrando templos, palácios e casas, além de um local onde, segundo ele, ficava um cemitério do começo do império acádio. Ele falava de um jeito engraçado, aos borbotões, fornecendo apenas pitadas de informação e logo dando uma guinada a outros assuntos.

Comentou:

– É estranha sua presença aqui. A sra. Leidner está mesmo doente?

– Doente não é bem a palavra certa – respondi precavida.

Ao que ele retorquiu:

– Ela é uma mulher curiosa. Perigosa, acho eu.

– Ora, posso saber o que o senhor quer dizer com isso? – indaguei. – Perigosa? Como assim, perigosa?

Meneou a cabeça, pensativo.

– Acho que ela é cruel – respondeu. – Sim, acho que ela pode ser absolutamente cruel.

– Vai me desculpar – protestei –, mas acho que o senhor está falando tolices.

Ele balançou a cabeça.

– Não conhece as mulheres como eu – observou.

Engraçado, pensei, um monge dizer aquilo. Lógico, imagino que ele tenha ouvido muitas coisas nas confissões. No entanto, fiquei meio desconcertada, afinal eu não tinha certeza de que os monges também ouviam confissões. Não era atribuição só dos padres? Imaginava que ele *era* um monge com aquela comprida túnica de lã – roçando na lama – e o rosário e tudo o mais!

– Sim, ela pode ser cruel – cismou ele. – Tenho quase certeza disso. Mas (mesmo tão sólida como pedra ou mármore) ela anda amedrontada. De que ela tem medo?

Aquilo, pensei, era o que todos nós gostaríamos de descobrir!

Em tese, era possível que o marido dela soubesse, mas eu não acreditava que alguém mais pudesse conhecer os motivos.

De repente, ele me fitou com um olhar translúcido e misterioso.

– É estranho por aqui? Acha o ambiente estranho? Ou tudo normal?

– Não diria tudo normal – respondi meditativa. – A estrutura é confortável... mas há uma sensação de desconforto no ar.

– Nem me fale... Até *eu* estou perdendo o sossego. Parece – súbito se tornou ainda mais estrangeiro – que algo está prestes a acontecer. O dr. Leidner, também, anda fazendo coisas que não costuma fazer. Algo também o preocupa.

– A saúde da esposa?

– Talvez. Mas tem algo mais. Há... como direi... uma inquietude no ar.

E era isso mesmo: havia uma inquietude no ar.

Paramos de falar no assunto, pois o dr. Leidner veio em nossa direção. Ele me apontou uma sepultura infantil recém-descoberta. Comovente e patética – os ossinhos, alguns potes e pedrinhas de vidro que o dr. Leidner explicou serem de um colar.

Quem me provocou riso foi a equipe de escavação. Eu nunca tinha visto tanto espantalho junto – todos em andrajos e anáguas compridas, com as cabeças enfaixadas como se estivessem com dor de dente. E, de vez em quando, nas idas e vindas com os cestos de terra, começavam a entoar (ao menos acho que a intenção era essa) uma esquisita espécie de cantilena infindável e monótona. Notei que a maioria tinha olhos medonhos – todos cobertos de supurações, e alguns pareciam caolhos. Eu pensava na aparência deplorável daquela turma, quando o dr. Leidner observou:

– Que gente mais bonita, não é mesmo?

O que me fez pensar que habitávamos um mundo singular, em que duas pessoas conseguiam ver a mesma coisa de modos diametralmente opostos. Não me expliquei muito bem, mas você pode adivinhar o que eu quis dizer.

Um tempinho depois, o dr. Leidner comunicou que ia voltar à sede para tomar a xícara de chá do meio da manhã. Voltamos lado a lado, e ele me contou coisas da escavação. Quando *ele* explicava, tudo se tornava mais claro. Eu meio que *enxergava* tudo – como tudo costumava ser –, as ruas, as casas... Ele mostrou os fornos onde os antigos assavam os pães e disse que os árabes utilizavam praticamente o mesmo tipo de forno hoje em dia.

Chegamos à sede e descobrimos que a sra. Leidner já havia se levantado. Parecia melhor, menos encovada e exausta. O chá veio quase de imediato, e o dr. Leidner contou a ela sobre os novos achados matinais na escavação. Logo retornou ao trabalho no sítio arqueológico, e a sra. Leidner perguntou se eu gostaria de ver parte dos achados feitos até agora. Claro que eu disse "Sim", e ela me levou ao depósito de antiguidades. Havia uma porção de coisas espalhadas: a maioria me pareceu potes quebrados, ou senão outros emendados e colados. Tudo descartável, pensei.

– Puxa vida – eu disse –, é uma pena estarem tão quebrados, não é? Vale mesmo a pena guardá-los?

A sra. Leidner abriu um sorrisinho e disse:

– Não deixe Eric ouvi-la falando assim. Para ele, não há nada mais interessante do que potes. Alguns desses são dos mais antigos que temos... Talvez até sete mil anos de idade.

E explicou como alguns potes haviam sido achados em um corte profundo na parte de trás do montículo e de que modo, milhares de anos atrás, os utensílios haviam sido quebrados e consertados com betume, mostrando que o povo estimava seus pertences como hoje em dia.

– E agora – anunciou – vou mostrar algo mais empolgante.

Puxou uma caixa da prateleira e mostrou uma bela adaga de ouro com pedras azul-escuras incrustadas no cabo.

Soltei uma exclamação de agrado.

A sra. Leidner riu.

– Sim, todo mundo gosta de ouro! Exceto meu marido.

– Por que o dr. Leidner não gosta?

– Bem, entre outros motivos, porque se torna caro. É preciso pagar os operários que acham o artefato. O valor é calculado com base no peso do ouro.

– Minha nossa! – exclamei. – Mas por quê?

– Ah, é o costume. Por um lado é bom, pois previne roubos. Sabe, se eles *realmente* roubassem, não seria pelo valor arqueológico, mas pelo valor intrínseco. Poderiam derreter o artefato. Assim, o mais simples é manter a honestidade.

Pegou outra bandeja e me mostrou uma magnífica taça de ouro com cabeças de carneiro desenhadas.

Soltei nova exclamação.

– Sim, é maravilhosa, não é? Veio do túmulo de um príncipe. Encontramos outras tumbas de reis, mas a maioria havia sido saqueada. Essa taça é o nosso melhor achado. Está entre as mais fabulosas já encontradas. Começo do império acádio. Inigualável.

Súbito, franzindo a testa, a sra. Leidner aproximou a taça dos olhos e, com extrema delicadeza, raspou-a com a unha.

– Que estranho! Tem cera grudada. Alguém deve ter vindo aqui com uma vela acesa.

Desprendeu o floco de cera e repôs a taça no lugar.

Depois me mostrou estatuetas bizarras, feitas de terracota – mas quase todas obscenas. Nossa, que mente pervertida a desses povos antigos!

Quando retornamos à varanda, encontramos a sra. Mercado sentada terminando de pintar as unhas. Esticou os dedos à frente para admirar o efeito. Pensei comigo que dificilmente alguém conceberia algo mais hediondo do que aquele vermelho-alaranjado.

A sra. Leidner havia trazido do depósito de antiguidades um delicado piresinho partido em vários pedaços e passou a se dedicar à colagem. Eu a observei por alguns minutos e perguntei se não podia ajudar.

– Ah, sim, coisa quebrada é o que não falta.

Ela apanhou um bom sortimento de cerâmica quebrada e começamos o trabalho. Logo peguei o jeito, e a sra. Leidner elogiou minha habilidade. Imagino que a maioria das enfermeiras tenha destreza com as mãos.

– Que gente mais ocupada! – exclamou a sra. Mercado. – Sinto-me tremendamente ociosa. Claro que *sou* ociosa.

– Por que não deveria sê-lo, se é feliz assim? – indagou a sra. Leidner.

Sua voz soou bastante desinteressada.

Ao meio-dia almoçamos. Depois o dr. Leidner e o sr. Mercado limparam um lote de cerâmica, derramando uma solução de ácido clorídrico por cima. Um dos vasos pintou-se de um roxo encantador, e no outro surgiram chifres de touro como motivos decorativos. Foi como um passe de mágica. Toda aquela lama ressequida, que lavagem nenhuma removeria, meio que espumejou e ferveu até se evaporar.

O sr. Carey e o sr. Coleman retornaram à escavação, e o sr. Reiter encaminhou-se ao ateliê.

– O que vai fazer, Louise? – perguntou o dr. Leidner à esposa. – Imagino que vá descansar um pouquinho?

Deduzi que a sra. Leidner costumava sestear todas as tardes.

– Vou descansar uma horinha. Depois talvez eu faça um passeio curto.

– Bom. A enfermeira vai acompanhar você, não vai?

– Claro – disse eu.

– Não, não – interpôs a sra. Leidner. – Gosto de passear sozinha. A enfermeira não deve se sentir tão fiel ao dever a ponto de não tirar os olhos de cima de mim.

– Ah, mas eu adoraria ir junto – frisei.

– Não precisa mesmo, é verdade – insistiu a sra. Leidner em tom firme, quase categórico. – Preciso ficar a sós de vez em quando. Para mim é essencial.

Não insisti, é óbvio. Mas, ao me recolher para também dormir um pouco, me pareceu esquisito que a sra. Leidner, com seus pavores nervosos, gostasse de caminhar sozinha sem nenhum tipo de proteção.

Às três e meia, saí de meu quarto e topei com o pátio deserto, à exceção de um menino, que lavava cerâmica numa grande banheira de cobre, e do sr. Emmott, que orientava e selecionava o material lavado. Enquanto me aproximava deles, a sra. Leidner entrou pelo arco. Até então nunca a vira tão animada. Seus olhos reluziam, e ela parecia esperançosa, quase alegre.

O dr. Leidner saiu do laboratório e foi ao encontro dela. Mostrou-lhe uma grande tigela decorada com chifres de touro.

– As camadas pré-históricas estão incrivelmente produtivas – comemorou. – A temporada anda boa. Encontrar aquela tumba bem no começo foi mesmo um golpe de sorte. O único que pode reclamar é o padre Lavigny. Não apareceram muitas tábulas até agora.

– Não que ele tenha feito muito progresso com as poucas que achamos – comentou sarcástica a sra. Leidner. – Talvez seja um excelente epigrafista, mas é de uma preguiça notável. Dorme a tarde toda.

– Sentimos a falta de Byrd – lamentou o dr. Leidner. – As ideias desse padre parecem meio heterodoxas... embora, é claro, eu não tenha competência para julgar. Mas algumas de suas traduções foram no mínimo surpreendentes. É difícil acreditar, por exemplo, que ele traduziu certo a inscrição que havia em um bloco. Mas ele deve saber o que está fazendo.

Depois do chá, a sra. Leidner me perguntou se eu gostaria de passear à beira-rio. Talvez ela pudesse recear que a recusa para acompanhá-la no passeio anterior tivesse me deixado magoada.

Eu fazia questão que ela soubesse que não me melindrava fácil, de modo que aceitei de imediato.

Foi um entardecer fascinante. Uma trilha atravessava as lavouras de cevada e se embrenhava no meio de um pomar em flor. Enfim alcançamos a beira do Tigre. Logo à nossa esquerda, Tell Yarimjah, com a equipe de escavação entoando sua cantilena estranha e monótona. Um pouco à nossa direita, uma enorme roda-d'água girava com um gemido esquisito. No começo me deu calafrios. Mas, com o tempo, familiarizei-me com o ruído, e ele acabou exercendo em mim um curioso efeito calmante. Adiante da roda-d'água, via-se o lugarejo de onde vinha a maior parte da mão de obra.

– Harmonioso, não? – indagou a sra. Leidner.

– Pacífico – respondi. – É engraçado estar tão longe de tudo.

– Longe de tudo – repetiu a sra. Leidner. – Sim. Aqui pelo menos se esperaria estar seguro.

Num gesto brusco, relancei o olhar para ela, mas acho que ela falava mais sozinha do que comigo; não creio que tenha percebido o significado revelador de suas palavras.

Caminhamos de volta à sede.

De repente, a sra. Leidner agarrou meu braço com tanta força que quase deixei escapar um grito.

– Quem é aquele, enfermeira? O que ele está fazendo?

A certa distância à nossa frente, no ponto em que a trilha tangenciava a sede da expedição, um homem estava parado. Vestia roupas europeias e dava a impressão de que tentava, na ponta dos pés, espiar por uma das janelas.

Neste meio-tempo, ele se virou, nos viu e de imediato prosseguiu na trilha em nossa direção. A mão da sra. Leidner apertou meu braço com mais força ainda.

– Enfermeira – sussurrou ela. – Enfermeira...

– Tudo bem, querida, tudo bem – a tranquilizei.

O homem se aproximou e passou por nós. Era um iraquiano, e assim que o viu de perto, a sra. Leidner soltou um suspiro de alívio.

– No fim era só um iraquiano – disse ela.

Continuamos em nosso caminho. Ao passar pelas janelas, relanceei os olhos para cima. Não só tinham grades, como também ficavam muito altas do chão para permitir que alguém espiasse para dentro, pois ali o nível do terreno era mais baixo do que no lado interno do pátio.

– Deve ter sido mera curiosidade – presumi.

A sra. Leidner concordou com a cabeça.

– Tudo indica que sim. Mas por um instante pensei...

Não terminou de falar.

Ponderei comigo: "Pensou em quê? É isso que eu gostaria de saber. *Em que* pensou?".

Mas agora uma coisa estava clara: a sra. Leidner temia uma pessoa de carne e osso.

Capítulo 8

Alerta na madrugada

É um pouco difícil saber ao certo o que registrar da semana que se seguiu à minha chegada em Tell Yarimjah.

Relembrando do ponto de vista atual, consigo enxergar inúmeros pequenos sinais e indícios que na época me passaram despercebidos.

Para contar a história de modo apropriado, entretanto, tenho que tentar resgatar a perspectiva real – perplexa, inquieta e cada vez mais consciente de *alguma coisa* errada.

Pois de uma coisa tinha *certeza*: aquela atmosfera de tensão estranha e sufocante *não* era imaginada. Era autêntica. Até Bill Coleman, o insensível, fez um comentário a respeito.

– Este lugar me dá nos nervos – escutei-o dizendo. – São sempre assim tão casmurros?

Ele conversava com David Emmott, o outro assistente. Eu simpatizara com o sr. Emmott; concluíra que o seu jeito taciturno não era, com certeza, hostil. Algo nele nos transmitia uma sensação de plena lealdade e tranquilidade numa atmosfera em que não se sabia ao certo o que as pessoas sentiam e pensavam.

– Não – respondeu ele ao sr. Coleman. – No ano passado não era assim.

Mas não se estendeu no assunto nem comentou mais nada.

– Não consigo entender a razão para tudo isso – ponderou o sr. Coleman, com uma voz preocupada.

Emmott deu de ombros, mas não emitiu resposta.

Tive uma conversa esclarecedora com a srta. Johnson. Gostei muito dela. Eficiente, pragmática e sagaz. Cultivava, era óbvio, peculiar adoração pelo dr. Leidner, como se ele fosse um herói para ela.

Nessa oportunidade, ela me contou a história da vida dele desde a juventude. Ela conhecia cada sítio que ele havia escavado e os resultados das escavações. Quase ousaria jurar que ela era capaz de fazer citações de toda e qualquer palestra que ele havia proferido. Contou-me que o considerava de longe o melhor arqueólogo de campo da atualidade.

– E ele é tão simples. Tão desapegado das coisas materiais. Não sabe o significado da palavra presunção. Só mesmo um grande homem poderia ser tão simples.

– Isso é bem verdade – concordei. – Grandes personalidades não precisam demonstrar autoridade.

– E também é tão espirituoso! Nem imagina o quanto nos divertíamos (ele, Richard Carey e eu) nos primeiros anos que viemos para cá. Éramos um grupo tão contente. Carey trabalhou com ele na Palestina, é claro. A amizade deles já tem uns dez anos. Eu o conheço há sete.

– O sr. Carey é muito bonito – comentei.

– Sim... imagino que sim – respondeu ela de modo sucinto.

– Mas meio fechado, não acha?

– Ele não costumava ser assim – respondeu a srta. Johnson com rapidez. – Foi só desde...

Parou de falar de repente.

– Só desde? – estimulei.

– Bem, bem – disse a srta. Johnson, com um gesto de ombros peculiar. – Hoje muita coisa não é mais como antigamente.

Não respondi. Esperei que ela continuasse – e ela continuou –, precedendo suas observações com risinhos, como se quisesse diminuir a importância delas.

– Receio ter ideias antiquadas e conservadoras. Às vezes acho que, se a esposa do arqueólogo não tem interesse real na rotina arqueológica, seria mais sensato que ela não acompanhasse a expedição. Isso costuma gerar atritos.

– A sra. Mercado... – sugeri.

– Ah, não ela! – descartou a sugestão a srta. Johnson. – Refiro-me à sra. Leidner. Mulher que enfeitiça os homens... Não é difícil entender por que o dr. Leidner ficou "caído" por ela, se me permite usar uma gíria. Mas não consigo evitar a sensação de que ela está deslocada aqui. Ela... inquieta o ambiente.

Então a srta. Johnson concordava com a sra. Kelsey: a responsável pela atmosfera tensa era a sra. Leidner. Mas como se explicavam os pavores nervosos da própria sra. Leidner?

– Inquieta *o dr. Leidner* – revelou com franqueza a srta. Johnson. – Claro, eu... bem, sou uma espécie de cão leal e ciumento. Não gosto de vê-lo assim extenuado e aflito. Toda a sua atenção deveria estar voltada ao trabalho... Não absorta pelos medos patéticos da esposa! Se lugares remotos a deixam com os nervos à flor da pele, que ficasse nos Estados Unidos. Não tenho paciência com gente que visita lugares distantes e só sabe reclamar!

Em seguida, um tanto receosa de ter falado demais, prosseguiu:

– Claro, tenho ela na mais alta conta. É linda e, quando quer, sabe exercer um imenso encanto.

E o assunto esfriou.

Pensei em como as coisas eram previsíveis – sempre que mulheres conviviam juntas havia margem para despertar ciúmes. A srta. Johnson claramente não gostava da esposa do patrão (coisa até certo ponto natural) e, a menos que eu estivesse enganada, a sra. Mercado a detestava.

Outra pessoa que não gostava da sra. Leidner era Sheila Reilly. Ela visitou a escavação duas vezes, uma de carro e a outra com um moço no lombo de um cavalo – ou melhor, cada qual no seu cavalo, é lógico. Algo me dizia que a srta. Reilly simpatizava muito com Emmott, o taciturno americano. Quando ele trabalhava na escavação, ela costumava ficar lá, conversando com ele; tive a impressão, também, de que *ele* gostava *dela.*

Um dia, de modo um tanto descuidado a meu ver, a sra. Leidner tocou no assunto na hora do almoço.

– A mocinha Reilly não desistiu de conquistar David – disse com uma risadinha. – Pobre David, ela o persegue até em plena escavação! Como essas moças são tolas!

O sr. Emmott não respondeu, mas o rosto bronzeado ficou vermelho. Ergueu os olhos e a mirou com uma expressão curiosa – um olhar fixo e insistente com um quê de desafio.

Abriu um sorriso tênue e desviou o olhar.

Ouvi o padre Lavigny murmurar algo, mas quando indaguei "Como?", limitou-se a abanar a cabeça e não repetiu o comentário.

Naquela tarde, o sr. Coleman me confidenciou:

– Para ser sincero, a princípio não gostei muito da sra. L. Ela costumava ser muito rude comigo cada vez que eu abria a boca. Mas agora passei a entendê-la melhor. É uma das mulheres mais amáveis que já conheci. Antes que a gente perceba, estamos contando a ela todos os fiascos e enrascadas pelos quais já passamos. Ela pega no pé da srta. Reilly, sei disso, mas Sheila já foi grossa com ela algumas vezes. Esse é o pior de Sheila: não tem um pingo de educação. E que gênio difícil!

Aquilo fazia sentido. O dr. Reilly a mimou demais.

– Tudo bem que ela tenha tendência a ser cheia de si, sendo a única jovem no local. Mas isso não é desculpa para tratar a sra. Leidner como se fosse sua tia-avó. A sra. L. não é bem uma dama, mas é muito bonita. Lembra aquelas mulheres fantásticas que emergem dos pântanos e nos deixam enfeitiçados. – Acrescentou com acidez: – Não é bem o feitio de Sheila enfeitiçar ninguém. Tudo que ela faz é alfinetar a gente.

Só consigo me lembrar de outros dois incidentes de certa significância.

Um deles aconteceu quando fui até o laboratório pegar um pouco de acetona para tirar a cola grudada em meus dedos durante a colagem da cerâmica. O sr. Mercado, sentado a um canto, apoiava a cabeça nos braços; imaginei que estivesse dormindo. Peguei o frasco que queria e saí.

Naquela noite, para minha grande surpresa, a sra. Mercado me abordou com atitude hostil.

– Pegou um frasco de acetona do laboratório?

– Sim – respondi. – Peguei.

– Sabe muito bem que sempre fica um frasquinho de acetona no depósito de antiguidades.

Falava com certa indignação.

– É mesmo? Não sabia.

– Sabia, sim! Só quis ficar espionando. Sei como são as enfermeiras.

Fitei-a e ponderei com dignidade:

– Não sei do que está falando, sra. Mercado. Com certeza, não tenho a intenção de espionar ninguém.

– Ah, não! Claro que não. Pensa que eu não sei por que você está aqui?

Sinceramente, por alguns instantes cheguei a pensar que ela havia bebido. Afastei-me sem falar mais nada. Mas achei aquilo muito estranho.

O outro incidente não foi lá grande coisa. Eu tentava atrair um filhote de vira-lata com um pedaço de pão. No entanto, como todos os cães árabes, ele era muito tímido – e se convenceu de que minhas intenções não eram boas. Escapuliu e eu o segui arco afora, rodeando a sede. Fiz uma volta tão fechada que, antes de me dar conta, havia esbarrado no padre Lavigny e no outro homem parado junto a ele – e num átimo percebi que o homem era o mesmo que a sra. Leidner e eu havíamos visto aquele dia tentando espiar pela janela.

Desculpei-me, o padre Lavigny sorriu e, após despedir-se do outro homem, voltou à sede comigo.

– Sabe – começou ele –, estou muito envergonhado. Estudo línguas orientais, mas ninguém da equipe de escavação consegue me entender! É humilhante, não acha? Arrisquei meu árabe com aquele homem, que mora na cidade, para ver se eu me saía melhor... mas ainda assim não fui muito bem-sucedido. Leidner diz que meu árabe é puro demais.

E foi só. Mas só passou pela minha cabeça que era estranho que o mesmo homem continuasse rondando a casa.

Naquela noite tivemos um susto.

Deve ter sido pelas duas horas da madrugada. Tenho sono leve, como convém a todas as enfermeiras. Já estava acordada e sentada na cama quando a porta do meu quarto se abriu.

– Enfermeira, enfermeira!

Era a voz da sra. Leidner, em tom baixo e urgente.

Risquei um fósforo e acendi a vela.

Ela estava em pé junto à porta num longo chambre azul. Parecia petrificada de medo.

– Tem alguém... alguém... na sala perto do meu quarto... eu o escutei... arranhando a parede.

Pulei da cama e me aproximei dela.

– Está tudo bem – confortei. – Estou aqui. Não tenha medo, querida.

Ela sussurrou:

– Chame Eric.

Assenti com a cabeça, corri e bati na porta dele. Sem demora, ele estava conosco. Sentada em minha cama, a sra. Leidner arfava o peito.

– Eu escutei alguém... – murmurou ela – ...arranhando a parede.

– No depósito de antiguidades? – indagou o dr. Leidner em voz alta.

Correu ligeiro para fora – e apenas lampejou em meu cérebro o modo distinto com que o casal havia reagido. O pavor de sra. Leidner era todo pessoal, mas a preocupação do sr. Leidner logo se concentrou em seus valiosos tesouros.

– As antiguidades! – engasgou a sra. Leidner. – Claro! Que estupidez a minha!

Levantou-se, aninhou-se no chambre e solicitou que eu a acompanhasse. Todos os vestígios de pânico haviam se extinguido.

Chegando ao depósito de antiguidades, encontramos o dr. Leidner e o padre Lavigny. O padre também tinha escutado um ruído e, levantando-se para verificar o que poderia ser, tivera a impressão de ter visto uma luz bruxuleando no depósito. Perdera um pouco de tempo colocando as pantufas e procurando a lanterna; quando chegou ao local não havia mais ninguém ali. Além disso, a porta encontrava-se devidamente trancada, como sempre se fazia à noite.

Enquanto o padre Lavigny se assegurava de que nada tinha sido roubado, o dr. Leidner unira-se a ele.

Nada mais havia a registrar. O portão da entrada em arco estava trancado. As sentinelas juraram que ninguém de fora havia entrado mas, como era provável que estivessem dormindo como pedra, isso não era conclusivo. Não havia marcas nem vestígios de um intruso e nada tinha sido levado.

Talvez a sra. Leidner tivesse se alarmado com o barulho feito pelo padre Lavigny tirando as caixas das prateleiras para se certificar de que estava tudo em ordem.

Por outro lado, o próprio padre Lavigny foi enfático ao afirmar que (*a*) escutara passos na janela e (*b*) vira um facho de luz, possivelmente de uma lanterna, no depósito de antiguidades.

Ninguém mais havia escutado nem visto nada.

O incidente tem valor na minha narrativa porque motivou o desabafo da sra. Leidner no dia seguinte.

Capítulo 9

O relato da sra. Leidner

Fazia pouco que havíamos terminado o almoço. Como de costume, a sra. Leidner recolheu-se ao quarto para descansar. Acomodei-a na cama com uma boa camada de travesseiros e o livro que ela estava lendo. Eu já saía quando ela me chamou de volta.

– Não vá, enfermeira, tem uma coisa que quero lhe contar.

Entrei outra vez no quarto.

– Feche a porta.

Obedeci.

Ergueu-se da cama e começou a andar para lá e para cá. Percebi que ela tentava tomar uma decisão e não quis interrompê-la. Era nítido que enfrentava um grande dilema.

Por fim pareceu tomar a coragem necessária. Virou-se para mim e disse de modo abrupto:

– Sente-se.

Sentei-me com muita calma perto da mesa. Ela começou em tom nervoso:

– Deve estar imaginando o porquê disso...

Só balancei a cabeça de modo afirmativo e não disse nada.

– Resolvi lhe contar... tudo! Tenho que contar a alguém senão vou ficar louca.

– Bem – ponderei –, acho que pode ser bom. Não é fácil saber o melhor a se fazer quando estamos no escuro.

Ela interrompeu o andar inquieto e me encarou.

– Sabe de que tenho medo?

– De um homem – eu disse.

– Sim... mas eu não disse de quem... eu disse de quê.

Aguardei.

Ela disse:

– *Tenho medo de ser assassinada!*

Ora, ora, até que enfim a verdade. Não me cabia demonstrar quaisquer preocupações especiais. Ela já beirava a histeria por si própria.

– Meu Deus – respondi. – Quer dizer que é isso?

Então começou a rir. Riu demais – e lágrimas correram em seu rosto.

– O jeito que disse isso! – ofegou ela. – O jeito que você disse...

– Pronto, pronto... – confortei. – Não fique assim.

Falei com firmeza. Sentei-a numa cadeira, dirigi-me ao lavatório, peguei uma esponja fria e umedeci sua testa e seus pulsos.

– Chega de tolice – pedi. – Conte-me tudo com calma e sensatez.

Aquilo a fez cair em si. Ajeitou-se na cadeira e falou com voz normal.

– Enfermeira, você é um tesouro – elogiou. – Faz eu me sentir como se tivesse seis anos de idade. Vou lhe contar.

– Certo – incentivei. – Respire fundo e não se apresse.

Começou a falar de modo lento e calculado.

– Quando eu tinha vinte anos, me casei com um jovem que trabalhava em um de nossos ministérios. Foi em 1918.

– Sei – disse eu. – A sra. Mercado me contou. Ele foi morto na guerra.

Mas a sra. Leidner balançou a cabeça.

– Isso é o que ela pensa. Isso é o que todo mundo pensa. A verdade não é bem essa. Enfermeira, eu era uma jovem de patriotismo exaltado, repleta de idealismo. Depois de uns meses de casamento, descobri (por uma casualidade imprevisível) que o meu marido era um espião a soldo da Alemanha. Soube que devido às informações fornecidas por ele um navio inglês havia sido afundado, matando centenas de compatriotas. Não sei como a maioria das pessoas teria agido... Mas vou contar como eu agi. Fui direto a meu pai, que trabalhava no Ministério da Guerra, e contei-lhe a verdade. Frederick *foi* morto na guerra... mas nos Estados Unidos... baleado como espião.

– Minha nossa! – exclamei. – Que horror!

– Sim – disse ela. – Um horror. E pensar que alguém tão querido... tão amável... e durante todo o tempo... Mas sequer hesitei. Talvez eu tenha agido errado.

– É difícil dizer – avaliei. – Não sei o que eu teria feito em seu lugar.

– Isso que estou lhe contando jamais foi divulgado fora do meio oficial. Para todos os efeitos, meu marido havia sido enviado ao front e morto em combate. Fui tratada com dó e bondade na condição de viúva de guerra.

Sua voz era amarga, e eu assenti com a cabeça de modo compreensivo.

– Muitos pretendentes me pediram em casamento, mas sempre recusei. Eu tinha sofrido um baque muito grande. Parecia que jamais conseguiria *confiar* em alguém outra vez.

– Sim, posso imaginar como se sentiu.

– E então me apaixonei por um jovem. Mas uma coisa incrível aconteceu! Recebi uma carta anônima (de

Frederick) dizendo que se algum dia eu me casasse de novo, ele me mataria!

– De Frederick? O seu marido morto?

– Sim. Claro, a princípio achei que estava louca ou sonhando... Por fim recorri a meu pai. Ele me contou a verdade. No fim das contas, meu marido não havia sido morto a tiros. Ele conseguiu fugir... mas a fuga não deu certo. Poucas semanas depois, o trem em que ele viajava descarrilou, e o seu cadáver foi encontrado no meio de outros. Meu pai tinha escondido a fuga de mim. Como ele acabou morrendo mesmo, não viu motivo para me contar a verdade.

"Mas a carta que eu tinha recebido abria possibilidades inteiramente novas. Será que o meu marido não estava vivo mesmo?

"Meu pai abordou o assunto com a maior cautela. Declarou que, até onde era humanamente possível ter certeza, o corpo enterrado como Frederick *era* de Frederick. Devido ao rosto meio desfigurado, ele não podia ter certeza absoluta, mas acreditava piamente que Frederick estava morto e que a carta era uma fraude cruel e mal-intencionada.

"A mesma coisa me aconteceu mais de uma vez: sempre que me tornava mais íntima de qualquer homem, eu recebia uma carta ameaçadora."

– Com a letra de seu marido?

Respondeu devagar:

– É complicado garantir. Não guardei nenhuma carta dele. Só podia me basear na memória.

– Não havia menção a fatos, nem o uso especial de alguma expressão que lhe fizesse ter certeza?

– Não. *Certas* expressões (apelidos, por exemplo) só ele e eu sabíamos. Se uma ou outra expressão dessas tivesse sido utilizada ou citada, então eu teria certeza absoluta.

– Sim – ponderei, pensativa. – É curioso. A impressão que se tem é que não *era* o seu marido. Mas poderia ser outra pessoa?

– Há uma possibilidade. Frederick tinha um irmão caçula... um moleque de dez ou doze anos na época de nosso casamento. Ele adorava Frederick, e Frederick era dedicado a ele. O que aconteceu a esse menino (seu nome era William) não chegou a meu conhecimento. Parece-me possível que, adorando o irmão do modo fanático com que adorava, ele pode ter crescido me considerando a responsável direta pela morte dele. Sempre sentiu ciúmes de mim e pode ter arquitetado esse plano com o objetivo de me punir.

– Pode ser – concordei. – É fabuloso como as crianças se lembram de fatos marcantes.

– Sim. Talvez esse menino tenha devotado a sua vida à vingança.

– Continue, por favor.

– Não há muito mais a contar. Conheci Eric três anos atrás. Havia decidido não me casar de novo. Eric me fez mudar de ideia. Até o dia de nosso casamento esperei outra carta ameaçadora. Não veio nenhuma. Concluí que, seja lá quem fosse o autor, estava morto ou cansado de sua brincadeira cruel. *Dois dias depois de me casar, recebi isto.*

Puxando uma pasta de couro da mesa ao lado, abriu a fechadura, retirou uma carta e me entregou.

Tinta um pouco apagada. Letra meio feminina, deitada para frente.

> *Você desobedeceu. Agora não pode escapar. Você deveria ser esposa apenas de Frederick Bosner! Você tem que morrer.*

– Fiquei assustada... mas nem tanto. A presença de Eric me insuflava segurança. Então, um mês depois, recebi uma segunda carta.

Não esqueci. Estou fazendo meus planos. Você tem que morrer. Por que desobedeceu?

– O seu marido sabe disso?

A sra. Leidner respondeu vagarosa.

– Ele sabe que estou sendo ameaçada. Mostrei a ele as duas cartas quando recebi a segunda. Tinha tendência a achar que a coisa toda era um embuste. Também pensou que podia ser alguém querendo fazer chantagem, fingindo que meu primeiro marido estava vivo.

Fez uma pausa e prosseguiu.

– Poucos dias depois de receber a segunda carta, por um triz não morremos envenenados. Alguém invadiu nosso apartamento enquanto dormíamos e acendeu o gás. Sorte que acordei e senti o cheiro a tempo. Então, perdi o controle. Contei a Eric como havia sido perseguida durante anos. Disse-lhe que tinha certeza de que esse louco, seja lá quem fosse, tencionava me matar de verdade. Acho que pela primeira vez cheguei mesmo a pensar que *era* Frederick. Sempre havia um toque implacável por trás de seus modos amáveis.

"Eric continuava, me parece, menos assustado do que eu. Ele quis ir à polícia. Claro que eu nem quis ouvir falar nisso. No fim, concordamos que eu deveria acompanhá-lo até aqui. Talvez fosse sensato, também, que no verão, em vez de voltar para os Estados Unidos, eu ficasse em Londres e Paris.

"Seguimos o plano à risca, e tudo transcorreu bem. Tive a certeza de que tudo ia melhorar. Afinal de contas, havia meio mundo de distância entre nós e meu inimigo.

"E eis que (há pouco mais de três semanas) recebo uma carta... com selo iraquiano."

Entregou-me a terceira carta.

Pensa que pode fugir. Está enganada. Não vai agir com falsidade comigo e sobreviver. Sempre lhe disse isso. A morte vai chegar em breve.

– E, uma semana atrás, *isto*! Largado em cima desta mesa. Nem sequer passou pelo correio.

Peguei a folha de papel da mão dela. Só uma palavra rabiscada.

Cheguei.

Ela me fitou.

– Percebe? Entende? Ele vai me matar. Talvez Frederick... talvez o pequeno William... *mas ele vai me matar.*

Sua voz ergueu-se num tremor. Segurei-a pelo pulso.

– Pronto... pronto – acalmei-a. – Não entre em pânico. Vamos cuidar da senhora. Tem sais de cheiro?

Confirmou com a cabeça, indicando o lavatório, e dei-lhe uma boa dose.

– Assim é melhor – disse eu, enquanto a cor retornava às bochechas da sra. Leidner.

– Sim, estou melhor. Mas, enfermeira, entende agora por que estou nesse estado de nervos? Quando vi aquele homem tentando espiar pela minha janela, pensei: *ele chegou*... Até mesmo quando *você* chegou fiquei desconfiada. Pensei que pudesse ser um homem disfarçado...

– Que ideia!

– Ah, sei que parece absurdo. Mas talvez você estivesse armando com ele e não fosse enfermeira coisa nenhuma.

– Mas isso é ridículo!

– Sim, talvez. Mas perdi o senso do ridículo.

Tomada por um pensamento repentino, indaguei:

– *Reconheceria* seu marido, imagino?

Ela respondeu devagar.

– Nem isso sei ao certo. Já se passaram mais de quinze anos. Talvez não reconhecesse o rosto dele.

Então ela estremeceu.

– Eu o vi uma noite... Mas era um rosto *morto*. Escutei um tamborilar na janela. Em seguida, enxerguei um rosto, um rosto opaco, fantasmagórico, sorrindo colado ao vidro. Gritei até não poder mais... E eles disseram que não havia ninguém lá!

Lembrei-me da história da sra. Mercado.

– Não acha – sugeri, hesitante – que pode ter *sonhado* isso?

– Tenho certeza de que não sonhei!

Eu não estava tão certa disso. Mediante as circunstâncias, era o tipo de pesadelo bastante provável, que facilmente levaria a pessoa a crer que estava acordada. Entretanto, nunca contradigo os pacientes. Confortei a sra. Leidner o melhor que pude, salientando que se qualquer estranho perambulasse nas redondezas sem dúvida ficaríamos sabendo.

Deixei-a, acho eu, um pouco reconfortada; procurei o dr. Leidner e contei o teor de nossa conversa.

– Que bom que ela se abriu com você – limitou-se a dizer. – Ando profundamente preocupado. Tenho certeza de que todos esses rostos e dedos tamborilando no vidro da janela não passam de imaginação dela. Não sei bem qual a melhor maneira de abordar esse assunto. O que acha da coisa toda?

Não compreendi direito a entonação de sua voz, mas respondi prontamente.

– É possível – ponderei – que essas cartas sejam apenas uma fraude cruel e mal-intencionada.

– Sim, é bem provável. Mas o que vamos *fazer*? Elas a estão enlouquecendo. Não sei bem o que pensar.

Tampouco eu. Ocorreu-me que talvez uma mulher estivesse envolvida. Havia um toque feminino naquelas cartas. A sra. Mercado rondava meus pensamentos.

Vamos supor que por algum acaso ela tivesse ficado sabendo dos fatos do primeiro casamento da sra. Leidner... Talvez estivesse dando vazão a seu ciúme aterrorizando a outra mulher.

Achei melhor não sugerir uma coisa dessas ao dr. Leidner. A gente nunca sabe como as pessoas vão reagir.

– Ora – comentei alegre –, devemos ser otimistas. Acho que a sra. Leidner já parece mais feliz agora que desabafou. Isso sempre ajuda, sabe. O que deixa as pessoas nervosas é remoer as coisas sem se abrir com ninguém.

– Fico muito contente por ela ter lhe contado – repetiu ele. – É um bom sinal. Mostra que ela gosta de você, que confia em você. Eu já não sabia mais o que fazer para melhorar a situação.

Tinha uma pergunta na ponta da língua sobre a possibilidade de que ele realizasse um contato discreto com a polícia local, mas depois me felicitei por ter me calado.

Aconteceu o seguinte: na outra manhã, o sr. Coleman iria a Hassanieh coletar o dinheiro para pagar a equipe de escavação. Ele também levaria todas as nossas cartas para remeter via aérea.

As cartas eram depositadas numa caixa de madeira no peitoril da janela do refeitório. Antes de ir dormir, naquela noite, o sr. Coleman as tirou da caixa e passou a classificá-las, envolvendo os feixes com tiras de borracha.

De repente soltou um grito.

– O que houve? – perguntei.

Estendeu-me uma carta com um sorriso irônico.

– É nossa Linda Louise... *Realmente* não está batendo bem. Pôs numa carta o endereço: 42nd Street, Paris, França. Isso não pode estar certo, o que acha? Não faria o favor de levar até ela e perguntar o que ela quis dizer *de verdade*? Ela recém se recolheu ao quarto dela.

Peguei a carta da mão dele e a levei ao quarto da sra. Leidner, onde ela corrigiu o endereço.

Era a primeira vez que eu via a caligrafia da sra. Leidner e fiquei me perguntando à toa onde eu tinha visto aquela letra antes, pois sem dúvida me era familiar.

Só no meio da noite de repente me lembrei.

Apesar de maior e mais espalhada, *era singularmente parecida com a letra das cartas anônimas.*

Novas ideias lampejaram em minha cabeça.

Seria possível que a autora daquelas cartas fosse *a própria* sra. Leidner?

E que o dr. Leidner já meio que suspeitasse disso?

Capítulo 10

Sábado à tarde

A sra. Leidner fez o seu relato numa sexta-feira.

Na manhã de sábado, havia uma tênue sensação de anticlímax no ar.

A sra. Leidner, em especial, mostrou-se inclinada a me tratar com frieza e, de modo intencional, evitou qualquer possibilidade de *tête-à-tête*. Bem, *aquilo* não me surpreendia! Não era a primeira nem seria a última vez a acontecer comigo. Damas revelam coisas à enfermeira numa súbita manifestação de confiança; pouco tempo depois, se sentem constrangidas e lamentam ter desabafado! É a natureza humana, sem tirar nem pôr.

Tive a maior cautela em não insinuar nada nem lembrá-la de alguma maneira do que ela me contara. Mantive propositalmente minha conversa a mais prosaica possível.

O sr. Coleman partira a Hassanieh pela manhã, embarcando na caminhoneta com as cartas numa mochila. Ele também tinha recebido algumas encomendas dos membros da expedição. Era dia de pagamento para os funcionários, e ele precisava ir ao banco e trazer o dinheiro em moedas de baixo valor. Tudo isso demandava tempo e ele não esperava retornar até o meio da tarde. Suspeitei inclusive de que ele fosse almoçar com Sheila Reilly.

Em geral, o trabalho na escavação não era muito puxado nas tardes de pagamento, e o expediente encerrava mais cedo, às três e meia da tarde, quando os funcionários começavam a receber o salário.

O moleque (Abdullah) cuja função era lavar os potes, instalado como de costume no meio do pátio, entoava a também costumeira cantilena nasalada. O dr. Leidner e o sr. Emmott iam aproveitar para fazer uns serviços cerâmicos até o retorno do sr. Coleman, e o sr. Carey voltou ao montículo.

A sra. Leidner foi descansar no quarto dela. Eu a acomodei como sempre e então me encaminhei ao meu quarto, levando um livro, pois não tinha sono. Faltavam quinze minutos para a uma da tarde, e duas horas prazerosas se passaram. Imergi na leitura de *Morte na casa geriátrica* – mistério para lá de empolgante –, mas acho que o autor não entendia muito sobre como administrar uma casa geriátrica! Pelo menos nunca ouvi falar numa casa como aquela! Fiquei com vontade de escrever ao autor e dar umas dicas a ele.

Quando enfim terminei o livro (quem diria, era a arrumadeira ruiva, de quem eu menos suspeitava!), consultei o relógio e, para minha surpresa, descobri que faltavam vinte minutos para as três!

Levantei-me, endireitei o uniforme e saí para o pátio.

Abdullah continuava a esfregar os potes e a entoar seu canto melancólico, e David Emmott estava em pé ao lado dele, selecionando o material já lavado e guardando os fragmentos dos potes quebrados em caixas para esperar a colagem. Caminhei na direção deles bem na hora em que o dr. Leidner desceu as escadas vindo do terraço.

– Tarde proveitosa – comentou alegre. – Fiz uma boa limpeza lá em cima. Louise vai ficar satisfeita. Ela andava se queixando de que não havia mais espaço para passear no terraço. Vou contar as boas novas a ela.

Dirigiu-se à porta da esposa, bateu e entrou.

Deve, suponho, ter saído cerca de um minuto e meio depois. Casualmente eu olhava para a porta. Foi quase um pesadelo. Entrou animado e bem-disposto. Saiu trôpego como um bêbado. Trazia uma estranha expressão atônita estampada no rosto.

– Enfermeira... – chamou com uma voz estranha e rouca. – Enfermeira...

Logo notei que havia algo errado e acorri até ele. Parecia um farrapo humano – o rosto assustado tremia sem parar; percebi que ele podia desmaiar a qualquer instante.

– Minha esposa... – disse ele. – Minha esposa... Ai, meu Deus...

Passei por ele e entrei no quarto. Sustive a respiração.

Ao lado da cama, num horroroso amontoado, jazia a sra. Leidner.

Curvei-me sobre ela. Morta, sem dúvida – e morta há uma hora pelo menos. A causa da morte não podia ser mais óbvia: uma terrível pancada na parte frontal da cabeça, pouco acima da têmpora direita. Devia estar se levantando da cama quando foi atingida e caiu.

Evitei tocá-la mais do que o necessário.

Corri o olhar pelo quarto para ver se havia alguma pista, mas nada parecia estar fora do lugar, nem ter sido mexido. As janelas permaneciam fechadas e trancadas, e não havia lugar onde o assassino pudesse ter se escondido. Evidente que ele viera e saíra há um bom tempo.

Saí e fechei a porta atrás de mim.

O dr. Leidner a esta altura já havia desmaiado. David Emmott o amparava, volvendo um rosto lívido e indagador em minha direção.

Em voz baixa e em poucas palavras contei a ele o que acontecera.

Como eu sempre havia suspeitado, ele demonstrou ser uma pessoa de primeira categoria em quem se confiar em meio a uma crise. Continuou plenamente calmo e dono de si. Aqueles olhos azuis se arregalaram, mas afora isso não se alterou.

Meditou por um instante e disse:

– Imagino que devemos avisar a polícia o quanto antes. Bill estará de volta a qualquer minuto. O que vamos fazer com o dr. Leidner?

– Ajude-me a levá-lo ao quarto dele.

Assentiu com a cabeça.

– Melhor primeiro chavear esta porta – afirmou.

Passou a chave na porta do quarto da sra. Leidner, tirou-a da fechadura e entregou-a para mim.

– Creio que é melhor guardar isto, enfermeira. Agora vamos lá.

Juntos, erguemos o dr. Leidner, o carregamos ao interior do quarto dele e o repousamos na cama. O sr. Emmott saiu em busca de conhaque. Voltou acompanhado da srta. Johnson.

Não obstante o rosto preocupado e aflito, ela se manteve calma e eficaz. Dei-me por satisfeita em deixar o dr. Leidner a cargo dela.

Apressei-me rumo ao pátio. A caminhoneta cruzou embaixo do arco naquele instante. Acho que todos nós ficamos chocados ao ver Bill saltando do veículo de rosto corado e alegre com seu conhecido bordão:

– Epa, opa, opa! Chegou a grana! – E prosseguiu animado: – Nada de roubo na estrada...

De súbito estacou.

– Puxa, o que foi que aconteceu? Qual é o problema? Parece que o gato comeu a língua de todo mundo.

O sr. Emmott limitou-se a dizer:

– A sra. Leidner morreu... assassinada.

– *O quê*? – O rosto viçoso de Bill transfigurou-se comicamente. Fitou o vazio com os olhos esbugalhados. – A patroa Leidner... morta! Você não está falando sério!

– Morta? – Foi um grito agudo. Dei meia-volta e topei com a sra. Mercado atrás de mim. – Disse que a sra. Leidner foi *assassinada*?

– Sim – confirmei. – Assassinada.

– Não! – ofegou ela. – Ah, não! Não acredito. Vai ver ela cometeu suicídio.

– Suicidas não golpeiam a própria cabeça – retruquei com acidez. – É homicídio sem sombra de dúvida, sra. Mercado.

Ela sentou de repente num caixote emborcado e disse:

– Ah, mas isso é horrível... *horrível...*

Horrível, certamente. Não precisava *ela* ficar nos dizendo! Fiquei me perguntando se talvez não estivesse sentindo um pouco de remorso pelos sentimentos cruéis que nutrira contra a morta e por todas as coisas odiosas que havia dito.

Um tempo depois, ela indagou sem fôlego:

– O que vão fazer?

O sr. Emmott encarregou-se de responder com seu modo tranquilo.

– Bill, é melhor voltar a Hassanieh o mais rápido que puder. Não sei muito bem qual é o procedimento correto. Melhor avisar o capitão Maitland. Ele é o chefe da polícia local, se não estou enganado. Mas primeiro fale com o dr. Reilly. Ele vai saber como agir.

O sr. Coleman balançou a cabeça de modo afirmativo. Todo e qualquer ar brincalhão se esvaíra de seu ser. Só parecia jovem e assustado. Sem dizer nada, entrou no veículo e partiu.

O sr. Emmott murmurou em um tom vago:

– Acho que devemos fazer uma busca. – Subiu a voz e chamou: – Ibrahim!

– *Na'am.*

O criado veio correndo. O sr. Emmott falou com ele em árabe. Começaram um diálogo exaltado. O rapaz parecia negar algo com veemência.

Por fim, o sr. Emmott pronunciou com voz perplexa:

– Ele garante que não entrou ninguém aqui na tarde de hoje. Nenhum tipo de forasteiro. Calculo que o criminoso deve ter entrado às escondidas pelo pátio sem ninguém perceber.

– Claro que sim – concordou a sra. Mercado. – Ele se esgueirou furtivamente quando os rapazes não estavam olhando.

– Sim – concordou o sr. Emmott.

A leve incerteza em sua voz me fez lançar a ele um olhar indagador.

Ele virou e fez uma pergunta a Abdullah, o pequeno lavador de potes.

A resposta do menino foi enfática e demorada.

A testa do sr. Emmott franziu-se ainda mais.

– Não entendo – murmurou ele consigo. – Não entendo de jeito nenhum.

Mas não me disse o que ele não entendia.

Capítulo 11

Um caso insólito

Até onde é possível, estou me atendo a narrar só a minha participação no caso. Vou pular os fatos das duas horas seguintes; a chegada do capitão Maitland, da polícia e do dr. Reilly. Boa dose de tumulto generalizado, com direito a interrogatórios e todos os procedimentos de rotina, imagino.

A meu ver, começamos a nos concentrar no essencial perto das cinco da tarde, quando o dr. Reilly me pediu para acompanhá-lo até o gabinete. Fechou a porta, sentou-se na cadeira do dr. Leidner, fez um sinal para que me sentasse à sua frente e disse com energia:

– Muito bem, enfermeira, vamos ao que interessa. Tem algo para lá de insólito aqui.

Ajeitei os punhos de meu uniforme e o mirei com olhar indagador.

Ele sacou um caderno.

– Isto é para meu próprio controle. Muito bem, a que horas mais ou menos o dr. Leidner encontrou o corpo da esposa?

– Eu diria que por volta de quinze para as três – respondi.

– E como sabe disso?

– Bem, consultei o relógio antes de sair do quarto. Vinte para as três.

– Vamos dar uma olhada em seu relógio.

Tirei o relógio do pulso e entreguei a ele.

– Hora exata. Isso que chamo de mulher competente. Ótimo, ao menos quanto a *isso* não há dúvidas.

Muito bem, formou opinião sobre há quanto tempo ela estava morta?

– Ora, doutor – eu disse –, não me cabe avaliar isso.

– Não seja tão profissional. Quero ver se a sua estimativa fecha com a minha.

– Bem, eu diria que estava morta há pelo menos uma hora.

– Isso mesmo. Examinei o corpo às quatro e meia e estou inclinado a estipular o horário da morte entre uma e quinze e quinze para as duas. Digamos, em torno de uma e meia. É uma boa estimativa.

Calou-se e tamborilou com os dedos no tampo da mesa.

– Este caso é muito mais que insólito – comentou. – Pode me contar mais detalhes... Estava descansando, você disse? Escutou alguma coisa?

– Por volta de uma e meia? Não, doutor. Não escutei nada a uma e meia, nem em outro momento. Fiquei lendo na cama desde quinze para a uma até vinte para as três e não escutei nada além da cantiga monótona do menino árabe e, de vez em quando, dos gritos do sr. Emmott para falar com o dr. Leidner no terraço.

– O menino árabe... sim.

Franziu a testa.

Naquele instante, a porta se abriu, e o dr. Leidner entrou, seguido pelo capitão Maitland, homenzinho irrequieto com olhos cinzentos e argutos.

O dr. Reilly levantou-se e fez o dr. Leidner sentar-se na cadeira dele.

– Sente-se, homem. Estou feliz que tenha vindo. Vamos precisar de você. Tem algo bastante esquisito neste caso.

O dr. Leidner fez uma reverência com a cabeça.

– Sei – lançou-me um olhar rápido. – Minha esposa confidenciou a verdade para a enfermeira Leatheran. Não devemos guardar segredo a esta altura, enfermeira. Por favor, conte ao capitão Maitland e ao dr. Reilly exatamente o que se passou entre você e minha esposa ontem.

Tanto quanto possível repeti nossa conversa palavra a palavra.

De vez em quando, o capitão Maitland deixava escapar uma exclamação. Quando terminei, ele virou-se ao dr. Leidner.

– Isso tudo é verdade, hein, Leidner?

– Tudo que a enfermeira contou é exato.

– Que história incrível! – exclamou o dr. Reilly. – Pode mostrar essas cartas?

– Devem estar entre os pertences de minha esposa.

– Ela tirou as cartas de uma pasta de couro em cima da mesa – informei.

– Então é provável que ainda estejam lá.

O dr. Leidner volveu ao capitão Maitland, e suas feições normalmente amáveis se endureceram.

– Nem pense em abafar o caso, capitão Maitland. O essencial é pegar e punir esse homem.

– Acredita que foi o ex-marido da sra. Leidner? – indaguei.

– Não acha isso, enfermeira? – quis saber o capitão Maitland.

– Bem, acho que isso é duvidoso – respondi hesitante.

– De qualquer modo – disse o dr. Leidner –, existe um assassino... e eu diria um assassino lunático e perigoso. Ele *tem que* ser descoberto, capitão Maitland. Não deve ser difícil.

O dr. Reilly falou devagar:

– Pode ser mais difícil do que pensa... não é, Maitland?

O capitão Maitland cofiou o bigode sem emitir resposta.

De repente, tive um sobressalto.

– Vão me desculpar – tomei a palavra –, mas esqueci de mencionar uma coisa.

Relatei o fato do iraquiano que víramos espiando pela janela e o modo como eu o tinha visto rondando o local, dois dias atrás, tentando arrancar informações do padre Lavigny.

– Certo – ponderou o capitão Maitland –, vamos tomar nota disso. É um ponto de partida para a polícia. Pode ser que o homem tenha alguma conexão com o caso.

– Quem sabe foi contratado para agir como espião – sugeri. – Para descobrir quando a barra estava limpa.

O dr. Reilly esfregou o nariz num gesto incomodado.

– Diabo de coisa intrigante – disse ele. – E supondo que a barra não estivesse limpa... hein?

Fitei-o com expressão perplexa.

O capitão Maitland virou para o dr. Leidner.

– Quero que me escute com atenção, Leidner. Este é o resumo das provas até agora: depois do almoço (servido ao meio-dia e que se estendeu por 35 minutos), sua esposa rumou ao quarto dela em companhia da enfermeira Leatheran, que a instalou confortavelmente. O senhor, por sua vez, subiu ao terraço, onde permaneceu pelas duas horas seguintes. Confirma?

– Sim.

– Desceu do terraço alguma vez durante esse tempo?

– Não.

– Alguém subiu para falar com o senhor?

– Sim, Emmott fez isso em várias ocasiões. Ficou indo e vindo entre mim e o menino que lavava a cerâmica lá embaixo.

– Chegou a olhar para o pátio alguma vez?

– Uma ou duas vezes... para trocar ideias com Emmott.

– E o menino... sempre sentado no meio do pátio lavando os potes?

– Sim.

– Qual foi o maior intervalo de tempo em que Emmott esteve com o senhor e ausente do pátio?

O dr. Leidner meditou.

– É difícil dizer... talvez uns dez minutos. Pessoalmente eu diria dois ou três minutos, mas sei por experiência que meu senso de tempo não é muito bom quando estou absorto e interessado no que estou fazendo.

O capitão Maitland mirou o dr. Reilly, que assentiu com a cabeça e disse:

– É melhor colocarmos a mão na massa.

O capitão Maitland puxou um bloquinho e o abriu.

– Preste atenção, Leidner. Vou ler exatamente o que cada membro de sua expedição fazia esta tarde entre a uma e as duas horas.

– Mas com certeza...

– Espere. Logo vai ver onde quero chegar. Primeiro o sr. e a sra. Mercado. O sr. Mercado afirma que trabalhava no laboratório. A sra. Mercado alega que estava no quarto dela, lavando o cabelo. A srta. Johnson garante que imprimia estampas de selos cilíndricos na sala de estar. O sr. Reiter declara que revelava chapas fotográficas no quarto escuro. O padre Lavigny diz que trabalhava no quarto dele. Quanto aos dois membros restantes da expedição, Carey supervisionava os trabalhos na escavação e Coleman tinha ido a Hassanieh. Isso conclui os membros da expedição. Agora, quanto aos empregados. O cozinheiro (seu mestre-cuca indiano) papeava com o guarda logo na saída do arco, enquanto depenava duas galinhas. Ibrahim e Mansur, os criados, uniram-se a eles por volta de uma e quinze. Permaneceram lá, rindo e conversando, até as duas e meia – *horário em que sua esposa já estava morta.*

O dr. Leidner inclinou-se à frente.

– Não entendo... o senhor me deixa confuso. O que está querendo dizer?

– Existe outro meio de acesso ao quarto de sua esposa à exceção da porta que se abre no pátio?

– Não. Existem duas janelas, mas elas têm grades por fora... Além disso, acho que estavam fechadas.

Lançou-me um olhar indagador.

– Fechadas e trancadas por dentro – confirmei prontamente.

– De qualquer modo – enfatizou o capitão Maitland –, mesmo se estivessem abertas, ninguém poderia entrar nem sair do quarto por ali. Meus colegas e eu nos certificamos pessoalmente disso. A situação é igual para todas as outras janelas que dão para os campos. Todas têm barras de ferro em boas condições. Para entrar no quarto de sua mulher, o invasor *tinha que* cruzar o arco de entrada e o pátio. Mas temos a garantia conjunta do guarda, do cozinheiro e dos criados de que *ninguém entrou.*

O dr. Leidner levantou-se num pulo.

– O que está insinuando? O que está insinuando?

– Controle-se, homem – disse o dr. Reilly em voz baixa. – Sei que é um choque, mas é preciso ser encarado. O *assassino não veio de fora...* então, deve ter vindo *de dentro.* Tudo indica que a sra. Leidner foi assassinada *por um membro de sua própria expedição.*

Capítulo 12

"Não acreditei..."

– Não. Não!

Agitado, o dr. Leidner começou a andar para lá e para cá.

– Impossível o que está dizendo, Reilly. Totalmente impossível. Um de *nós*? Puxa vida, todos os membros da expedição gostavam de Louise!

Um esgar esquisito, quase imperceptível, fez baixar os cantos da boca do dr. Reilly. Em razão das circunstâncias era difícil para ele dizer alguma coisa, mas jamais houve silêncio mais eloquente.

– Impossível mesmo – reiterou o dr. Leidner. – Todos demonstravam afeição por ela. Louise tinha um encanto natural e contagiante.

O dr. Reilly tossiu.

– Vai me desculpar, Leidner, mas afinal de contas essa é apenas a sua opinião. Se algum membro da expedição não gostasse de sua esposa, naturalmente não iria alardear o fato a você.

Angustiado, o dr. Leidner considerou:

– Sim... isso não deixa de ser verdade. Mas mesmo assim, Reilly, acho que está enganado. Tenho certeza de que todos estimavam Louise.

Calou-se por um instante e logo explodiu:

– Que ideia infame! É... é incrível demais.

– Não podemos fugir dos... ahn... fatos – afirmou o capitão Maitland.

– Fatos? Que fatos? Mentiras contadas por um cozinheiro indiano e por uma dupla de criados domésticos árabes. Conhece esse pessoal tão bem quanto eu, Reilly, e o capitão Maitland mais ainda. A verdade ao pé da letra não diz nada para eles. Falam o que a gente quer por mera questão de polidez.

– Mas nesse caso – retorquiu o dr. Reilly com frieza – estão dizendo o que *não* queremos que digam. Além disso, não é de hoje que conheço os hábitos de seus funcionários. Consideram aquele espaço do lado de fora do portão uma espécie de clube social. Sempre que venho aqui durante a tarde, encontro a maioria dos empregados ali. É o lugar natural para eles ficarem.

– Em todo caso, estão presumindo coisas demais. Por que esse homem (esse demônio) não pode ter entrado antes e se escondido em algum lugar?

– Concordo, não é de todo impossível – reconheceu o dr. Reilly, sem expressar emoção. – Vamos supor que um intruso *tenha* de algum modo conseguido entrar sem ser visto. Teria que permanecer escondido até o instante exato (e com certeza não poderia tê-lo feito no quarto da sra. Leidner, onde não há como se esconder) e correr o risco de ser flagrado ao entrar no quarto e sair dele... com Emmott e o garoto no pátio a maior parte do tempo.

– O menino dos potes. Tinha me esquecido dele – disse o dr. Leidner. – Rapazinho esperto. Mas com certeza, Maitland, ele *tem que* ter visto o assassino entrar no quarto de minha mulher, não acha?

– Já elucidamos esse pormenor. O garoto lavou potes a tarde toda, menos num breve intervalo. Por volta da uma e meia (Emmott não conseguiu ser mais exato), Emmott subiu ao terraço e ficou por lá com o senhor uns dez minutos, não é mesmo?

– Sim. Não me lembro da hora exata, mas deve ter sido por aí.

– Ótimo. Bem, naqueles dez minutos, o menino, aproveitando a oportunidade de matar tempo, saiu e foi jogar conversa fora com os demais no lado externo do portão. Quando Emmott desceu do terraço, percebeu a ausência dele e o chamou indignado, perguntando por que diabos ele havia abandonado o trabalho. Na minha percepção, *a sua mulher deve ter sido assassinada durante aqueles dez minutos.*

Com um gemido, o dr. Leidner sentou-se e escondeu o rosto nas mãos.

O dr. Reilly retomou a palavra, com a voz calma e pragmática.

– O horário se encaixa com a prova médica – informou. – Ela já estava morta há umas três horas quando a examinei. A única dúvida... quem a matou?

Seguiu-se um silêncio. O dr. Leidner endireitou-se na cadeira, passou a mão na testa e, em voz baixa, reconheceu:

– O raciocínio é válido, Reilly. Sem dúvida, *parece* ter sido o que se chama de "serviço interno". Mas, estou convencido, deve haver um equívoco. É plausível, mas tem que haver uma falha nisso. Para começo de conversa, vocês partem do pressuposto que ocorreu uma coincidência fantástica.

– Curioso você utilizar essa palavra – disse o dr. Reilly.

Sem lhe dar ouvidos, o dr. Leidner prosseguiu:

– Minha esposa recebe cartas ameaçadoras. Tem motivo para temer certa pessoa. A seguir... é assassinada. E querem que eu acredite que foi morta... não por essa pessoa... mas outra bem diferente! Isso é ridículo.

– É o que parece... sim – anuiu Reilly, pensativo. Mirou o capitão Maitland.

– Coincidência, hein? O que me diz, Maitland? Concorda com a ideia? Abrimos o jogo com Leidner?

O capitão Maitland balançou a cabeça afirmativamente.

– Vá em frente – limitou-se a dizer.

– Leidner, já ouviu falar em Hercule Poirot?

O dr. Leidner fitou-o perplexo.

– Acho que já ouvi falar nele, sim – respondeu em tom vago. – Certa vez escutei um amigo, o sr. Van Aldin, mencionar o nome dele nos termos mais elogiosos. É um detetive particular, não é mesmo?

– O próprio.

– Mas com certeza mora em Londres. Que serventia isso tem para nós?

– Mora em Londres, sim – retorquiu o dr. Reilly –, mas aí entra a coincidência. Hoje ele não está em Londres, e sim na Síria. *Na verdade, amanhã vai passar por Hassanieh, a caminho de Bagdá*!

– Quem lhe contou isso?

– Jean Berat, o cônsul da França. Jantou conosco ontem à noite e mencionou o nome dele. Ao que consta, ele esteve desemaranhando um escândalo militar na Síria. Vai passar aqui para visitar Bagdá, depois retorna à Síria e parte para Londres. Quer maior coincidência que essa?

O dr. Leidner vacilou um instante e mirou o capitão Maitland como quem se desculpa.

– O que acha, capitão Maitland?

– Qualquer cooperação é bem-vinda – respondeu na mesma hora o capitão Maitland. – Meus homens são bons batedores para explorar o campo e investigar vendetas familiares, mas francamente, Leidner, esse negócio de sua esposa parece fora de meu alcance. A coisa toda é suspeita demais. Estou mais do que ansioso para que esse sujeito dê uma olhada no caso.

– Sugere que eu peça a esse tal Poirot para nos ajudar? – indagou o dr. Leidner. – E supondo que ele recuse?

– Não vai recusar – disse o dr. Reilly.

– Como sabe?

– Também sou profissional. Se, digamos, um caso complicado de meningite cerebrospinal aparecesse em minha frente e me pedissem ajuda, eu não seria capaz de recusar. Esse crime é incomum, Leidner.

– Sim – concordou o dr. Leidner. Seus lábios se contraíram em aflição súbita. – Reilly, poderia entrar em contato com esse Hercule Poirot em meu nome?

– Claro.

O dr. Leidner agradeceu com um gesto.

– Até agora – murmurou devagar – ainda não consegui acreditar que Louise esteja realmente morta.

Não suportei mais.

– Ah! Dr. Leidner – irrompi –, não tenho palavras para expressar o quanto me sinto mal pelo que aconteceu. Fracassei tanto no meu dever. Era obrigação minha cuidar da sra. Leidner... e protegê-la de quaisquer males.

O dr. Leidner meneou a cabeça gravemente.

– Não, enfermeira, não há motivo algum para ficar se censurando – reconfortou devagar. – O culpado, que Deus me perdoe, sou *eu*... Durante o tempo todo, *não acreditei*... não acreditei... Nem por um instante sequer sonhei que existia perigo real...

Levantou-se. O rosto dele estremeceu.

– *Deixei que ela encontrasse a morte...* Sim, deixei que ela encontrasse a morte... por *não acreditar...*

Saiu do aposento, cambaleante.

O dr. Reilly fitou-me.

– Também me culpo – afirmou. – Achava que a falecida estava brincando com os nervos dele.

– Eu também não levei a sério – confessei.

– Nós três erramos – constatou o dr. Reilly com seriedade.

– É o que parece – completou o capitão Maitland.

Capítulo 13

Chega Hercule Poirot

Acho que nunca vou me esquecer da primeira vez em que vi Hercule Poirot. Claro, com o tempo fui me acostumando com ele, mas no começo levei um susto e tanto, e acho que todos também levaram!

Não sei bem o que eu imaginava – algo mais ao estilo de Sherlock Holmes, o corpo longilíneo e esguio, o rosto esperto e arguto. Lógico, sabia que ele era estrangeiro, mas não esperava que fosse *tão* estrangeiro assim, se é que você me entende.

Quando a gente o enxerga, dá vontade de rir! Parece um personagem de teatro ou de cinema. Para começo de conversa, não mede mais do que, digamos, 1 metro e 63 – um homenzinho excêntrico e roliço, já bem maduro, com um formidável bigode e a cabeça oval. Parece o cabeleireiro de uma comédia teatral!

E era esse sujeito que ia descobrir quem matou a sra. Leidner!

Um quê de minha aversão, suponho, deve ter transparecido em meu rosto, pois quase na mesma hora ele me disse com estranho brilho de divertimento nos olhos:

– Não me aprova, *ma soeur*? Lembre-se, nunca julgue um frasco pela aparência.

Só descobrimos se o perfume é bom depois de usá-lo, *acho* que foi isso o que ele quis dizer.

Bem, aquilo tinha seu fundo de verdade, mas de minha parte não senti muita firmeza!

O dr. Reilly trouxe-o a bordo de seu carro domingo depois do almoço. A primeira medida de Poirot foi pedir que todos nos reuníssemos.

Assim o fizemos no refeitório, todos sentados à mesa. O sr. Poirot sentou-se à cabeceira, ladeado pelo dr. Leidner e o dr. Reilly.

Todos reunidos, o dr. Leidner pigarreou e murmurou com sua voz amena e hesitante:

– Imagino que todos aqui já ouviram falar de monsieur Hercule Poirot. Hoje ele estava de passagem por Hassanieh e de modo muito amável concordou em interromper a viagem para nos auxiliar. A polícia iraquiana e o capitão Maitland, tenho certeza, estão fazendo o melhor que podem, mas... mas existem circunstâncias no caso... – atrapalhou-se e lançou um olhar de súplica ao dr. Reilly – ...existem, parece, certos contratempos...

– Tem algo fora do esquadro nesta história, não é isso? – emendou o homenzinho à cabeceira da mesa. Puxa, nem falar inglês direito ele sabia!

– Aham, ele *tem que* ser pego! – gritou a sra. Mercado. – Seria insuportável se ele escapasse!

Percebi o olhar do pequenino estrangeiro se deter nela de modo avaliativo.

– Ele? *Ele* quem, madame? – indagou Poirot.

– Ora, o assassino, é claro.

– Ah! O assassino – repetiu Hercule Poirot.

Deu a entender que o assassino não tinha importância nenhuma!

Todos o encaramos. Fitou-nos um a um.

– Corrijam-me se eu estiver enganado – recomeçou ele. – Imagino que ninguém aqui teve contato prévio com um caso de assassinato, não é mesmo?

Murmúrio geral de concordância.

Hercule Poirot abriu um sorriso.

– Está explicado, portanto, que não entendam o ABC da situação. Existem dissabores! Sim, existem inúmeros dissabores. Em primeiro lugar, existe *suspeita.*

– Suspeita?

Foi a srta. Johnson quem falou. O sr. Poirot mirou-a pensativo. Tive a impressão de que ele a considerou de modo aprovador. Parecia pensar: "Eis uma pessoa sensata e inteligente!".

– Sim, mademoiselle – respondeu. – Suspeita! Vamos pôr os pingos nos is. *Todos nesta casa estão sob suspeita.* O cozinheiro, o criado, o lavador de pratos, o menino dos potes... Sim, e todos os membros da expedição também.

A sra. Mercado levantou-se bruscamente, o rosto crispado.

– Como *ousa*? Como ousa dizer uma coisa dessas? Isso é medonho... intolerável! Dr. Leidner... não pode ficar aí sentado e deixar este homem... deixar este homem...

O dr. Leidner disse com ar cansado:

– Por favor, tente se acalmar, Marie.

O sr. Mercado também se ergueu, as mãos trêmulas e os olhos injetados.

– Concordo. É um ultraje... um desaforo...

– Não, não – apaziguou o sr. Poirot. – Não estou insultando ninguém. Apenas pedindo que encarem os fatos. *Numa casa em que foi cometido um assassinato, todos que nela habitam recebem sua parcela de suspeita.* Pergunto: que prova existe de que o assassino veio de fora?

A sra. Mercado gritou:

– Mas é claro que veio! É lógico! Caso contrário... – ela parou e recomeçou devagar – seria inacreditável!

– Tem toda a razão, madame – curvou-se Poirot. – Só explico de que modo o assunto deve ser abordado. Primeiro, me asseguro de que todos nesta sala são inocentes. Depois disso, vou procurar o assassino em outro lugar.

– Talvez aí já não seja tarde demais? – perguntou o padre Lavigny em tom polido, um tanto irônico.

– A tartaruga, *mon père*, ultrapassou a lebre.

O padre Lavigny deu de ombros.

– Estamos em suas mãos – falou resignado. – Convença-se o mais breve possível de nossa inocência nesse caso horrendo.

– O mais rápido possível. Era meu dever esclarecer a situação, de modo que ninguém se melindre com a impertinência das perguntas que preciso fazer. Talvez, *mon père*, a Igreja comece dando o exemplo?

– Pergunte o que quiser – respondeu em tom sério o padre Lavigny.

– É sua primeira temporada aqui?

– Sim.

– E chegou... quando?

– Há quase três semanas. Ou seja, no dia 27 de fevereiro.

– Vindo de?

– De Cartago, da Congregação dos Pères Blancs.

– Obrigado, *mon père*. Conhecia a sra. Leidner antes de vir para cá?

– Não, nunca a tinha visto antes de conhecê-la aqui.

– Quer me contar o que fazia na hora da tragédia?

– Decifrava tábulas cuneiformes em meu quarto.

Percebi que Poirot tinha à mão um esboço da sede.

– O seu quarto fica no canto sudoeste e corresponde ao quarto da sra. Leidner no lado oposto?

– Sim.

– A que horas se encaminhou ao quarto?

– Logo depois do almoço. Por volta de vinte para a uma, eu diria.

– E ficou lá... até quando?

– Pouco antes das três. Escutei a caminhoneta chegando... e em seguida saindo de novo. Fiquei intrigado e saí para averiguar.

– Durante o tempo em que estava no quarto saiu alguma vez?

– Não, nenhuma vez.

– E não escutou nem viu algo que possa ter conexão com a tragédia?

– Não.

– Seu quarto não tem janela para o pátio?

– Não, as duas dão para o campo.

– Conseguia escutar algo do que acontecia no pátio?

– Não muita coisa. Escutei o sr. Emmott passando perto de meu quarto e subindo ao terraço. Fez isso uma ou duas vezes.

– Consegue se lembrar em que horário?

– Não, receio que não. Estava concentrado no trabalho, sabe.

Depois de uma pausa, Poirot acrescentou:

– Pode nos dizer ou sugerir qualquer coisa que ajude a esclarecer o caso? Notou, por exemplo, algo nos dias que precederam o assassinato?

O padre Lavigny demonstrou certo desconforto.

Lançou um olhar meio indagador ao dr. Leidner.

– Perguntinha difícil, monsieur – respondeu com seriedade. – Para ser sincero, a meu ver, a sra. Leidner andava claramente aterrorizada com alguém ou algo.

Sem dúvida temia pessoas estranhas. Imagino que houvesse motivo para esse receio... Mas não *sei* de nada. Ela não se abria comigo.

Poirot pigarreou e consultou algumas anotações que segurava na mão.

– Ao que consta, duas noites atrás houve uma ameaça de roubo.

O padre Lavigny respondeu que sim e contou em minúcias a história da luz avistada no depósito de antiguidades e a posterior busca em vão.

– O senhor acredita, não é mesmo, que alguém sem autorização entrou na propriedade àquela hora?

– Não sei o que pensar – confessou o padre Lavigny em tom honesto. – Nada foi levado nem mexido. Pode ter sido um dos criados...

– Ou alguém da expedição?

– Ou alguém da expedição. Mas nesse caso não haveria razão para que a pessoa não admitisse o fato.

– Mas *poderia* igualmente ter sido um intruso?

– Imagino que sim.

– Vamos supor que houvesse um intruso no local. Ele poderia ter se escondido com sucesso durante todo o dia seguinte até a tarde do outro dia?

Fez a pergunta dirigindo-se meio ao padre Lavigny e meio ao dr. Leidner. Os dois ponderaram sobre o assunto com cuidado.

– É difícil imaginar como – respondeu enfim o dr. Leidner, com certa relutância. – Não vejo onde poderia se esconder. E o senhor, padre Lavigny?

– Não... não... não vejo.

Os dois pareceram relutantes em descartar a hipótese.

Poirot virou para a srta. Johnson.

– E a mademoiselle? Considera essa hipótese plausível?

Depois de meditar um instante, a srta. Johnson meneou a cabeça.

– Não – sentenciou ela. – Não acho. Onde alguém poderia se esconder? Os quartos estão todos em uso e, além do mais, têm pouca mobília. O quarto escuro, a sala de desenho e o laboratório foram todos utilizados no dia seguinte... assim como as demais salas. Não há armários nem nichos. Talvez se os empregados estivessem em conluio...

– Isso é possível, mas improvável – disse Poirot.

Dirigiu-se de novo ao padre Lavigny.

– Há outro quesito. Dias atrás, a enfermeira Leatheran flagrou o senhor conversando com um homem no lado de fora. Segundo ela, esse mesmo homem foi visto tentando espiar por uma das janelas externas. Tudo indica que ele rondava o local de modo deliberado.

– Isso é possível, é claro – ponderou o padre Lavigny, meditativo.

– O senhor começou a falar com ele, ou ele falou primeiro?

O padre Lavigny pensou por alguns instantes.

– Creio que... sim, tenho certeza: foi ele que falou comigo primeiro.

– O que foi que ele disse?

O padre Lavigny fez um esforço de rememoração.

– Perguntou, acho eu, algo como se era ali que ficava a sede da expedição americana. E também se os americanos contratavam muitos homens para o trabalho. Na verdade, não o entendi muito bem, mas me esforcei para entabular conversa a fim de melhorar meu árabe. Pensei que alguém da cidade, como ele, talvez me entendesse melhor do que o pessoal da escavação.

– Conversaram sobre algo mais?

– Até onde me lembro, eu disse que Hassanieh era uma cidade de bom tamanho... e então concordamos que Bagdá era maior... e acho que ele perguntou se eu era armênio ou católico sírio... algo assim.

Poirot assentiu com a cabeça.

– Pode descrevê-lo?

Outra vez o padre Lavigny franziu a testa como quem raciocina.

– Baixinho – disse enfim – e atarracado. Olhos vesgos e pele clara.

O sr. Poirot volveu o olhar em minha direção.

– Isso bate com o modo com o qual a senhorita o descreveria?

– Não exatamente – hesitei. – Diria que era mais alto do que baixo, com a tez bem escura. Pareceu-me bem esbelto e nem um pouco estrábico.

O sr. Poirot deu uma encolhida de ombros sem esperança.

– É sempre assim! Quem é da polícia sabe muito bem! A descrição do mesmo homem por duas pessoas distintas... nunca coincide. Todos os detalhes se contradizem.

– Tenho razoável certeza quanto ao estrabismo – confirmou o padre Lavigny. – A enfermeira Leatheran pode estar certa quanto aos demais itens. A propósito, quando eu disse pele *clara*, só quis dizer clara para um *iraquiano*. Imagino que a enfermeira possa chamar isso de escura.

– Escura mesmo – afirmei, pertinaz. – Uma cor encardida, amarelo-escura.

Vi o dr. Reilly morder os lábios e sorrir.

Poirot jogou os braços para cima.

– *Passons!* – exclamou. – Esse forasteiro rondando pode ser importante... Mas pode ser que não. Em todo caso, tem que ser encontrado. Vamos continuar nossa investigação.

Titubeou um minuto, estudando os rostos ao redor da mesa, todos voltados a ele. Então, com um aceno rápido, escolheu o sr. Reiter.

– Vamos lá, meu amigo – incentivou. – Conte-nos o seu relato sobre ontem à tarde.

O rosto roliço e rosado do sr. Reiter pintou-se de vermelho vivo.

– Eu? – indagou.

– Sim, o senhor. Para começar, nome e idade?

– Carl Reiter, 28 anos.

– Dos Estados Unidos... não é?

– Sim, de Chicago.

– Primeira temporada?

– Sim. Sou responsável pelo registro fotográfico.

– Ah, sim. E ontem à tarde qual foi sua atividade?

– Bem... fiquei no quarto escuro a maior parte do tempo.

– Hum... a *maior* parte do tempo?

– Sim. Primeiro revelei umas chapas fotográficas. Depois preparei alguns artefatos para fotografar.

– Fora?

– Não, no ateliê.

– O quarto escuro se abre no ateliê?

– Sim.

– E o senhor em nenhum momento saiu do ateliê?

– Não.

– Percebeu algo do que se passava no pátio?

O jovem balançou a cabeça.

– Não percebi nada – explicou. – Estava entretido nos meus afazeres. Escutei o carro voltar e, assim que pude interromper o que fazia, saí para ver se tinha alguma carta para mim. Foi então que... fiquei sabendo.

– E começou a trabalhar no ateliê... a que horas?

– Dez para a uma.

– Conhecia a sra. Leidner antes de passar a integrar a expedição?

O jovem balançou a cabeça.

– Não, senhor. Nunca a tinha visto até chegar aqui.

– Pode pensar em *qualquer coisa*... qualquer incidente... por mais insignificante que seja... que possa nos ajudar?

Carl Reiter fez que não outra vez e disse, desamparado:

– Acho que não sei de nada, senhor.

– Sr. Emmott?

David Emmott falou de modo claro e conciso em seu timbre americano tranquilo e agradável.

– Trabalhei com a cerâmica das quinze para uma até as quinze para as três... Orientando o menino Abdullah, selecionando material e, de vez em quando, subindo ao terraço para auxiliar o dr. Leidner.

– Por quantas vezes subiu ao terraço?

– Quatro, se não me engano.

– Durante quanto tempo?

– Em geral, dois minutinhos... não mais do que isso. Mas numa oportunidade, depois de estar trabalhando há pouco mais de meia hora, demorei uns dez minutos... discutindo o que guardar e o que descartar.

– E, pelo que fui informado, ao descer constatou que o rapaz tinha abandonado o serviço?

– Sim. Aquilo me deixou irritado. Chamei-o, e ele apareceu, vindo do lado de fora do arco. Tinha saído para papear com os outros.

– Essa foi a única vez em que ele interrompeu o trabalho?

– Bem, eu o mandei umas duas vezes subir ao terraço com a cerâmica.

Poirot disse em tom solene:

– É uma pergunta quase desnecessária, sr. Emmott, mas vou fazê-la: viu alguém entrar ou sair do quarto da sra. Leidner nesse período?

A resposta do sr. Emmott foi imediata.

– Não vi ninguém. Ninguém apareceu no pátio durante as duas horas em que estive trabalhando.

– E está convicto de que era uma e meia da tarde quando o senhor e o garoto se ausentaram, e o pátio ficou vazio?

– Não deve ter sido muito longe disso. Claro, não posso dar a hora *exata.*

Poirot virou ao dr. Reilly.

– Isso se encaixa com a sua estimativa do horário da morte, doutor.

– Sim – confirmou o dr. Reilly.

O sr. Poirot cofiou os longos bigodes torcidos.

– Acho que podemos considerar – ponderou gravemente – que a sra. Leidner encontrou sua morte durante aqueles dez minutos.

Capítulo 14

Um de nós?

Sucedeu-se uma breve pausa – e nela uma onda de horror pareceu tomar conta da sala.

Acho que naquele instante passei a acreditar na teoria do dr. Reilly.

Senti o assassino na sala. Sentado conosco... escutando. *Um de nós...*

Talvez a sra. Mercado tenha sentido o mesmo. Pois, de repente, deixou escapar um gritinho estridente.

– Não consigo evitar – soluçou. – É... é tão *terrível*!

– Força, Marie – consolou o marido.

Ele nos lançou um olhar de desculpa.

– Ela se impressiona facilmente. Sensível como só ela.

– Eu... eu gostava tanto de Louise – soluçou a sra. Mercado.

Não sei se mostrei no rosto algo do que senti, mas súbito notei que o sr. Poirot me fitava com um leve sorriso nos lábios.

Lancei-lhe um olhar gélido, e de imediato ele retomou o interrogatório.

– Conte, madame, como passou a tarde de ontem?

– Aproveitei para lavar o cabelo – soluçou a sra. Mercado. – Parece horrível não ter ficado sabendo de nada. Sentia-me bastante feliz e atarefada.

– Estava em seu quarto?

– Sim.

– E não saiu dali?

– Não. Não até ouvir o carro. Então saí e escutei o que havia acontecido. Ah, foi *horrível*!

– Ficou surpresa?

A sra. Mercado parou de chorar. Seus olhos se arregalaram de mágoa.

– Como assim, monsieur Poirot? Está sugerindo...

– O que eu poderia sugerir, madame? Acabou de contar o quanto gostava da sra. Leidner. Ela pode, talvez, ter feito confidências a senhora.

– Ah, entendo... Não... não, a amável Louise nunca me contou nada... quer dizer, nada *categórico*. Claro, eu percebia que ela andava tremendamente preocupada e nervosa. E aconteceram aqueles estranhos incidentes... dedos batendo na janela e tudo o mais.

– Fantasias, eu me lembro de que a senhora disse – atalhei, incapaz de permanecer em silêncio.

Fiquei alegre ao vê-la momentaneamente aturdida.

Outra vez tive consciência do olhar divertido do sr. Poirot em minha direção.

Ele recapitulou com eficácia.

– Tudo se resume a isto, madame: a senhora lavava o cabelo... não ouviu nada nem viu nada. Existe algo, por mínimo que seja, que a senhora acha que pode ser de alguma ajuda?

A sra. Mercado nem se deu ao trabalho de pensar.

– Não, de fato não. É o mistério mais obscuro! Mas eu diria que não há dúvida... não há dúvida *nenhuma* de que o assassino veio de fora. Isso está claro.

Poirot volveu o olhar ao marido dela.

– E o monsieur, o que tem a dizer?

O sr. Mercado sobressaltou-se nervoso. Cofiou a barba de modo vago.

– Deve ter sido. Deve ter sido – repetiu. – No entanto, como alguém poderia querer mal a ela? Uma pessoa tão doce... tão amável... – Ele meneou a cabeça. – Seja lá quem a matou deve ser um demônio... sim, um demônio!

– E como passou a tarde de ontem, monsieur?

– Eu? – fitou o vazio, distraído.

– Você estava no laboratório, Joseph – lembrou a esposa.

– Ah, sim, isso mesmo... isso mesmo. Minhas tarefas de sempre.

– A que horas foi para lá?

De novo o sr. Mercado mirou a esposa com expressão indefesa e indagadora.

– Dez para uma, Joseph.

– Ah, sim, dez para uma.

– Em algum momento saiu ao pátio?

– Não, acho que não. – Ele refletiu. – Não, tenho certeza que não.

– Quando ficou sabendo da tragédia?

– Minha esposa veio me contar. Foi terrível... chocante. Mal pude acreditar. Até mesmo agora, mal consigo acreditar que é verdade.

De repente, começou a tremer.

– É horrível... horrível...

A sra. Mercado aproximou-se dele com rapidez.

– Sim, sim, Joseph, é bem assim que nos sentimos. Mas não podemos perder o controle e dificultar as coisas para o pobre dr. Leidner.

Notei um espasmo de dor perpassar o rosto do dr. Leidner e imaginei que essa atmosfera emocional não era fácil para ele. Relanceou um olhar de súplica a Poirot, que respondeu com rapidez.

– Srta. Johnson? – continuou.

– Receio ter pouco a contar – disse a srta. Johnson. Sua voz polida e requintada era um bálsamo depois dos guinchos agudos da sra. Mercado. Ela prosseguiu: – Trabalhava na sala de estar... imprimindo a estampa de selos cilíndricos em plasticina.

– E viu ou notou algo?

– Não.

Poirot lançou a ela um olhar rápido. O ouvido dele percebera o mesmo que o meu – um débil sinal de indecisão.

– Tem certeza absoluta, mademoiselle? Não existe algo de que se lembre vagamente?

– Não... na verdade, não...

– Algo que a senhorita viu, vamos dizer, com o rabo do olho, quase sem ter se dado conta?

– Não, com certeza não – assegurou com firmeza.

– Ou senão algo que a senhorita *escutou*. Ah, sim, algo que a senhorita não tem bem certeza de que pode ter escutado ou não?

A srta. Johnson emitiu uma risadinha breve e contrariada.

– Me cerca por todos os lados, monsieur Poirot. Tenho medo de que esteja me encorajando a lhe contar o que estou, talvez, apenas imaginando.

– Então há algo que a senhorita... vamos dizer... imaginou?

A srta. Johnson respondeu devagar, sopesando cada palavra de maneira imparcial:

– Eu tenho imaginado... desde então... que, em certa hora durante a tarde, escutei um grito abafado... Arrisco dizer que *realmente* ouvi um grito. Todas as janelas da sala estavam abertas, e a gente escuta tudo que é tipo de barulho das pessoas lidando nas lavouras de cevada. Mas, sabe... depois do que aconteceu... enfiei na minha cabeça que... que era a sra. Leidner que eu tinha escutado. E isso tem me deixado muito triste. Porque se eu tivesse logo ido verificar o quarto dela... bem, sabe-se lá? Talvez chegasse a tempo...

O dr. Reilly atalhou de modo peremptório.

– Ora, não comece a pensar essas coisas – disse ele. – Não tenho dúvidas de que a sra. Leidner (me desculpe, Leidner) foi atingida tão logo o homem entrou no quarto, e foi esse golpe que a matou. Não foi desferida uma segunda pancada. Caso contrário, ela teria tido tempo para pedir socorro e provocar um verdadeiro tumulto.

– Mas pelo menos eu teria visto o assassino – ponderou a srta. Johnson.

– A que horas foi isso, mademoiselle? – indagou Poirot. – Por volta de uma e meia?

Ela refletiu alguns instantes.

– Deve ter sido mais ou menos nesse horário... sim.

– Isso se encaixa – murmurou Poirot, pensativo. – Não ouviu mais nada... por exemplo, portas se abrindo ou fechando?

A srta. Johnson balançou a cabeça.

– Não, não me recordo de nada assim.

– A senhorita estava sentada à mesa, presumo. Para onde olhava? O pátio? O depósito? A varanda? Ou o campo aberto?

– Eu estava de frente para o pátio.

– Conseguia ver o menino Abdullah lavando os potes?

– Ah, sim, se eu levantasse o olhar, mas é claro que estava muito concentrada no que fazia. Toda a minha atenção estava naquilo.

– Mas teria notado se alguém tivesse passado pela janela do pátio?

– Ah, sim, tenho quase certeza disso.

– E ninguém passou?

– Não.

– E teria notado se alguém, vamos dizer, tivesse atravessado o pátio?

– Hum... provavelmente não... A menos, como eu disse antes, que por acaso erguesse os olhos e observasse pela janela.

– Não notou quando Abdullah abandonou o trabalho e saiu para ficar junto com os outros empregados?

– Não.

– Dez minutos – cismou Poirot. – Aqueles dez minutos fatais.

Seguiu-se um silêncio momentâneo.

De repente, a srta. Johnson levantou a cabeça e disse:

– Sabe, monsieur Poirot, acho que sem querer o induzi ao erro. Pensando melhor, de onde eu estava, acho que não posso ter ouvido quaisquer gritos emitidos no quarto da sra. Leidner. Havia o depósito de antiguidades entre nós... E pelo que sei as janelas do quarto dela foram encontradas fechadas.

– Em todo caso, não se aflija, mademoiselle – disse Poirot em tom bondoso. – Isso não tem lá muita importância.

– Não, claro que não. Entendo isso. Mas, sabe, é importante para *mim*, porque sinto que poderia ter feito algo.

– Não se angustie, querida Anne – disse afetuoso o dr. Leidner. – Seja sensata. Deve ter sido um árabe gritando com outro ao longe nos campos.

A srta. Johnson enrubesceu de leve, tal a benevolência de sua entonação. Cheguei até a perceber seus olhos se encherem de lágrimas. Sacudiu a cabeça e falou em tom ainda mais severo do que o de costume.

– Talvez. Clichê depois de uma tragédia... ficar imaginando coisas bem diferentes da verdade.

Poirot consultava outra vez suas anotações.

– Não creio que haja muito mais a ser dito. Sr. Carey?

Richard Carey falou devagar – de um jeito canhestro e mecânico.

– Temo não ter nada útil a acrescentar. Realizava o meu serviço na escavação. Fiquei sabendo do ocorrido lá.

– E sabe ou lembra de algo útil nos dias precedentes ao crime?

– Nada.

– Sr. Coleman?

– Fiquei por fora da coisa toda – declarou o sr. Coleman com um quê de pesar na voz. – Fui a Hassanieh na manhã de ontem pegar o salário dos funcionários. Quando voltei, Emmott me contou o que tinha acontecido, e pulei outra vez no veículo para buscar a polícia e o dr. Reilly.

– E antes disso?

– Bem, sir, os nervos estavam meio à flor da pele... mas já sabe disso. Teve o susto do depósito de antiguidades e alguns outros antes (mãos e rostos na janela), o senhor se lembra – apelou ao dr. Leidner, que concordou com um aceno de cabeça. – Sabe, acho que vão acabar descobrindo que algum joão-ninguém entrou *mesmo* pelo arco. Deve ter sido um sujeito ardiloso.

Poirot mediu-o em silêncio por um tempo.

– É inglês, sr. Coleman? – perguntou enfim.

– Tem razão, sir. Britânico até a alma.

– É sua primeira temporada?

– Exato.

– E é apaixonado por arqueologia?

Essa descrição de si próprio causou certo constrangimento ao sr. Coleman. Ficou vermelho e olhou de soslaio ao dr. Leidner, como um aluno pego em flagrante delito.

– Claro... é tudo interessantíssimo – gaguejou. – Quero dizer... inteligência não é lá meu forte...

Interrompeu a fala de modo claudicante. Poirot não insistiu.

Com a ponta do lápis, tamborilou pensativo na mesa e endireitou meticulosamente um tinteiro à sua frente.

– Então parece – disse ele – que isso é o mais próximo que conseguimos chegar a esta altura. Se alguém se lembrar de algo que hoje escapou da memória, não hesite em me procurar. Vou ficar satisfeito agora, acho, se tiver uma palavrinha a sós com o dr. Leidner e o dr. Reilly.

Era a deixa para desfazer a reunião. Todos nos erguemos e marchamos em fila rumo à porta. Quando eu passava a soleira, entretanto, uma voz me chamou de volta.

– Talvez – acrescentou monsieur Poirot – a enfermeira Leatheran pudesse fazer a gentileza de permanecer. Acho que a colaboração dela será valiosa para nós.

Voltei e retomei meu lugar à mesa.

Capítulo 15

Poirot dá um palpite

O dr. Reilly levantara-se de sua cadeira. Depois de todos saírem, fechou a porta com cuidado. Então, lançando um olhar indagador a Poirot, cerrou a janela que se abria ao pátio. As outras já estavam fechadas. Em seguida, retomou o lugar à mesa.

– *Bien!* – exclamou Poirot. – Agora estamos num ambiente reservado e sereno. Podemos falar abertamente. Ouvimos o que os membros da expedição tinham a dizer... mas, sim, *ma soeur*, o que se passa em sua cabeça?

Fiquei vermelha. É inegável que o estranho homenzinho tinha olhos argutos. Percebera uma ideia lampejar na minha cabeça – imagino que meu rosto *tenha* mostrado bem de leve o que eu pensava!

– Ah, não é nada – hesitei.

– Vamos, enfermeira – instigou o dr. Reilly. – Não deixe o especialista esperar.

– Não é nada mesmo – apressei-me a dizer. – Só passou pela minha cabeça, por assim dizer, que mesmo se alguém realmente soubesse ou suspeitasse de algo, não seria fácil trazer o assunto à tona na frente de todo mundo... ou até mesmo, talvez, na frente do dr. Leidner.

Para meu completo espanto, monsieur Poirot balançou a cabeça em enfática concordância.

– Exato. Exato. Observação cirúrgica. Mas vou explicar. Aquela reuniãozinha que fizemos... tinha um objetivo. Na Inglaterra, antes das corridas, é costume fazer um desfile dos cavalos, não é? Eles trotam até a frente das tribunas para que todos tenham a oportunidade de vê-los e avaliá-los. Esse foi o objetivo de minha reunião. No jargão do turfe, dei uma olhada nos aprumos dos cavalos competidores.

O dr. Leidner soltou uma exclamação violenta:

– Não acredito *nem por um minuto* que um membro de minha expedição esteja envolvido neste crime!

E, virando-se para mim, declarou de modo impositivo:

– Enfermeira, ficaria grato se contasse ao monsieur Poirot aqui e agora exatamente o que se passou entre minha esposa e a senhorita dois dias atrás.

Intimada desse modo, mergulhei de imediato em meu próprio relato, tentando até onde era possível me lembrar das palavras e expressões exatas usadas pela sra. Leidner.

Ao terminar, monsieur Poirot elogiou:

– Excelente. Excelente. A senhorita tem uma cabeça clara e organizada. Será de grande utilidade para mim aqui.

Virou-se para o dr. Leidner.

– Tem as tais cartas?

– Tenho-as aqui. Pensei que o senhor ia querer examiná-las como prioridade.

Poirot pegou as cartas, leu-as e escrutinou-as com minúcia. Fiquei muito decepcionada por ele não ter derramado pó sobre elas nem as examinado com a ajuda de lupa ou microscópio – mas me dei conta de que ele não era lá assim tão jovem e, por isso, seus métodos talvez estivessem desatualizados. Só as leu como um leigo teria lido.

Terminada a leitura, repousou as cartas na mesa e pigarreou.

– Agora – recomeçou –, vamos ordenar os fatos com clareza. Sua esposa recebe a primeira destas cartas pouco depois do casamento nos Estados Unidos. Antes houve outras cartas, mas ela as destrói. À primeira carta, segue-se uma segunda. Pouco tempo depois de receber a segunda carta, os dois escapam por pouco de morrer asfixiados pelo gás. Em seguida, viajam ao exterior e por quase dois anos não recebem novas cartas ameaçadoras. Elas reiniciam este ano, no começo da temporada arqueológica... ou seja, de três semanas para cá. Correto?

– Corretíssimo.

– Sua esposa demonstra sinais de pânico e, depois de consultar o dr. Reilly, o senhor contrata a enfermeira Leatheran para acompanhá-la e debelar seus medos?

– Sim.

– Certos incidentes acontecem... dedos tamborilando na janela... um rosto espectral... barulhos no depósito de antiguidades. Por acaso, testemunhou pessoalmente algum desses fenômenos?

– Não.

– Ninguém além de sra. Leidner?

– O padre Lavigny enxergou uma luz no depósito de antiguidades.

– Sim, não me esqueci desse detalhe.

Poirot calou-se por um instante. Logo disse:

– Sua esposa fez testamento?

– Creio que não.

– Por quê?

– Não parecia útil do ponto de vista dela.

– Ela é rica?

– Sim, sempre foi. O pai deixou-lhe os juros de uma soma substancial de dinheiro. Não podia tocar no capital. Quando morresse, o dinheiro passaria aos filhos que porventura tivesse... Na falta de filhos, o dinheiro seria destinado ao Museu de Pittstown.

Poirot tamborilou na mesa, com ar meditativo.

– Quer dizer que podemos, penso eu, eliminar um motivo do caso – ponderou. – Entende, é isso que procuro primeiro. *Quem se beneficia com a morte da pessoa falecida?* Neste caso, é um museu. Caso contrário, se a sra. Leidner tivesse morrido sem fazer testamento, mas dona de uma fortuna considerável, imagino que levantaria uma questão interessante quanto a quem herdaria o dinheiro... o senhor... ou um ex-marido. Mas haveria uma dificuldade extra: o ex-marido teria que ressuscitar para poder reclamar a herança, e imagino que nesse caso ele correria risco de ser preso, embora eu tenha minhas dúvidas se a pena de morte seria exigida tanto tempo depois da guerra. Entretanto, essas especulações não precisam ser aventadas. Como já disse, primeiro resolvo a questão do dinheiro. O passo seguinte é sempre suspeitar do marido ou da esposa da pessoa morta! Neste caso, em primeiro lugar, ficou provado que o senhor não se aproximou do quarto da esposa ontem à tarde; em segundo lugar, o senhor perde em vez de ganhar com a morte de sua esposa, e em terceiro lugar...

Fez uma pausa.

– Sim? – quis saber o dr. Leidner.

– Em terceiro lugar – continuou Poirot devagar –, eu consigo, acho, identificar a devoção quando me deparo com ela. Acredito, dr. Leidner, que o amor pela esposa era a paixão predominante de sua vida. Estou certo?

O dr. Leidner limitou-se a responder:

– Sim.

Poirot balançou a cabeça de modo afirmativo.

– Portanto – disse ele –, podemos ir em frente.

– Não podemos ser mais objetivos? – disse o dr. Reilly com certa impaciência.

Poirot mirou-o com olhos reprovadores.

– Meu amigo, não seja impaciente. Num caso desses, tudo precisa ser abordado com organização e método. De fato, essa é a minha cartilha sempre. Agora que já descartamos certas possibilidades, vamos abordar um ponto importantíssimo. É crucial que, como se diz, todas as cartas estejam na mesa... Nada deve ser mantido em segredo.

– Com certeza – anuiu o dr. Reilly.

– É por isso que exijo a verdade completa – prosseguiu Poirot.

O dr. Leidner mirou-o surpreso.

– Eu lhe asseguro, monsieur Poirot, que não mantive nada em segredo. Contei tudo que sei. Não omiti nada.

– *Tout de même*, o senhor não me contou *tudo*.

– Contei sim. Não consigo pensar em nenhum detalhe que deixei escapar.

Ele parecia bastante aflito.

Poirot abanou a cabeça docilmente.

– Não – disse ele. – *Não me contou, por exemplo, por que instalou a enfermeira Leatheran na casa.*

Desorientado, o dr. Leidner disse:

– Mas já expliquei isso. É óbvio. O nervosismo de minha mulher... seus medos...

Poirot inclinou-se à frente. De modo lento e enfático, balançou o indicador de um lado para o outro.

– Não, não, não. Algo aqui não está claro. Sua esposa está em perigo, sim... Ameaçada de morte, sim. E o senhor manda chamar... *não a polícia*... nem mesmo um detetive particular... mas uma *enfermeira*! Isso não faz sentido!

– Eu... eu... – O dr. Leidner interrompeu a fala. O rubor subiu a suas faces. – Eu pensei que... – Calou-se de súbito.

– Agora estamos quase lá – encorajou Poirot. – Pensou... o quê?

O dr. Leidner permaneceu em silêncio; parecia atormentado e indisposto a colaborar.

– Veja o senhor – o tom de Poirot tornou-se simpático e cativante –, tudo o que o senhor me disse faz sentido, *à exceção disso*. Por que uma *enfermeira*? Existe uma resposta, sim. De fato, só pode existir uma resposta. *O senhor não acreditava que sua esposa corria perigo.*

E então com um grito o dr. Leidner sucumbiu.

– Deus me perdoe – gemeu. – Não acreditava. Não acreditava.

Poirot observou-o com o tipo de atenção que um gato dá à entrada da toca do camundongo – prestes a atacar quando o camundongo aparecer.

– No que então o senhor pensava? – quis saber ele.

– Não sei. Não sei...

– Sabe sim. Sabe perfeitamente. Talvez eu possa ajudá-lo... com um palpite. *Dr. Leidner, o senhor suspeitava de que todas essas cartas haviam sido escritas por sua própria esposa*?

Não houve necessidade de resposta. A verdade do palpite de Poirot era mais do que evidente. A mão horripilante que o dr. Leidner levantou, como implorando misericórdia, disse tudo.

Respirei fundo. Quer dizer que eu *estava* certa na minha vaga suposição! Recordei o tom curioso com que o dr. Leidner me perguntara o que eu achava de tudo aquilo. Devagar e pensativa, acenei com a cabeça em afirmação. Súbito me dei conta do olhar de monsieur Poirot fixo em mim.

– Pensa o mesmo, enfermeira?

– A ideia passou pela minha cabeça – disse honestamente.

– Por que motivo?

Expliquei a semelhança da letra no envelope que o sr. Coleman me mostrara.

Poirot virou ao dr. Leidner.

– O senhor também havia notado essa semelhança?

O dr. Leidner curvou a cabeça.

– Sim, havia. A caligrafia era pequena e meio dura... não ampla e fluente como a de Louise, mas várias letras tinham o mesmo formato. Vou lhe mostrar.

De um bolso interno do paletó, puxou algumas cartas e, por fim, escolheu uma página de uma delas e entregou a Poirot. Era parte de uma carta escrita para ele por sua esposa. Poirot cotejou-a atentamente com as cartas anônimas.

– Sim – murmurou. – Sim. Existem várias semelhanças... um jeito curioso de desenhar a letra *s*, um *e* característico. Não sou especialista em grafologia... Não posso afirmar com certeza (embora eu jamais tenha encontrado dois grafólogos que concordassem em algum ponto que fosse)... Mas o mínimo que se pode dizer é isto: a semelhança entre as duas caligrafias é acentuada. Parece altamente provável que todas as cartas tenham sido escritas pela mesma pessoa. Mas isso não é *certo*. Devemos levar em conta todas as chances.

Recostou-se na cadeira e falou com ar pensativo:

– Há três possibilidades. Primeira: a semelhança da caligrafia é pura coincidência. Segunda: essas cartas ameaçadoras foram escritas pela própria sra. Leidner por alguma razão misteriosa. Terceira: foram escritas por alguém que *copiou intencionalmente a letra dela.*

Por quê? Não parece fazer sentido. Uma dessas três alternativas deve ser a correta.

Refletiu por um tempinho e, em seguida, virando para o dr. Leidner, indagou, retomando seu jeito animado:

– Quando a possibilidade de que a própria sra. Leidner fosse a autora dessas cartas lhe veio a primeira vez à mente, que teoria o senhor formulou?

O dr. Leidner meneou a cabeça.

– Tentei abandonar a ideia o mais rápido possível. Parecia-me uma coisa horrenda.

– Não buscou uma explicação?

– Bem – vacilou ele. – Imaginei se remoer o passado e ficar se afligindo com ele talvez não tivesse afetado levemente o cérebro de minha esposa. Pensei que talvez ela pudesse ter escrito aquelas cartas para si sem nem ao menos ter consciência disso. Isso é possível, não é? – acrescentou, virando ao dr. Reilly.

O dr. Reilly franziu os lábios.

– O cérebro humano é capaz de quase tudo – respondeu vagamente.

Mas relanceou um olhar cortante a Poirot que, como em obediência a ele, trocou de assunto.

– O detalhe das cartas é interessante – ponderou. – Mas temos que nos concentrar no caso como um todo. Existem, a meu ver, três soluções possíveis.

– Três?

– Sim. Solução número um e a mais simples: o primeiro marido de sua esposa está vivo. A princípio ele a intimida e depois leva a cabo as ameaças. Se aceitarmos essa solução, nosso problema é descobrir como ele entrou e saiu sem ser visto.

"Solução número dois: a própria sra. Leidner, por motivos de foro íntimo (provavelmente melhor compreendidos por um médico do que por um leigo), redige as cartas ameaçadoras. O episódio do gás é de autoria dela (lembre-se de que foi ela quem lhe acordou falando que sentiu cheiro de gás). Mas, *se foi a sra. Leidner quem escreveu as cartas, não corria risco por conta do suposto autor.* Devemos, portanto, procurar o assassino em outro lugar. Devemos, de fato, procurar entre os membros de sua equipe. Sim – em resposta a um murmúrio de protesto do dr. Leidner –, essa é a única conclusão lógica. Para satisfazer um rancor particular, um deles a matou. Essa pessoa, posso dizer, provavelmente tinha conhecimento das cartas... De qualquer forma, estava ciente de que a sra. Leidner temia ou fingia temer alguém. Esse fato, na opinião do homicida, tornaria o assassinato bastante confortável para ele. Sentiu-se seguro de que o crime seria imputado a um forasteiro misterioso... o autor das cartas ameaçadoras.

"Uma variante dessa solução é que na verdade o próprio assassino tenha escrito as cartas, tendo conhecimento do passado da sra. Leidner. Mas, nesse caso, não fica claro *por que* o criminoso teria copiado a letra da sra. Leidner já que, até onde conseguimos perceber, seria mais vantajoso a ele ou ela que as cartas aparentassem ter sido escritas por um forasteiro.

"A terceira solução é a mais interessante para mim. Sugiro que as cartas são autênticas. Foram escritas pelo primeiro marido da sra. Leidner (ou seu irmão mais novo), *que na verdade é um dos membros da expedição.*"

Capítulo 16

Os suspeitos

Dr. Leidner levantou-se num pulo.

– Impossível! Completamente impossível! A ideia é ridícula!

Sr. Poirot mirou-o com toda a calma, mas nada disse.

– Quer me fazer acreditar que o ex-marido de minha esposa está na expedição *e que ela não o reconheceu*?

– Exato. Reflita um pouco sobre os fatos. Por volta de quinze anos atrás, sua mulher viveu com esse homem alguns meses. Ela o reconheceria se topasse com ele depois desse período? Acredito que não. O rosto está mudado, o corpo já não é mais o mesmo... quem sabe a voz não esteja tão diferente, mas esse é um detalhe que ele pode resolver. E lembre-se: *ela não está procurando por ele entre as pessoas da expedição.* Ela o visualiza como alguém de *fora* – um intruso. Não, não acho que ela o reconheceria. E há uma segunda possibilidade. O irmão caçula... o menino tão intensamente devotado ao irmão mais velho. Hoje, ele é um homem feito. Ela seria capaz de reconhecer uma criança de dez, doze anos num homem perto dos trinta? Sim, temos que levar em conta William Bosner. Lembre-se, aos olhos dele, o irmão não era traidor, mas sim um mártir que deu a vida pela pátria... a Alemanha. Aos olhos dele, a traidora é a *sra. Leidner*... o monstro que enviou o amado irmão à morte! Uma criança suscetível é capaz de cultivar grande adoração heroica, e uma cabeça jovem pode se obcecar por uma ideia fixa que persiste até a vida adulta com facilidade.

– Isso é bem verdade – concordou o dr. Reilly. – A visão popular de que uma criança esquece fácil é inexata. Muita gente passa a vida toda sob a influência de uma fixação adquirida na mais tenra infância.

– *Bien.* Temos duas possibilidades: Frederick Bosner, homem de seus cinquenta e poucos anos, e William Bosner, com quase trinta. Vamos examinar os membros da equipe sob esses dois pontos de vista.

– Isso é grotesco – murmurou o dr. Leidner. – *Minha* equipe! Os membros de minha própria expedição.

– E, por isso, considerados acima de qualquer suspeita – comentou Poirot causticamente. – Prisma utilíssimo. *Commençons!* Quem, sem sombra de dúvida, pode ser descartado como Frederick ou William?

– As mulheres.

– Claro. Podemos riscar a srta. Johnson e a sra. Mercado da lista de suspeitos. Quem mais?

– Carey. É meu colaborador há longa data, muito antes de eu conhecer Louise...

– Sem falar que tem a idade errada. Deve ter, calculo eu, 38 ou 39 anos, jovem demais para ser Frederick, velho demais para ser William. Agora quanto aos outros. Temos o padre Lavigny e o sr. Mercado. Qualquer um deles pode ser Frederick Bosner.

– Mas, meu caro – gritou o dr. Leidner numa voz que mesclava irritação e divertimento –, o padre Lavigny é um epigrafista de renome mundial e Mercado trabalhou durante anos num famoso museu de Nova York. É *impossível* que um dos dois seja o homem de quem o senhor fala!

Poirot balançou a mão num gesto etéreo.

– Impossível... palavra que não me diz nada! Sempre examino o impossível com o máximo cuidado! Mas por enquanto vamos adiante. Quem mais? Carl Reiter, jovem de sobrenome germânico, David Emmott...

– Está comigo há duas temporadas, lembre-se.

– É um jovem com o dom da paciência. *Se* cometesse um crime, não teria pressa. Tudo seria planejado nos mínimos detalhes.

O dr. Leidner fez um gesto de desânimo.

– Por fim, William Coleman – prosseguiu Poirot.

– Ele é inglês.

– *Pourquoi pas*? A sra. Leidner não disse que o menino deixou os Estados Unidos e ninguém mais soube de seu paradeiro? Pode facilmente ter crescido na Inglaterra.

– O senhor tem resposta para tudo – retorquiu o dr. Leidner.

Minha cabeça estava a mil. Desde o início, tive a sensação de que o jeito do sr. Coleman se parecia mais com o de um personagem de P. G. Wodehouse do que com o de um jovem de carne e osso. Será que durante todo o tempo ele estivera encenando um papel?

Poirot escrevia numa caderneta.

– Vamos em frente com organização e método – continuou. – Na primeira alternativa, temos dois nomes: padre Lavigny e sr. Mercado. Na segunda, temos Coleman, Emmott e Reiter.

"Agora vamos estudar o outro lado da questão: meios e oportunidade. *Quem entre os membros da expedição dispôs de meios e oportunidade de cometer o crime?* Com Carey na escavação, Coleman em Hassanieh e o senhor no terraço, restam o padre Lavigny, o sr. Mercado, a sra. Mercado, David Emmott, Carl Reiter, a srta. Johnson e a enfermeira Leatheran."

– Ahn?! – exclamei, saltando da cadeira.

O sr. Poirot fitou-me com um brilho divertido nos olhos.

– Sim, receio, *ma soeur*, que tenha que ser incluída. Com o pátio vazio, teria sido muito fácil sair do quarto e matar a sra. Leidner. Tem músculos fortes, e a vítima não suspeitaria de nada até o golpe ser desferido.

De tão perturbada, não fui capaz de emitir uma palavra sequer. O dr. Reilly, observei, parecia entreter-se bastante.

– O caso inusitado da enfermeira que matava um a um os pacientes – murmurou ele.

Então era essa impressão que ele tinha de mim!

O raciocínio do dr. Leidner tomara outro rumo.

– Emmott não, monsieur Poirot – objetou. – Não pode incluí-lo. Estava comigo no terraço, lembre-se, durante aqueles dez minutos.

– Apesar disso, não podemos descartá-lo. Pode ter descido, se encaminhado direto ao quarto da sra. Leidner, a matado e *então* chamado o menino de volta ao trabalho. Ou pode ter cometido o crime numa das ocasiões em que *ele* mandou o menino subir ao terraço.

O dr. Leidner meneou a cabeça, murmurando:

– Que pesadelo! É tudo tão... bizarro.

Para minha surpresa, Poirot concordou.

– Sim, é verdade. *É um crime bizarro.* É raro se deparar com crimes assim. Em geral, assassinatos são muito sórdidos... mas muito simples. Este, no entanto, é diferente... Suspeito, dr. Leidner, de que sua esposa era uma dama incomum.

Acertou tão em cheio que eu tive um sobressalto.

– Isso é verdade, enfermeira? – perguntou ele.

O dr. Leidner disse serenamente:

– Conte a ele como era Louise, enfermeira. Você não tem preconceitos.

Falei com toda a franqueza.

– Uma pessoa fascinante – contei. – Era impossível deixar de admirá-la e querer fazer as coisas por ela. Nunca encontrei alguém como ela antes.

– Obrigado – disse o dr. Leidner, abrindo um sorriso para mim.

– Esse é um testemunho valioso vindo de alguém de fora – disse Poirot com polidez. – Bem, vamos continuar. Sob a chancela de *meios e oportunidade* temos sete nomes: enfermeira Leatheran, srta. Johnson, sra. Mercado, sr. Mercado, sr. Reiter, sr. Emmott e padre Lavigny.

De novo pigarreou. Já notei que estrangeiros conseguem fazer os ruídos mais curiosos.

– Por enquanto, vamos supor que nossa terceira teoria esteja correta. A de que o assassino é Frederick ou William Bosner, e que Frederick ou William Bosner é um membro da equipe da expedição. Comparando as duas listas, podemos restringir os suspeitos a quatro. Padre Lavigny, sr. Mercado, Carl Reiter e David Emmott.

– O padre Lavigny está fora de questão – afirmou o dr. Leidner com decisão. – É um dos Pères Blancs em Cartago.

– E sua barba é bem verdadeira – emendei.

– *Ma soeur* – retorquiu Poirot –, um assassino de primeira categoria *nunca* usa barba postiça!

– E como sabe que o assassino é de primeira categoria? – desafiei com rebeldia.

– Porque, se não fosse, toda a verdade já estaria clara para mim neste instante... e não está.

Nada além de presunção, pensei comigo.

– De qualquer modo – repliquei, voltando ao assunto –, a barba deve ter levado um bom tempo para crescer.

– Observação pertinente – elogiou Poirot.

O dr. Leidner retorquiu irritado:

– Mas é um absurdo... um absurdo total. Tanto ele quanto Mercado são profissionais de renome. São conhecidos no meio há anos.

Poirot virou para ele.

– O senhor interpreta errado. Não leva em conta um ponto relevante: *se Frederick Bosner não está morto... o que tem feito todos esses anos*? Deve ter adotado outro nome, construído uma carreira.

– Como um Père Blanc? – indagou, cético, o dr. Reilly.

– Sei que é meio fantástico – confessou Poirot. – Mas não podemos simplesmente descartá-lo. Além do mais, há outras possibilidades.

– Os jovens? – indagou Reilly. – Se quer saber minha opinião, a julgar pelas aparências, só um de seus suspeitos é plausível.

– E quem seria?

– O jovem Carl Reiter. Não há nada concreto contra ele, mas, pensando bem, é preciso admitir algumas coisas... Tem a idade certa, sobrenome germânico, é novato na expedição e teve a oportunidade. Era só sair sorrateiro do ateliê, cruzar o pátio, cometer o crime e correr de volta enquanto não houvesse ninguém por perto. Se por acaso alguém espiasse no ateliê no momento em que estivesse ausente, sempre poderia alegar que estava no quarto escuro. Não digo que é seu homem, mas se fosse para suspeitar de alguém, diria que ele de longe é o mais provável.

Monsieur Poirot não pareceu lá muito receptivo. Balançou a cabeça com seriedade, mas também com certa dúvida.

– Sim – disse ele. – É o mais plausível, mas talvez não seja assim tão simples.

Em seguida emendou:

– Não digamos mais por enquanto. Gostaria agora, se possível, de examinar o quarto onde o crime ocorreu.

– Pois não – o dr. Leidner remexeu nos bolsos, então mirou o dr. Reilly. – O capitão Maitland levou – informou.

– Maitland passou para mim – disse Reilly. – Teve que se ausentar devido àquela tramoia curda.

Mostrou a chave.

Dr. Leidner gaguejou vacilante:

– Se importa se... eu não... Talvez, a enfermeira...

– Claro. Claro – disse Poirot. – Entendo plenamente. Jamais pretendo lhe causar sofrimento desnecessário. Se tiver a bondade de me acompanhar, *ma soeur.*

– Com certeza – eu disse.

Capítulo 17

A mancha no lavatório

O corpo da sra. Leidner havia sido trasladado a Hassanieh para a necrópsia, mas afora isso tudo havia sido deixado exatamente como estava. O fato de haver pouca coisa no quarto facilitou a perícia policial.

À direita da porta, a cama, e defronte, as duas janelas gradeadas que davam ao campo. Junto à parede, entre as duas janelas, a mesa de carvalho com duas gavetas que servia de penteadeira para a sra. Leidner. Na parede leste, uma cômoda de pinho e uma série de ganchos, de onde pendiam vestidos protegidos com sacolas de algodão. Logo à esquerda da porta, o lavatório. No meio do quarto, uma escrivaninha de carvalho, despojada, mas de bom tamanho, com mata-borrão, tinteiro e uma pastinha de couro. Era nessa pasta que a sra. Leidner guardava as cartas anônimas. As cortinas consistiam em tiras curtas de tecido local – brancas com listras alaranjadas. Tapetes de couro de cabra enfeitavam o piso de pedra: três estreitinhos, marrons com listras brancas, na frente das duas janelas e do lavatório, e outro maior, de melhor qualidade, branco com listras marrons, entre a cama e a escrivaninha.

Nada de armários, alcovas nem cortinas compridas – de fato, nenhum lugar onde alguém pudesse se esconder. Uma colcha estampada de algodão cobria a cama simples de ferro. O único vestígio de luxo no quarto: a maciez de três travesseiros forrados com penas da melhor qualidade. Só no quarto da sra. Leidner havia aqueles travesseiros.

Em palavras sucintas, o dr. Reilly explicou onde o corpo da sra. Leidner havia sido encontrado – caído no tapete ao lado da cama.

Para ilustrar seu relato, acenou para eu dar um passo à frente.

– Não se incomoda, enfermeira? – disse ele.

Não sou dada a melindres. Deitei-me no chão e procurei adotar o melhor que pude a posição em que o corpo da sra. Leidner tinha sido encontrado.

– O dr. Leidner levantou a cabeça dela quando a encontrou – contou o doutor. – Mas eu o interroguei com mais detalhes, e ficou óbvio que ele não chegou realmente a mudar a posição dela.

– Parece bastante simples – disse Poirot. – Deitada na cama, adormecida ou descansando... alguém abre a porta, ela ergue a cabeça, levanta e...

– E ele a derruba com um golpe – arrematou o doutor. – A pancada a faz perder os sentidos e sem demora a leva à morte. Sabe...

Explicou o ferimento em linguagem técnica.

– Pouco sangue, então? – indagou Poirot.

– É, a hemorragia se deu na parte interna do crânio.

– *Eh bien* – ponderou Poirot –, isso parece bastante simples... à exceção de uma coisa. *Se* o homem que entrou fosse um estranho, por que a sra. Leidner não pediu socorro logo? Se tivesse gritado, teria sido ouvida. A nossa enfermeira Leatheran a teria ouvido, além de Emmott e o menino.

– Isso se explica fácil – rebateu secamente o dr. Reilly. – *Porque não era um estranho.*

Poirot assentiu com a cabeça.

– Sim – concordou, pensativo. – Pode ter ficado *surpresa* ao ver a pessoa... mas não teve *medo*. Então, quando ele a golpeou, *talvez* tenha emitido um grito abafado... tarde demais.

– O grito escutado pela srta. Johnson?

– Sim, se é que ela ouviu *mesmo*. Mas, para falar a verdade, duvido muito. Essas paredes de tijolos de barro são grossas, e as janelas estavam fechadas.

Caminhou até a cama.

– Deixou-a deitada na cama? – indagou-me ele.

Expliquei exatamente o que eu fizera.

– Ela pretendia dormir ou ler?

– Entreguei dois livros a ela... um de leitura bem leve e o outro de memórias. Ela costumava ler um tempinho e então, às vezes, interrompia a leitura para tirar uma soneca.

– E ela agia... como direi... de modo rotineiro?

Meditei.

– Sim. Parecia normal e bem-humorada – respondi. – Só um pouco lacônica, talvez, mas creditei isso ao fato de ela ter desabafado comigo no dia anterior. Às vezes isso deixa as pessoas um tanto constrangidas.

Os olhos de Poirot faiscaram.

– Ah, sim, de fato, eu que o diga.

Correu o olhar pelo quarto.

– E quando a senhorita veio aqui depois do crime, tudo estava como havia sido deixado antes?

Também corri o olhar ao redor.

– Sim, acho que sim. Não me lembro de nada fora do lugar.

– Nem sinal da arma utilizada para golpeá-la?

– Não.

Poirot mirou o dr. Reilly.

– O que era, em sua opinião?

A resposta do doutor foi imediata:

– Algo bem pesado, de bom tamanho, sem quinas nem pontas. A base redonda de uma estátua, digamos... algo assim. Veja bem, não sugiro que *foi* isso. Mas esse tipo de coisa. O golpe foi desferido com muita força.

– Por um braço forte? Um braço masculino?

– Sim... a não ser...

– A não ser... quê?

Dr. Reilly completou devagar:

– É possível que a sra. Leidner estivesse de joelhos... Nesse caso, um golpe desferido de cima com um objeto pesado não exigiria tanta força.

– *De joelhos* – cismou Poirot. – Ideia interessante, essa.

– Veja bem, não passa de uma suposição – apressou-se a salientar o doutor. – Não há absolutamente nada que leve a crer nisso.

– Mas é possível.

– Sim. Afinal de contas, face às circunstâncias, não tem nada de fantástico. Assim que o instinto lhe disse ser tarde demais, que ninguém chegaria a tempo, talvez ela tenha se ajoelhado de medo, em atitude de súplica, em vez de gritar.

– Sim – murmurou Poirot pensativo. – Ideia interessante...

Ideia fraca, pensei comigo. Não me entrava na cabeça a imagem da sra. Leidner se ajoelhando para alguém.

Poirot avançou devagar pelo quarto. Abriu as janelas, testou as grades de ferro, passou a cabeça entre elas e certificou-se de que em hipótese alguma conseguiria fazer a mesma coisa com os ombros.

– As janelas estavam fechadas quando a encontrou – disse ele. – Já estavam fechadas quando a deixou a sós, quinze para a uma?

– Sim, sempre são fechadas à tarde. Estas janelas não têm telas como na sala de estar e no refeitório. Ficam fechadas para evitar a entrada de insetos.

– Em todo o caso, ninguém poderia sair por ali – considerou Poirot. – E as paredes são das mais sólidas (feitas de tijolos de barro) e não existem alçapões nem claraboias. Só existe um modo de entrar neste quarto: *pela porta*. E só existe um modo de chegar à porta: *pelo pátio*. E só existe uma entrada para o pátio: *pelo arco*. E fora do arco havia cinco pessoas e todas contam a mesma história. De minha parte não acho que estejam mentindo... Não, não estão mentindo. Ninguém comprou o silêncio deles. O assassino estava *aqui*...

Não falei nada. Eu não tivera a mesma sensação quando estávamos todos reunidos à mesa?

Devagar, Poirot perambulou pelo quarto. Pegou uma foto em cima da cômoda. Um senhor de idade com cavanhaque branco. Mirou-me com olhos indagadores.

– O pai da sra. Leidner – esclareci. – Ela me contou.

Repôs a foto no lugar e relanceou os olhos nos itens do toucador – todos de legítima casca de tartaruga, sem ornamentos, mas de boa qualidade. Perscrutou a fileira de livros numa prateleira, lendo os títulos em voz alta.

– *Quem foram os gregos? Introdução à teoria da relatividade. Vida de Lady Hester Stanhope. O trem de Crewe. De volta a Matusalém. Linda Condon*. Sim, eles nos dizem algo, talvez. Não tinha nada de boba, essa sra. Leidner. Tinha um cérebro pensante.

– Ah! Era uma dama *muito* inteligente – opinei ansiosa. – Muito lida e por dentro de tudo. Nem um pouco vulgar.

Sorriu enquanto relanceava o olhar em minha direção.

– Sim – disse ele. – Já me dei conta disso.

Continuou a investigar. Parou alguns instantes na frente do lavatório, onde havia uma grande variedade de frascos e cremes de higiene pessoal.

Então, de repente, ele ajoelhou-se e examinou o tapete.

O dr. Reilly e eu nos juntamos a ele com rapidez. Ele examinava uma pequena mancha marrom-escura, quase invisível no marrom do tapete. De fato, só era um pouco perceptível numa das listras brancas.

– O que me diz, doutor? – indagou. – É sangue?

O dr. Reilly se ajoelhou.

– Pode ser – disse ele. – Quer que eu afirme com certeza?

– Se fizesse a bondade.

O sr. Poirot examinou o jarro e a bacia. O jarro, de pé num canto do lavatório. A bacia, vazia. Ao lado do lavatório, uma lata com água servida.

Virou-se para mim.

– Lembra-se, enfermeira? Este jarro estava *fora* da bacia ou *dentro* dela quando saiu do quarto da sra. Leidner às quinze para a uma?

– Não posso afirmar ao certo – respondi após alguns instantes. – Tenho a impressão de que estava dentro da bacia.

– É mesmo?

– Mas, veja bem – apressei-me a esclarecer –, só penso isso porque ele costumava ficar ali. É nessa posição que os meninos o deixam depois do almoço. Tenho a sensação de que se não estivesse ali eu teria notado.

Ele assentiu de modo apreciativo.

– Sim. Entendo isso. É seu treinamento hospitalar. Se algo estivesse fora do lugar no quarto, teria arrumado inconscientemente sem ao menos notar o que fazia. E depois do crime? Estava como agora?

Meneei a cabeça.

– Não prestei atenção – esclareci. – Só verifiquei se havia um lugar onde alguém podia se esconder e se o assassino havia deixado alguma pista.

– É sangue, sem dúvida – confirmou o dr. Reilly, pondo-se de pé. – É importante?

Poirot franzia a testa, perplexo. Jogou as mãos para cima com petulância.

– Não posso dizer. Como poderia? Talvez não signifique nada. Poderia dizer, se eu quisesse, que o assassino tocou na vítima... que havia sangue nas mãos dele... não muito sangue, mas havia... e então ele veio até aqui e lavou as mãos. Sim, pode ter sido isso. Mas não posso chegar a conclusões precipitadas e garantir que *foi* assim. Talvez essa mancha não tenha importância alguma.

– Teria sido pouquíssimo sangue – ponderou o dr. Reilly, em tom duvidoso. – Não jorrou sangue nem coisa parecida. Só deve ter pingado um pouco de sangue do ferimento. Claro, se ele tivesse tocado o local...

Estremeci. Uma imagem sórdida me veio à mente. A visão de alguém – talvez aquele fotógrafo cara de porco – golpeando aquela mulher fascinante. Em seguida, o agressor, dominado por uma terrível exultação maligna, se curvando sobre a vítima para sondar o ferimento... com o rosto, talvez, agora desfigurado... a fúria demente em pessoa...

O dr. Reilly percebeu meu calafrio.

– Qual o problema, enfermeira? – indagou.

– Nada não... Só fiquei toda arrepiada... – respondi. – Tive uma sensação sinistra.

O sr. Poirot deu meia-volta e me fitou.

– Sei do que a senhorita precisa – afirmou. – Logo que eu tiver encerrado aqui e voltar para Hassanieh em companhia do dr. Reilly, vamos levá-la conosco. Vai oferecer um chá à enfermeira Leatheran, não vai, doutor?

– Será um prazer.

– Ah, não, doutor – protestei. – Isso nem passa pela minha cabeça.

Monsieur Poirot deu um tapinha amistoso no meu ombro. Tapinha bem britânico, não um tapinha estrangeiro.

– A senhorita, *ma soeur*, vai nos obedecer – sentenciou ele. – Além disso, será vantajoso para mim. Tem muita coisa que quero discutir e não posso fazê-lo aqui, onde é preciso manter o decoro. O bondoso dr. Leidner idolatrava a esposa e tem a certeza (ah, tanta certeza) de que todo mundo sentia o mesmo em relação a ela! Mas isso, a meu ver, não reflete a natureza humana! Não... Queremos discutir a sra. Leidner sem... como é mesmo que se diz?... Sem papas na língua. Combinado então. Quando terminarmos aqui, vamos levá-la conosco a Hassanieh.

– Imagino – hesitei – que eu deva ir embora de qualquer jeito. É muito constrangedor.

– Fique sem fazer nada por uns dias – sugeriu o dr. Reilly. – Não pode mesmo ir embora antes do funeral.

– Tudo muito bonito – comentei. – Mas vamos supor que *eu* também seja assassinada, doutor?

Falei aquilo meio em tom de piada; o dr. Reilly levou na brincadeira e, acho eu, também teria respondido de forma cômica.

Monsieur Poirot, no entanto, para meu assombro, estacou no meio do quarto e apertou a cabeça entre as mãos.

– Ah! Se fosse possível... – murmurou. – É perigoso... sim... muito perigoso... mas fazer o quê? Como nos proteger do perigo?

– Ora, monsieur Poirot – apressei-me a dizer –, só estava brincando! Quem ia querer me matar, eu gostaria de saber?

– Matar você... ou outra pessoa – completou ele, e não gostei nem um pouco do jeito com que ele disse isso. Sem dúvida, arrepiante.

– Mas por quê? – insisti.

Então ele me fitou olho no olho.

– Eu brinco, mademoiselle – disse ele –, e dou risada. *Mas com certas coisas não se brinca.* Aprendi muito no exercício de minha profissão. E uma dessas coisas, a mais terrível, é esta: *o assassinato é um hábito...*

Capítulo 18

Chá no dr. Reilly

Antes de partir, Poirot deu um giro por toda a sede e nas dependências anexas. Também fez perguntas indiretas aos empregados – ou seja, o dr. Reilly traduzia perguntas e respostas do inglês para o árabe e vice-versa.

Essas perguntas referiam-se principalmente à aparência do estranho que a sra. Leidner e eu havíamos avistado espiando pela janela e com quem o padre Lavigny tinha conversado no dia seguinte.

– Acha mesmo que aquele sujeito teve algo a ver com o caso? – indagou o dr. Reilly quando sacolejávamos no carro dele a caminho de Hassanieh.

– Gosto de toda e qualquer informação disponível – replicou Poirot.

E, para ser sincera, isso descreve os seus métodos com perfeição. Descobri mais tarde que não havia nada – nem um pedacinho de fofoca insignificante – em que ele não estivesse interessado. Os homens não costumam ser assim tão bisbilhoteiros.

Confesso que fiquei contente ao receber minha xícara de chá pouco depois de chegarmos à casa do dr. Reilly. Monsieur Poirot, observei, pôs cinco cubos de açúcar na xícara dele.

Mexendo meticulosamente o chá com sua colherinha, ele disse:

– Agora podemos falar, não é mesmo? Podemos avaliar quem tem probabilidade de ser o assassino.

– Lavigny, Mercado, Emmott ou Reiter? – indagou o dr. Reilly.

– Não, não... essa é a teoria número três. Agora quero me concentrar na teoria número dois... deixando de lado toda essa história de marido ou cunhado misterioso vindo à tona do passado. Agora vamos discutir, com a maior simplicidade, qual membro de expedição teve os meios e a oportunidade de matar a sra. Leidner, e quem provavelmente o fez.

– Achava que o senhor não gostasse muito dessa teoria.

– Em absoluto. Mas tenho certa sutileza natural – disse Poirot em tom de censura. – Como discutir na presença do dr. Leidner os prováveis motivos que levaram ao assassinato de sua esposa por um membro da expedição? Isso não seria nem um pouco sutil. Tive que sustentar a ficção que a esposa dele era encantadora e que todos a adoravam!

"Mas claro que as coisas não eram bem assim. Agora podemos ser cruéis e impessoais e dizer o que pensamos. Não temos mais que nos preocupar com os sentimentos alheios. É aí que a enfermeira Leatheran vai nos ajudar. Ela é, estou certo, uma ótima observadora."

– Ah, tenho lá minhas dúvidas – retorqui.

O dr. Reilly me passou um prato de bolinhos escoceses com passas recém-grelhados.

– Para recuperar as forças – ofereceu.

Bolinhos saborosos.

– Muito bem – continuou o monsieur Poirot em tom amável e loquaz. – Vai me contar, *ma soeur*, exatamente o que cada membro da expedição sentia em relação à sra. Leidner.

– Só estava lá há uma semana, monsieur Poirot – ponderei.

– Tempo suficiente para alguém de sua perspicácia. Enfermeiras percebem as coisas com rapidez. Fazem suas avaliações e são fiéis a elas. Vamos começar. Padre Lavigny, por exemplo?

– Hum... não saberia dizer ao certo. Ele e a sra. Leidner pareciam gostar de conversar. Mas costumavam papear em francês. E, embora eu tenha aprendido quando menina na escola, meu francês não é muito bom. Tenho a impressão de que os dois conversavam principalmente sobre livros.

– Os dois, como se diz, se davam bem... sim?

– Bem... sim, é possível descrever desse modo. Mas, no fim das contas, acho que ela deixava o padre Lavigny perplexo... bem... e quase incomodado por ficar perplexo, se é que o senhor me entende.

E contei-lhe a conversa que eu tivera com o padre Lavigny na escavação no primeiro dia, ocasião em que ele rotulara a sra. Leidner de "perigosa".

– Ora, ora, que interessante – comentou monsieur Poirot. – E ela... o que acha que ela pensava dele?

– Também é complicado afirmar isso. Não era nada fácil saber o que a sra. Leidner pensava das pessoas. Às vezes, imagino, *ele* a deixava perplexa. Lembro que uma vez ela disse ao dr. Leidner que o padre Lavigny era diferente de todos os padres que conhecia.

– Tragam a corda de cânhamo para o padre Lavigny – brincou o dr. Reilly.

– Meu bom amigo – disse Poirot, – não tem, quem sabe, algum paciente para atender? Por nada nesse mundo eu gostaria de atrapalhar seus deveres profissionais.

– Tenho um hospital inteiro para atender – respondeu o dr. Reilly.

Levantou-se e disse:

– Para bom entendedor, meia palavra basta.

E saiu dando risada.

– Melhor assim – continuou Poirot. – Agora vamos ter uma conversinha interessante *tête-à-tête*. Mas não se esqueça de comer.

Ele me passou um prato de sanduíches e me ofereceu uma segunda xícara de chá. Tratou-me com modos realmente atenciosos e agradáveis.

– E agora – retomou – vamos prosseguir com nossas impressões. Na sua opinião, quem *não* gostava da sra. Leidner?

– Bem – ressalvei –, é só a minha opinião e não gostaria que citasse a fonte.

– Naturalmente, não.

– Mas, a meu ver, a pequena sra. Mercado a odiava!

– Ah! E o sr. Mercado?

– Ele simpatizava muito com ela – revelei. – Não creio que alguma mulher, além da esposa, costumasse dar atenção para ele. E a sra. Leidner tinha um jeito amável de ficar interessada nas pessoas e nas coisas que lhe contavam. Isso confundiu a cabeça do coitado, imagino.

– E a sra. Mercado... estava descontente?

– Ela sentia muito ciúme... é a pura verdade. É preciso ter muita cautela quando o assunto envolve marido e mulher, e isso é um fato. Poderia lhe contar algumas coisas surpreendentes. Não tem ideia das coisas extraordinárias que as mulheres enfiam na cabeça quando os maridos estão em jogo.

– Não duvido do que diz. Então a sra. Mercado era ciumenta? E ela odiava a sra. Leidner?

– Peguei-a olhando para ela como se tivesse gana de matá-la... ah, meu Deus! – endireitei-me na cadeira. – De fato, monsieur Poirot, não quis dizer... quero dizer, nem passou pela minha cabeça que...

– Não, não. Entendo perfeitamente. A expressão escapou. Muito adequada, diga-se de passagem. E a sra.

Leidner? Estava preocupada com essa animosidade da sra. Mercado?

– Bem – meditei –, não creio que aquilo a preocupasse. Na verdade, nem sei ao certo se ela chegou a notar. Uma vez pensei em alertá-la, mas não é do meu feitio. É melhor não falar demais. É o que sempre digo.

– Sem dúvida é um comportamento sensato. Pode me dar alguns exemplos de como a sra. Mercado demonstrava os sentimentos dela?

Contei-lhe nossa conversa no terraço.

– Então ela mencionou o primeiro casamento da sra. Leidner – disse Poirot pensativo. – Consegue lembrar se... ao mencioná-lo... ela pareceu preocupada com a possibilidade de você ter escutado uma versão diferente?

– Acha que ela poderia saber a verdade sobre o caso?

– Talvez. Ela pode ter escrito aquelas cartas... e idealizado as pancadinhas na janela e tudo mais.

– Também cheguei a imaginar algo assim. Ela parecia capaz de fazer esse tipo de vingança mesquinha.

– Sim. Um traço cruel, eu diria. Mas não um temperamento capaz de assassinato violento e a sangue-frio. A menos, é claro...

Fez uma pausa e prosseguiu:

– É intrigante, aquela coisa curiosa que ela lhe disse: "*Sei por que você está aqui*". O que ela quis dizer com isso?

– Não tenho a mínima ideia – disse com franqueza.

– Ela pensou que você estava ali por algum motivo oculto, diferente do declarado. Que motivo? E por que se preocupava tanto com o assunto? Intrigante, também, o jeito com que ela a fitou durante o chá no dia em que você chegou.

– Bem, ela não é uma dama, monsieur Poirot – respondi em tom afetado.

– Isso, *ma soeur*, explica, mas não justifica.

Na hora, não consegui entender direito o que ele quis dizer. Mas ele logo emendou:

– E os outros membros da expedição?

Meditei um pouco antes de responder.

– Não creio que a srta. Johnson gostasse muito da sra. Leidner. Mas ela era bem direta e franca quanto a isso. Chegou até a admitir que tinha certa reserva. Sabe, ela é muito dedicada ao dr. Leidner e já trabalhava para ele há anos. E, claro, o casamento muda as coisas... não há como negar.

– Sim – disse Poirot. – E, do ponto de vista da srta. Johnson, seria um casamento inconveniente. Teria sido bem mais conveniente se o dr. Leidner tivesse se casado com *ela*.

– De fato – concordei. – Mas isso é típico dos homens. Nem um por cento deles leva em conta a conveniência. E não há como culpar o dr. Leidner. A srta. Johnson, coitada, está longe de ser uma miss. Já a sra. Leidner era linda... não jovem, é claro... mas, ah!, eu queria que o senhor a tivesse conhecido. Havia algo nela... Lembro de o sr. Coleman ter dito que ela parecia um ser fantástico que atraía os homens aos pântanos. Esse não foi um modo lá muito adequado de se expressar, só que... ah, bem... o senhor vai rir de mim, mas *havia* algo nela meio... bem... sobrenatural.

– Ela era capaz de enfeitiçar... sim, entendo – disse Poirot.

– Também não acho que ela e o sr. Carey se dessem muito bem – continuei. – Eu tinha a impressão de que *ele* sentia ciúmes exatamente como a srta. Johnson.

Os dois sempre se tratavam com cerimônia. Sabe... ela passava as coisas para ele na mesa com muita educação e se dirigia a ele como sr. Carey, de modo bem formal. Claro, ele era um velho amigo do marido dela, e certas mulheres não toleram os velhos amigos de seus maridos. Não gostam de pensar que alguém os conheceu antes delas... pelo menos esse é um jeito meio confuso de explicar...

– Entendo perfeitamente. E os três jovens? Coleman, você me diz, tinha tendência a ser poético em relação a ela.

Não pude conter uma risada.

– Era engraçado, monsieur Poirot – disse eu. – Ele é um jovem tão pragmático.

– E os outros dois?

– Sobre o sr. Emmott não sei nada. É sempre tão calado e monossilábico. Ela sempre o tratava bem. Sabe... de modo cordial... o chamava de David e costumava pegar no pé dele sobre o interesse da srta. Reilly e coisas desse tipo.

– Verdade? E ele gostava disso?

– Não sei – disse eu em tom duvidoso. – Limitava-se a olhar para ela de um modo meio enigmático. Não dava para afirmar no que ele estava pensando.

– E o sr. Reiter?

– Nem sempre ela era gentil com ele – respondi devagar. – Acho que a irritava, pois costumava dizer a ele coisas bastante sarcásticas.

– E ele se importava?

– Ficava vermelho até a raiz dos cabelos, o coitado. Claro, ela não *queria* ser indelicada.

E então, de súbito, em meio ao tênue sentimento de compaixão pelo moço, veio-me à mente a hipótese de que ele não passava de um assassino a sangue frio que estivera interpretando um papel durante todo esse tempo.

– Ah, monsieur Poirot – exclamei –, o que acha que aconteceu *de verdade*?

Balançou a cabeça de modo lento e pensativo.

– Diga-me – recomeçou. – Não tem medo de voltar para lá hoje à noite?

– Ah, *não* – eu disse. – Claro, lembro do que o senhor disse, mas quem é que ia querer matar justo *eu*?

– Acho que ninguém ia querer – disse ele devagar. – Em parte perguntei isso porque estou tão ansioso para ouvir tudo que tem a me contar. Não, eu acho... eu tenho certeza... a senhorita está perfeitamente segura.

– Se alguém tivesse me dito em Bagdá... – comecei e interrompi a fala.

– Ouviu alguma fofoca sobre os Leidner e a expedição antes de vir para cá? – quis saber ele.

Contei-lhe sobre o apelido da sra. Leidner e um pouco do que a sra. Kelsey dissera sobre ela.

Nesse ínterim a porta se abriu, e a srta. Reilly entrou. Voltava de um jogo de tênis com a raquete na mão.

Percebi que Poirot já havia sido apresentado a ela ao chegar a Hassanieh.

Perguntou-me “Como vai?” em sua costumeira atitude desligada e pegou um sanduíche.

– E então, monsieur Poirot – disse ela. – Está evoluindo a investigação de nosso mistério local?

– Devagar e sempre, mademoiselle.

– Pelo visto resgatou a enfermeira da confusão.

– A enfermeira Leatheran está me fornecendo informações valiosas sobre os membros da expedição. De quebra, descubro um bocado de coisas... sobre a vítima. E a vítima, mademoiselle, muitas vezes é a chave para o mistério.

A srta. Reilly disse:

– Muita esperteza sua, monsieur Poirot. É uma verdade inegável que se algum dia uma mulher mereceu ser assassinada, essa mulher é a sra. Leidner!

– Srta. Reilly! – gritei escandalizada.

Ela deu uma risadinha breve e asquerosa.

– Ah! – exclamou ela. – Acho que o senhor não tem ouvido bem a verdade. A enfermeira Leatheran, receio eu, foi enganada, como muitas outras pessoas. Sabe, monsieur Poirot, desejo do fundo do coração que este caso não seja um de seus triunfos. Gostaria muito que o assassino de Louise Leidner ficasse impune. De fato, eu mesma não pensaria duas vezes em eliminá-la.

Fiquei simplesmente enojada com a moça. Monsieur Poirot, é bom que se diga, sequer pestanejou. Só fez uma reverência e disse em tom aprazível:

– Espero, então, que a senhorita tenha um álibi para ontem à tarde...

Seguiu-se um instante de silêncio, quebrado pelo barulho da raquete da srta. Reilly caindo ao chão. Ela nem se deu ao trabalho de juntar. Tipo da moça indolente e relaxada! Respondeu numa voz meio esbaforida:

– Ah, sim, eu estava jogando tênis no clube. Mas, falando sério, monsieur Poirot, me pergunto... Será que o senhor realmente sabe algo sobre a sra. Leidner e o tipo de mulher que ela era?

Outra vez, ele fez uma leve e engraçada mesura e disse:

– Sou todo ouvidos, mademoiselle.

Ela vacilou um minuto e depois falou com tamanha falta de sensibilidade e decência que me deixou repugnada.

– Por convenção, é feio falar mal dos mortos. Isso é ridículo, eu acho. A verdade não deixa de ser verdade.

No fim das contas, é melhor não falar mal dos vivos. É bem possível que isso os prejudique. Os mortos não correm esse risco. Mas o mal que eles causaram às vezes sobrevive a eles. Não chega a ser uma citação shakespeariana, mas quase! A enfermeira lhe contou sobre a estranha atmosfera que reinava em Tell Yarimjah? Contou como todos andavam com os nervos à flor da pele? E como todos costumavam se entreolhar como se fossem inimigos? Isso era obra de Louise Leidner. Três anos atrás, quando eu ainda era uma criança, eles formavam o grupo mais feliz e bem entrosado que alguém pode imaginar. Até o ano passado tudo transcorria bem. Mas neste ano uma influência maligna tomou conta deles... e isso foi obra *dela*. Era o tipo de mulher que não deixava ninguém ser feliz! *Existem* mulheres assim, e ela era uma delas! Ela sempre queria romper as coisas. Só por divertimento... ou pela sensação de poder... ou talvez só porque era inerente a ela. E ela era o tipo de mulher que precisava conquistar cada criatura do sexo masculino que estivesse a seu alcance!

– Srta. Reilly – gritei –, não acho que isso seja verdade. De fato, eu *sei* que não é.

Ela continuou a falar sem tomar conhecimento de minha presença.

– Não era suficiente para ela que o marido a adorasse. Tinha que fazer de bobo aquele imbecil do Mercado e suas pernas longas e vacilantes. E depois controlou Bill. Ele é um sujeito sensato, mas ela estava o deixando todo confuso e desnorteado. Quanto ao Carl Reiter, só atormentá-lo já era o bastante para ela. Era fácil. É um moço sensível. E ela também jogava charme para David.

"David era a melhor diversão, pois a enfrentava. Sentia o fascínio dela... mas não se deixava envolver por ele. Talvez porque tivesse a percepção de que ela no fundo não dava a mínima. E é por isso que a odeio tanto. Ela não é voluptuosa. Não *quer* casos extraconjugais. Tudo não passa de experimento premeditado, com o objetivo de se divertir à custa alheia, espalhando a discórdia e jogando uns contra os outros. Nessa arte ela também se esmerava. Tipo da mulher que nunca brigou com ninguém a vida toda... mas por onde anda brigas sempre acontecem! Ela as *provoca*. É uma espécie de Iago de saias. *Tem que* respirar drama. Mas *ela própria* não quer se envolver. Sempre está tramando algo... observando... se deliciando. Ah, consegue entender *uma palavra* do que estou dizendo?"

– Entendo, talvez, mais do que a mademoiselle pensa – respondeu Poirot.

Não consegui entender o tom da voz dele. Não parecia indignado. Parecia... ah, bem, não consigo explicar direito.

Mas parece que Sheila Reilly compreendeu, pois o rubor tomou conta de suas faces.

– Pense o que quiser – ela disse. – Só sei que estou certa quanto a ela. Apenas uma mulher inteligente que, para sair do tédio, fazia experimentos. Com pessoas... Como outros fazem com produtos químicos. Divertia-se aguilhoando os sentimentos da coitada da srta. Johnson e a vendo ter que se controlar e ser tolerante, experiente como ela é. Apreciava azucrinar a pequena Mercado e levá-la a um estado de violento frenesi. Gostava de *me* provocar e de falar coisas que me deixavam chateada... e sabia fazer isso com maestria! Adorava descobrir coisas sobre as pessoas e jogar isso na cara delas. Ah, não me refiro à chantagem sem disfarce... me refiro apenas a deixá-las sabendo que ela *sabia*... e deixá-las sem saber o que tencionava fazer a respeito. Mas, meu

Deus, aquela mulher era uma artista! Os métodos *dela* nada tinham de imperfeitos!

– E o marido dela? – indagou Poirot.

– Ela nunca quis magoá-lo – disse a srta. Reilly devagar. – Sempre a vi tratando-o com doçura. Acho que ela gostava dele. Ele é um amor de pessoa... envolto em seu mundo próprio... suas escavações e teorias. E a idolatrava e pensava que ela era perfeita. Isso poderia ter incomodado certas mulheres. Não a incomodava. De certo modo, ele vivia numa felicidade ilusória... que de certa maneira não era ilusória, porque ele a enxergava a seu jeito. Mas é difícil conciliar essa visão com...

Calou-se.

– Continue, mademoiselle – disse Poirot.

De repente, ela virou para mim.

– O que disse sobre Richard Carey?

– Sobre o sr. Carey? – indaguei atônita.

– Sobre ela e Carey?

– Bem – respondi –, mencionei que eles não se davam muito bem...

Para minha surpresa, ela irrompeu num acesso de riso.

– Não se davam bem! Sua ingênua! Ele está completamente apaixonado por ela! E isso está estraçalhando ele por dentro... porque ele também venera Leidner. São amigos há anos. Claro, isso a satisfazia. Esforçou-se de modo especial para se meter entre os dois. Mas, ao mesmo tempo, tenho a impressão...

– *Eh bien?*

Ela franzia a testa, absorta em pensamentos.

– Tenho a impressão de que desta vez ela foi longe demais... o feitiço virou contra a feiticeira! Carey é atraente. Atraente como o diabo... Ela era fria... mas creio que pode ter perdido a frieza com ele...

– Acho um escândalo o que está dizendo – gritei. – Puxa vida, eles mal se dirigiam a palavra!

– Ah, é mesmo? – ela virou-se para mim. – Você está por fora. Na casa era "sr. Carey" para cá, "sra. Leidner" para lá, mas eles costumavam se encontrar fora dali. Ela descia a trilha em direção ao rio. E ele saía da escavação durante uma hora. Eles costumavam se encontrar entre as árvores frutíferas.

"Uma vez eu o vi se despedindo dela, caminhando a passos largos rumo à escavação, e ela ficou lá, olhando para ele. Agi como uma malcriada, imagino. Eu trazia um binóculo comigo, peguei-o e dei uma boa olhada no rosto dela. Se me perguntassem, diria que ela estava bem interessada em Richard Carey..."

Interrompeu a fala e olhou para Poirot.

– Desculpe me intrometer em seu caso – disse ela com um sorrisinho repentino e meio torcido –, mas achei que o senhor precisava conhecer a correta cor local.

E retirou-se da sala.

– Monsieur Poirot – exclamei –, não acredito numa só palavra disso!

Ele me fitou, sorriu e disse (de um jeito bem estranho, na hora pensei):

– Não pode negar, enfermeira, que a srta. Reilly lançou certa... luz sobre o caso.

Capítulo 19

Nova suspeita

Não foi possível conversar mais, porque logo depois o dr. Reilly entrou, brincando que havia matado o mais cansativo de seus pacientes.

Ele e monsieur Poirot entabularam uma discussão mais ou menos médica sobre a psicologia e a condição mental de pessoas que escrevem cartas anônimas. O doutor mencionou casos que conhecera no exercício da profissão, e monsieur Poirot contou vários episódios de sua própria experiência.

– Não é tão simples como parece – resumiu. – Há a ânsia de poder e, com muita frequência, um intenso complexo de inferioridade.

O dr. Reilly assentiu com a cabeça.

– É por isso que o autor de cartas anônimas costuma ser a última pessoa a levantar suspeitas. Uma alma pacata e inofensiva, aparentemente incapaz de fazer mal a uma mosca. Por fora, de uma brandura e uma humildade cristãs... e, por dentro, fervilhando toda a fúria do inferno!

Poirot comentou pensativo:

– O senhor diria que a sra. Leidner apresentava alguma tendência de complexo de inferioridade?

Enquanto limpava o cachimbo, o dr. Reilly mal conteve o riso.

– É a última mulher no mundo que eu descreveria assim. Não tinha nada de reprimida. Vida, vida e mais vida... Isso que ela queria... e conseguiu!

– Acha possível, do ponto de vista psicológico, que ela tenha escrito aquelas cartas?

– Sim, acho. Mas, se o fez, o motivo foi seu instinto inerente de autodramatizar. A sra. Leidner era um pouco estrela de cinema na vida privada! *Precisava* ser o centro das atenções... o alvo dos holofotes. Pela lei dos opostos, casou-se com Leidner, que vem a ser o homem mais discreto e modesto que conheço. Ele a adorava... Mas isso não era suficiente para ela. Também tinha a necessidade de ser a heroína cobiçada.

– Então – sorriu Poirot –, não concorda com a teoria dele de que ela as escreveu e não se lembra de tê-lo feito?

– Não, não concordo. Não descartei a ideia na frente dele. Não é fácil dizer para um homem que acaba de perder a esposa tão amada que essa mesma esposa era uma exibicionista descarada e que o deixou quase louco de ansiedade só para satisfazer seu gosto pelo drama. Para ser sincero, não é recomendável contar a homem nenhum a verdade sobre sua esposa! Por curioso que pareça, eu revelaria à maioria delas a verdade sobre os maridos. As mulheres conseguem aceitar o fato de que homens são cafajestes, trapaceiros, consumidores de drogas, mentirosos inveterados e grosseirões incorrigíveis sem pestanejar e sem nem ao menos reduzir a afeição por eles! As mulheres são realistas fabulosas.

– Sendo franco, dr. Reilly, qual sua opinião exata sobre a sra. Leidner?

O dr. Leidner jogou as costas para trás na cadeira e soltou lentas baforadas de cachimbo.

– Para ser franco... é difícil dizer! Não a conhecia muito bem. Tinha charme... em doses generosas. Inteligência, simpatia... O que mais? Não tinha nenhum dos desagradáveis vícios corriqueiros. Não era lasciva, nem preguiçosa, nem mesmo frívola demais. Era, sempre tive a impressão (mas não tenho como provar), uma mentirosa contumaz. O que não sei (e gostaria de saber) é se ela mentia para si mesma ou só para as outras pessoas. De minha parte, sou bastante compreensivo com os mentirosos. Mulheres que não mentem não têm imaginação nem simpatia. Não creio que ela fosse mesmo caçadora de homens... só apreciava o esporte de flechá-los com a "seta de Cupido". Quem pode falar mais sobre isso é minha filha...

– Já tivemos o prazer – disse Poirot com um leve sorriso.

– Hum... – murmurou o dr. Reilly. – Ela não perdeu tempo! Criticou-a sem dó, imagino! As novas gerações não têm respeito pelos mortos. É uma pena que todos os jovens sejam pedantes! Condenam a "velha moralidade" e logo dão um jeito de estabelecer um código próprio, ainda mais imutável. Se a sra. Leidner tivesse tido meia dúzia de amantes, Sheila provavelmente a aprovaria como alguém que "aproveita a vida na plenitude" ou "obedece aos impulsos". Ela não percebe que a sra. Leidner agia em conformidade com o estilo... o estilo *dela*. O gato obedece ao instinto quando brinca com o camundongo! É inerente a ele. Homens não são menininhos para serem defendidos e protegidos. Têm que se deparar com mulheres-gato... com mulheres "até que a morte nos separe", fiéis como cadelas cocker spaniel... com mulheres dominadoras e rabugentas... e todas as outras mais! A vida é um campo de batalha... não um piquenique! Queria ver Sheila ser honesta o bastante para admitir que odiava a sra. Leidner pelos velhos e bons motivos plenamente pessoais. Bem dizer, Sheila é a única moça neste lugar e acha que tem que ser o foco da atenção de todos os jovens modernos. É natural que se aborreça quando uma mulher (que, na visão dela, está na meia-idade e tem dois maridos no currículo) aparece e a vence em seu próprio terreno. Sheila é uma boa moça, saudável, suficientemente bonita e atraente ao sexo oposto como seria de se esperar. Mas a sra. Leidner era algo fora de série nesse quesito. Possuía o tipo de magia calamitosa capaz de incendiar um ambiente... uma espécie de *Belle Dame sans Merci*.

Quase pulei da cadeira. Que coincidência ele dizer aquilo!

– A sua filha... sem querer ser indiscreto... nutre talvez uma *tendresse* por alguns dos jovens de lá?

– Ah, não creio. O fato é que Emmott e Coleman a cercam de atenções. Não sei se ela dá mais atenção a um do que a outro. Tem dois jovens oficiais da Força Aérea também. Imagino que, para ela, hoje tudo que cai na rede é peixe. No fundo, acho que o que mais a incomoda é a experiência desafiar a juventude! Ela não conhece tanto do mundo quanto eu. Na minha idade, realmente sabemos apreciar a tez de uma moça em idade escolar, com olhos límpidos e corpo sem flacidez. Mas mulheres acima dos trinta nos escutam com enlevo e atenção, lançam um comentário aqui e ali para mostrar ao interlocutor o quanto ele é um sujeito interessante – e poucos jovens conseguem resistir a isso! Sheila é uma moça bonita... mas Louise Leidner era deslumbrante. Olhos sedutores e aquela fantástica beleza dourada. Sim: deslumbrante.

Sim, pensei comigo, ele tem razão. A beleza é uma coisa maravilhosa. Ela *havia* sido bela. Não era o tipo de aparência que provoca ciúmes – a gente apenas recostava-se e a admirava. Senti naquele primeiro dia em que conheci a sra. Leidner que eu faria *qualquer coisa* por ela!

Não obstante, naquela noite, ao ser conduzida de carro de volta a Tell Yarimjah (o dr. Reilly insistiu que eu jantasse antes), lembrei de uma ou duas coisas que me deixaram com uma sensação desconfortável. Até então não tinha acreditado numa só palavra de toda a efusiva manifestação de Sheila Reilly. Havia tomado aquilo como puro rancor e maldade.

Mas subitamente me lembrei do modo com que a sra. Leidner insistira em passear sozinha naquela tarde e de como nem quisera ouvir falar de minha companhia. Foi impossível não ficar me perguntando se, afinal de contas, ela não *havia* ido se encontrar com o sr. Carey... E, é claro, *era* um tanto curioso, mesmo, o jeito formal com que os dois se tratavam. A maioria dos outros ela chamava pelo nome.

Ele nunca parecia olhá-la duas vezes, eu me lembrava. Talvez fosse porque ele não gostasse dela – ou talvez fosse o contrário...

Estremeci de leve. Ali estava eu, fantasiando e imaginando todo tipo de coisas – tudo por causa de uma explosão juvenil de rancor! Prova cabal do quão indelicado e perigoso é ficar falando nessas coisas.

A sra. Leidner *não havia* sido daquele jeito, não...

Claro, ela *não gostava* de Sheila Reilly. Naquele dia, na hora do almoço, ela havia sido quase maldosa com o sr. Emmott.

Engraçado o jeito com que ele a olhara. Tipo de jeito impossível de decifrar. A gente nunca consegue descobrir em que o sr. Emmott estava pensando. Tão calado. Mas legal. Uma pessoa legal e de confiança.

Por outro lado, não existe jovem mais bobo do que o sr. Coleman!

Eu alcançara esse ponto em minhas ponderações quando chegamos. O relógio só marcava nove da noite, e encontramos o portão trancado e chaveado.

Ibrahim veio correndo com sua grande chave para me fazer entrar.

Como de hábito, todo mundo ia dormir cedo em Tell Yarimjah. Nenhuma luz visível na sala de estar. Luz na sala de desenho e no gabinete do dr. Leidner, mas escuridão em quase todas as outras janelas. Todo mundo deveria ter ido para cama ainda mais cedo do que o de costume.

Ao passar pela sala de desenho a caminho de meu quarto, dei uma espiada para dentro. O sr. Carey, em mangas de camisa, debruçava-se sobre sua grande planta.

Parecia terrivelmente abatido, pensei. Tão tenso e extenuado. Senti uma súbita pontada de aflição. Não sei bem o que o sr. Carey tinha de especial. Não era nada do que ele *dizia*, porque dificilmente abria a boca e quando abria só falava coisas triviais. Não era nada do que ele *fazia*, porque isso também não era assim tão relevante. No entanto, era impossível não notá-lo, e tudo que se referia a ele parecia nos importar mais do que teria importado se fosse com outra pessoa. Ele só *fazia a diferença*, se é que você me entende.

Virou a cabeça e me viu. Tirou o cachimbo da boca e perguntou:

– Bem, enfermeira, já voltou de Hassanieh?

– Sim, sr. Carey. Fazendo serão? Parece que todos já foram dormir.

– Achei que podia continuar o trabalho – explicou. – Ando um pouquinho atrasado. E amanhã saio cedo para a escavação. Vamos começar a escavar de novo.

– Já? – indaguei, chocada.

Mirou-me com uma expressão estranha.

– É a melhor coisa, acho. Incentivei Leidner a fazê-lo. Amanhã ele vai estar em Hassanieh a maior parte do dia, providenciando as coisas. Mas os demais permanecem aqui. Sabe, nessas circunstâncias, não é nada fácil ficar todo mundo sentado de braços cruzados olhando um para a cara do outro.

Ele tinha razão, é claro. Em especial no clima nervoso e agitado em que todo mundo estava.

– É, de certo modo, o senhor tem razão, é claro – comentei. – A gente espairece a cabeça se está entretida fazendo algo.

O funeral, eu sabia, seria depois de amanhã.

Debruçou-se sobre a mesa outra vez. Não sei por que, mas meu coração angustiou-se por ele. Tive a certeza de que ele não ia pregar o olho naquela noite. Indaguei hesitante:

– Não quer um comprimido para dormir, sr. Carey?

Meneou a cabeça com um sorriso.

– Vou continuar, enfermeira. É um péssimo hábito tomar comprimidos para dormir.

– Então boa noite, sr. Carey – desejei. – Se tiver algo a meu alcance...

– Creio que não, obrigado, enfermeira. Boa noite.

– Sinto tremendamente – acrescentei, acho que meio impulsiva demais.

– Sente? – indagou surpreso.

– Por... por todos nós. É tão terrível. Mas em particular para o senhor.

– Para mim? Por que para mim?

– Ora, o senhor é um velho amigo dos dois.

– Sou um velho amigo de Leidner. Não era amigo dela em especial.

Falou como se realmente não a estimasse. Como gostaria que a srta. Reilly o tivesse escutado!

– Bem, boa noite – repeti e rumei depressa a meu quarto.

Ocupei-me com algumas ninharias antes de trocar de roupa. Lavei uns lenços e um par de luvas de couro; depois atualizei meu diário. Antes de começar a me aprontar para deitar, olhei de novo pela porta do quarto. Luzes na sala de desenho e na ala sul.

Imaginei que o dr. Leidner ainda estivesse acordado e trabalhando no gabinete. Fiquei me perguntando se deveria ou não ir até lá e desejar boa noite. Hesitei – não queria parecer serviçal nem intrometida. Ele poderia estar com afazeres e não querer ser incomodado. No fim, porém, uma espécie de inquietude me instigou. Afinal de contas, não seria mal nenhum. Apenas desejaria boa-noite, perguntaria se não podia ajudar em algo e iria embora.

Mas nem sinal do dr. Leidner. No gabinete iluminado, só havia uma pessoa: a srta. Johnson. Com a cabeça prostrada na mesa, chorava como se o coração dela fosse partir.

Fiquei muito impressionada. Uma pessoa tão calma e com tanto autodomínio. Tive pena ao vê-la assim.

– O que houve, minha querida? – perguntei. Envolvi-a com o braço e animei-a com um tapinha no ombro. – Ora, ora, não adianta ficar assim... Não deve ficar chorando aqui sozinha.

Ela não respondeu, e eu senti os terríveis e arrepiantes soluços que a atormentavam.

– Assim não, querida – pedi. – Controle-se. Vou lhe preparar uma boa xícara de chá quente.

Ergueu a cabeça e disse:

– Não, não, está tudo bem, enfermeira. É tolice minha.

– O que a deixou nesse estado, meu bem? – indaguei.

Não respondeu de imediato. Depois disse:

– É tudo tão horrível...

– Agora não comece a pensar nisso – disse-lhe. – O que passou, passou; não pode ser consertado. É inútil se amofinar.

Endireitou-se na cadeira e começou a ajeitar o cabelo.

– Estou agindo como uma tola – afirmou ela em sua voz áspera. – Fiquei um tempo limpando e organizando o escritório. Pensei que era melhor *fazer* algo. E então, de repente, me lembrei de tudo...

– Sim, sim – apressei-me a dizer. – Sei. Você precisa é de uma boa xícara de chá forte e uma bolsa de água quente na cama – confortei.

Aceitou as duas ofertas sem protestar.

– Obrigada, enfermeira – agradeceu ela, enquanto eu a acomodava na cama; ela bebeu o chá e sentiu o calor ameno da bolsa de água quente nos pés da cama. – É uma jovem bondosa e ajuizada. Não é sempre que ajo como tola.

– Ah, todo mundo corre esse risco numa situação dessas – amenizei. – É muita coisa junta. A tensão, o choque, a polícia em todos os lugares. Puxa, até eu estou com os nervos à flor da pele.

Falou devagar, numa voz esquisita:

– O que você disse no gabinete é verdade. O que passou, passou; não pode ser consertado...

Emudeceu por alguns instantes, até que disse – de modo assaz curioso, diga-se de passagem:

– Ela jamais foi uma boa mulher!

Bem, não discuti o mérito da questão. Sempre considerei natural que a srta. Johnson não se desse muito bem com a sra. Leidner.

Imaginei se, talvez, a srta. Johnson secretamente não sentira prazer com a morte da sra. Leidner e se envergonhara por isso.

Recomendei:

– Agora durma e não se preocupe com nada.

Só peguei umas coisas e coloquei nos devidos lugares. Meias no encosto da cadeira; casaco e saia num gancho. Juntei uma bolinha de papel amassado no chão. Devia ter caído de um bolso.

Acabava de desamassar para ver se eu podia jogar fora quando ela me deixou verdadeiramente atônita.

– Me dá isso aqui!

Eu entreguei a ela – não sem demonstrar espanto. Ela gritou de modo tão incisivo. Arrancou o papel de minha mão – literalmente arrancou – e então o segurou na chama da vela até transformá-lo em cinzas.

Como já disse, fiquei atônita – e a fitei.

Eu não tivera tempo de ver o papel – ela o havia puxado de mim com tanta rapidez. Mas, por incrível que pareça, enquanto queimava, ele se desdobrou na minha direção, e pude ver perfeitamente que nele existiam palavras escritas a tinta.

Só depois em meu quarto, ao me acomodar embaixo das cobertas, me dei conta do motivo pelo qual elas haviam parecido meio familiares para mim.

A letra era a mesma das cartas anônimas.

Foi por *isso* que a srta. Johnson tivera um ataque de remorso? Durante todo o tempo, teria sido ela a autora das cartas anônimas?

Capítulo 20

Srta. Johnson, sra. Mercado, sr. Reiter

Confesso que a ideia me deixou completamente chocada. Nunca pensara em associar a *srta. Johnson* com as cartas. A sra. Mercado, talvez. Mas não a srta. Johnson, verdadeira dama de tanto autodomínio e sensatez.

Mas refleti, lembrando a conversa naquele entardecer entre o monsieur Poirot e o dr. Reilly, que exatamente por isso podia ser *ela*.

Se a srta. Johnson fosse a autora das cartas, aquilo explicava bastante, sabe. Nem por um segundo achei que a srta. Johnson tivera algo a ver com o assassinato. Mas eu percebia *sim* que a sua antipatia pela sra. Leidner poderia tê-la induzido a sucumbir à tentação de, bem... deixá-la com medo até da própria sombra... para usar uma expressão popular.

Talvez ela quisesse afugentar a sra. Leidner da escavação.

Mas então a sra. Leidner havia sido assassinada, e a srta. Johnson tivera uma terrível crise de remorso – primeiro por sua brincadeira cruel, e também, talvez, porque se deu conta de que aquelas cartas serviam de ótima proteção para o assassino. Não é de se admirar que ela tenha ficado tão transtornada. No fundo ela era, eu tinha certeza, uma pessoa decente. E aquilo explicava, também, o porquê de ter aceitado com tanta ansiedade o meu consolo de "o que passou, passou; não pode ser consertado".

Sem falar naquele comentário enigmático – como quem se justifica – "ela jamais foi uma boa mulher!".

A questão era: o que *eu* faria a respeito?

Virei e me revirei na cama por um bom tempo e no fim me decidi que contaria a monsieur Poirot na primeira chance.

Ele veio no dia seguinte, mas não tive oportunidade de falar com ele em particular.

Tivemos apenas um minuto a sós e, antes que eu pudesse coordenar as ideias, ele já havia se aproximado de mim e começado a sussurrar instruções no meu ouvido.

– Quero falar com a srta. Johnson... e com outros, talvez, na sala de estar. Continua com a chave do quarto da sra. Leidner?

– Sim – respondi.

– *Très bien.* Vá até lá, feche a porta atrás de si e dê um grito (não um berro). Um grito. Entende o que o quero dizer? É assombro, surpresa que eu quero que expresse... não terror insano. Quanto à desculpa se alguém lhe escutar, eu deixo isso para você... entortou o pé ou seja lá o que for.

Naquele instante, a srta. Johnson entrou no pátio e não houve mais tempo para nada.

Entendi muito bem o que monsieur Poirot pretendia. Assim que ele e a srta. Johnson haviam entrado na sala de estar, dirigi-me ao quarto da sra. Leidner e, abrindo a porta com a chave, entrei e fechei a porta atrás de mim.

Não há como negar que me senti meio boba ao ficar de pé em um quarto vazio e soltar um gritinho sem motivo. Além disso, não foi assim tão fácil regular a altura. Dei um "Ai" em alto e bom som e depois tentei um pouco mais alto e um pouco mais baixo.

Logo saí e preparei minha desculpa de entortar o pé (*acho* que ele quis dizer torcer!).

Mas de imediato ficou evidente que nenhuma desculpa seria necessária. Poirot e a srta. Johnson conversavam fluentemente; era claro que não havia acontecido nenhuma interrupção.

"Bem", pensei comigo mesmo, "esse assunto está resolvido. Ou a srta. Johnson imaginou aquele grito ou foi algo bem diferente."

Não achei conveniente entrar e interrompê-los. Havia uma espreguiçadeira na varanda, então me acomodei ali. As vozes dos dois flutuavam até meus ouvidos.

– A situação é delicada, a senhorita entende – ponderava Poirot. – O dr. Leidner... claramente amava a esposa...

– Ele a adorava – disse a srta. Johnson.

– Ele me conta, com toda a naturalidade, o quanto toda a equipe gostava dela! Quanto à equipe, quem pode dizer? Claro que dizem o mesmo. É polidez. É decência. *Talvez* também possa ser a verdade! Mas talvez *não*! E estou convencido, mademoiselle, de que a chave para esse enigma reside na completa compreensão da personalidade da sra. Leidner. Se eu pudesse ter a opinião (a opinião honesta) de cada membro da expedição, poderia, analisando o conjunto, formar uma imagem. Sinceramente, é por isso que estou aqui hoje. Eu sabia que o dr. Leidner estaria em Hassanieh. Assim fica mais fácil conversar com cada um de vocês e solicitar colaboração.

– Com certeza – começou a srta. Johnson e parou.

– Não me venha com esses clichês britânicos – implorou Poirot. – Não fique em cima do muro, não me diga que não se deve falar mal dos mortos, que... *enfin*... existe lealdade! Lealdade é uma coisa pestilenta em se tratando de crime. Obscurece mais e mais a verdade.

– Não devo lealdade especial à sra. Leidner – respondeu, lacônica, a srta. Johnson. Havia mesmo um tom agudo e ácido em sua voz. – Já com o dr. Leidner a história é diferente. E, no fim das contas, ela era esposa dele.

– Exato... exato. Entendo que a senhorita não queira falar mal da mulher do patrão. Mas não é um caso de dar referências sobre alguém. É um caso de morte repentina e misteriosa. Acreditar que a vítima era um anjo não vai facilitar minha tarefa.

– Com certeza não a chamaria de anjo – vaticinou a srta. Johnson, e o tom acre na voz tornou-se ainda mais óbvio.

– Diga-me sua opinião franca sobre a sra. Leidner... como mulher.

– Humpf! Para começar, monsieur Poirot, eu lhe aviso: vejo as coisas de certo viés. Sou dedicada (como todos são) ao dr. Leidner. E, imagino, quando a sra. Leidner entrou na história, ficamos com ciúmes. Causou-nos mágoa o tempo e a atenção que ele dedicava a ela. A devoção demonstrada por ele nos irritava. Estou sendo sincera, monsieur Poirot, e isso não é nada agradável para mim. A presença dela aqui me incomodava... sim, me incomodava, mas, é claro, eu tentava não transparecer. Fazia diferença para nós, sabe.

– Nós? A senhorita diz nós?

– Quero dizer o sr. Carey e eu. Somos os dois veteranos. E não nos agradava muito a nova ordem das coisas. Acho que é natural, se bem que talvez seja mesquinhez de nossa parte. Mas *fazia* sim diferença.

– Que tipo de diferença?

– Ah! Em tudo. Costumávamos ser um grupo tão divertido. Bastante descontração, sabe, piadas saudáveis, como fazem entre si colegas de trabalho. O dr. Leidner era alegre e despreocupado... parecia um menino.

– E quando a sra. Leidner veio ela mudou tudo isso?

– Bem, acho que não era *culpa* da sra. Leidner. Não foi tão ruim no ano passado. E por favor acredite, monsieur Poirot, não era nada do que ela *fazia*. Sempre me tratou com delicadeza... com a máxima delicadeza. Por isso, às vezes me sinto envergonhada. Ela não tinha culpa que as mínimas coisas que dizia e fazia pareciam me irritar. Realmente, ninguém poderia ser mais amável do que ela.

– E, apesar disso, as coisas mudaram nesta temporada? Existia uma atmosfera diferente?

– Ah, sem dúvida. Verdade. Não sei bem o que era. Tudo parecia dar errado... não no trabalho... quero dizer conosco... em nossa disposição mental. Nervos à flor da pele. A sensação de uma tempestade chegando.

– E a senhorita creditou isso à influência da sra. Leidner?

– Bem, não era assim antes da vinda dela – disse a srta. Johnson secamente. – Ah!, sou um velho cão queixoso e rabugento. Conservadora... gosto das coisas sempre iguais. Não deve dar muita importância para o que digo, monsieur Poirot.

– Como descreveria a personalidade e o temperamento da sra. Leidner?

A srta. Johnson vacilou por alguns instantes. Então disse devagar:

– Bem, é claro, ela era temperamental. Muitos altos e baixos. Querida com a gente num dia, e no outro não se dignava a nos dirigir a palavra. A gentileza em pessoa, acho eu. E atenciosa com os outros. Por outro lado, a gente percebia que havia sido mimada a vida toda. Achava perfeitamente natural que o dr. Leidner fizesse tudo por ela. E não creio que ela um dia tenha chegado a avaliar o quão extraordinário... o quão valoroso... era o homem com quem tinha casado. Aquilo às vezes me irritava. E, claro, ela era tremendamente agitada e nervosa. Cada coisa que costumava imaginar e o estado de pânico em que ficava! Dei graças a Deus quando o dr. Leidner trouxe a enfermeira Leatheran para cá. Era muita coisa para ele administrar junto; o trabalho e os medos da esposa.

– Qual é sua opinião sobre aquelas cartas anônimas que ela recebia?

Tive que fazê-lo: inclinei-me à frente na cadeira até conseguir vislumbrar o perfil da srta. Johnson prestes a responder à pergunta de Poirot.

Parecia tranquila e dona de si.

– Acho que alguém nos Estados Unidos sentia rancor dela e estava tentando assustá-la ou incomodá-la.

– *Pas plus sérieux que ça?*

– Essa é minha opinião. Ela era linda, sabe, e podia facilmente ter criado inimizades. Acho que aquelas cartas foram escritas por alguma mulher enciumada. A sra. Leidner, devido ao temperamento nervoso, levou-as a sério.

– Com certeza levou – concordou Poirot. – Mas lembre-se... a última foi entregue sem a ajuda do correio.

– Bem, imagino que isso *poderia* ser providenciado se alguém tivesse decidido e se esforçado a fazê-lo. Mulheres não medem esforços quando o assunto é satisfazer seu rancor, monsieur Poirot.

Não medem mesmo, pensei comigo!

– Talvez esteja certa, mademoiselle. Como a senhorita diz, a sra. Leidner era bonita. A propósito, conhece a srta. Reilly, a filha do médico?

– Sheila Reilly? Sim, claro.

Poirot adotou o tom confidencial de quem vai contar uma fofoca.

– Escutei um boato (é óbvio que não quero perguntar ao doutor), que havia uma *tendresse* entre ela e um dos membros da equipe do dr. Leidner. Sabe se isso é verdade?

A srta. Johnson demonstrou estar se divertindo.

– Ah, tanto o jovem Coleman quanto o David Emmott fazem assiduamente a corte. Acho que existe certa rivalidade entre os dois para ser o par dela num evento do clube. Via de regra, os dois rapazes iam aos sábados à noite ao clube. Mas não sei se da parte dela havia algo. Ela é apenas a única criatura jovem do local, sabe, então acha que tem todos na mão. Os oficiais da Força Aérea também tentam namorá-la.

– Então acha que o boato não é verídico?

– Bem... eu não sei. – A srta. Johnson assumiu uma expressão pensativa. – É verdade que ela vem aqui com bastante frequência. Visita a escavação e tudo mais. De fato, dia desses a sra. Leidner estava caçoando de David Emmott... dizendo que a moça estava correndo atrás dele. Coisa bem malévola de se dizer, pensei, e acho que ele não gostou... Sim, ela costuma vir aqui bastante. Eu a vi cavalgando rumo ao sítio arqueológico naquela tarde horrível. – Com um sinal de cabeça indicou a janela aberta. – Mas nem David Emmott nem Coleman estavam de serviço naquela tarde. O encarregado era Richard Carey. Sim, talvez ela *esteja* atraída por algum dos rapazes... mas é uma jovem tão moderna e fria que a gente não sabe até que ponto devemos levá-la a sério. Não tenho a mínima ideia de qual deles seja. Bill é um bom garoto, longe de ser o idiota que finge ser. David Emmott é um amor... tem muitas qualidades. Águas paradas são profundas.

Então lançou a Poirot um olhar zombeteiro e disse:

– Mas por acaso isso tem alguma relação com o crime, monsieur Poirot?

Monsieur Poirot ergueu as mãos em um estilo bastante francês.

– Assim me deixa encabulado, mademoiselle – afirmou. – Dá a impressão de que não passo de um mero bisbilhoteiro. Mas, sabe, estou sempre interessado nos casos amorosos de gente jovem.

– Sim – sussurrou a srta. Johnson. – É bonito quando o curso do amor verdadeiro corre suave.

Poirot deu um suspiro como resposta. Fiquei me perguntando se a srta. Johnson pensava em algum caso amoroso do tempo em que era moça. E fiquei me perguntando se o monsieur Poirot tinha esposa e se ele se comportava como a gente sempre escuta falar que os estrangeiros se comportam, com amantes e coisas do tipo. A imagem foi tão cômica que tive de conter o riso.

– Sheila Reilly tem personalidade forte – afirmou a srta. Johnson. – É jovem e imatura, mas é moça de família.

– Vou levar em conta suas palavras, mademoiselle – disse Poirot.

Levantou-se e acrescentou:

– Tem algum outro membro da expedição na casa?

– Marie Mercado deve estar por aí. Todos os homens foram à escavação hoje. Acho que eles queriam sair deste ambiente. Não os culpo. Se o senhor quiser ir até a escavação...

Ela saiu pela varanda e me disse com um sorriso:

– A enfermeira Leatheran fará a gentileza de acompanhá-lo, imagino.

– Ah, sem dúvida, srta. Johnson – prontifiquei-me.

– E vai estar de volta para o almoço, não vai, monsieur Poirot?

– Com prazer, mademoiselle.

A srta. Johnson retornou à sala de estar onde retomou o trabalho de catalogação.

– A sra. Mercado está no terraço – comuniquei. – Deseja falar com ela primeiro?

– Boa ideia. Vamos subir.

Enquanto subíamos as escadas, indaguei:

– Fiz o que o senhor me pediu. Escutou alguma coisa?

– Nenhum ruído.

– Isso vai tirar um peso da cabeça da srta. Johnson, de qualquer forma – comentei. – Ela anda angustiada, achando que poderia ter feito alguma coisa.

Sentada no parapeito, cabisbaixa, imersa em pensamentos, a sra. Mercado só percebeu a nossa aproximação quando Poirot estacou diante dela e a saudou com um bom-dia.

Então ela ergueu os olhos num sobressalto.

Parecia doente esta manhã, pensei. Grandes olheiras destacavam-se no rostinho aflito e mirrado.

– *Encore moi* – disse Poirot. – Hoje estou aqui por um objetivo especial.

E continuou na mesma linha que adotara com a srta. Johnson, explicando o quanto era necessário formar uma imagem realista da sra. Leidner.

A sra. Mercado, porém, não foi tão sincera quanto a srta. Johnson. Irrompeu em elogios enjoativos e, tenho certeza, muito distantes do que ela realmente sentia.

– Querida, *querida* Louise! É tão difícil explicar como ela era para quem não a conheceu. Criatura tão *exótica.* Tão diferente de todas as outras pessoas. Não sentia isso, enfermeira? Refém dos próprios nervos, claro, e cheia de fantasias, mas a gente tolerava certas coisas nela que não toleraria em outra pessoa. Tão *doce* com todo mundo, não é mesmo, enfermeira? E tão *humilde* em relação a si própria... quero dizer, não sabia nada de arqueologia, mas demonstrava interesse em aprender. Sempre perguntava a meu marido sobre os processos químicos para tratar os artefatos de metal e ajudava a srta. Johnson a colar os potes de cerâmica. Ah, *todos* a estimávamos.

– Quer dizer que não é verdade, madame, o que ouvi falar que havia por aqui certa tensão... uma atmosfera desconfortável?

A sra. Mercado arregalou os olhos negros e opacos.

– Ah! Quem *pode* ter lhe contado isso? A enfermeira? O dr. Leidner? Estou certa de que *ele* não teria notado nada, o coitado.

E relanceou-me um olhar completamente hostil.

Poirot abriu um sorriso sossegado.

– Tenho meus espiões, madame – ele declarou contente. E num átimo as pálpebras dela tremeram e piscaram.

– Não acha – comentou a sra. Mercado com ar de intensa doçura – que depois de um episódio desses todo mundo sempre finge um monte de coisas falsas? Sabe... tensão, atmosfera, a "sensação de algo prestes a acontecer"? Acho que o pessoal simplesmente *inventa* essas coisas depois.

– Há muita verdade nisso, madame – concordou Poirot.

– E de fato essa tensão *não* existia! Vivíamos como uma família plenamente feliz por aqui.

– Aquela mulher é uma das mentirosas mais descaradas que já conheci – declarei indignada, enquanto monsieur Poirot e eu nos afastávamos da casa pela trilha que conduzia à escavação. – Tenho certeza de que ela no fundo odiava a sra. Leidner!

– Não é bem o tipo de pessoa de quem se espera ouvir a verdade – concordou Poirot.

– Perda de tempo falar com ela – vociferei.

– Nem tanto... nem tanto. Se uma pessoa nos conta mentiras com os lábios, às vezes nos conta a verdade com os olhos. De que ela tem medo, a miudinha madame Mercado? Vislumbrei medo no olhar dela. Sim... sem dúvida tem medo de algo. Muito interessante.

– Tenho algo a lhe contar, monsieur Poirot – revelei.

Então relatei a minha volta na noite anterior e minha firme convicção de que a srta. Johnson escrevera as cartas anônimas.

– Quer dizer que *ela* também é mentirosa! – exclamei. – E o jeito calmo com que ela respondeu ao senhor esta manhã sobre essas mesmas cartas!

– Sim – concordou Poirot. – Interessante isso. *Pois ela deixou escapar que sabia tudo sobre as cartas.* Até agora ninguém as havia mencionado na presença dos membros da expedição. Claro, é possível que o dr. Leidner tenha contado a ela ontem. Os dois são amigos de longa data. Mas se ele não contou... bem... então não deixa de ser curioso e interessante, não acha?

Meu respeito por ele aumentou. Foi perspicácia da parte dele perceber a pisada em falso que ela dera ao mencionar as cartas.

– Vai tirar a limpo o assunto das cartas com ela? – eu quis saber.

Monsieur Poirot pareceu chocado com a ideia.

– Não, não, em absoluto. É sempre insensato alardear o que sabemos. Até o último minuto, guardo tudo aqui – contou ele, tocando a testa com o dedo indicador. – No instante exato... dou o pulo... como a pantera... e, *mon Dieu!* Bate o pavor!

Não pude evitar rir comigo mesma ao imaginar o pequenino monsieur Poirot no papel de uma pantera.

Havíamos acabado de chegar à escavação. A primeira pessoa que enxergamos foi o sr. Reiter, ocupado fotografando uma parede.

A impressão que eu tinha era a de que a equipe de escavação simplesmente entalhava paredes onde bem desejasse. O sr. Carey me explicou que era possível sentir a diferença na picareta e tentou me mostrar... mas para mim era tudo a mesma coisa. Quando os trabalhadores anunciavam "*Libn*" (tijolo de barro) – não passava de pura sujeira e lama até onde eu conseguia perceber.

O sr. Reiter terminou suas fotografias, entregou a câmera e as chapas para o menino que o auxiliava e lhe disse para levá-las à sede.

Poirot teceu perguntas sobre os tempos de exposição à luz, tipos de filme e assim por diante. Reiter respondeu com prontidão, demonstrando satisfação em falar do seu trabalho.

Ele se preparava para pedir licença e nos deixar quando Poirot outra vez mergulhou em sua conversa fixa. Para falar a verdade, não era bem uma conversa fixa, porque ele a variava a cada vez a fim de adaptá-la à pessoa com quem falava. Mas não vou transcrever tudo a cada oportunidade. Com pessoas sensatas como a srta. Johnson, ele ia direto ao ponto e com outros precisava fazer rodeios. Mas no final das contas alcançava o objetivo.

– Sim, sim, sei o que quer dizer – respondeu o sr. Reiter. – Mas, na verdade, não acho que possa ser de muita ajuda ao senhor. Sou novato por aqui (cheguei nesta temporada) e não falava muito com a sra. Leidner. Sinto, mas a verdade é que não posso lhe ajudar em nada.

Havia algo um tanto empertigado e estrangeiro em sua fala, embora, é claro, não tivesse nenhum sotaque – além do norte-americano, quero dizer.

– Consegue pelo menos me dizer se gostava ou não dela? – indagou Poirot, sorrindo.

O sr. Reiter ficou muito vermelho e gaguejou:

– Era uma pessoa encantadora... encantadora mesmo. E intelectual. Cérebro excelente... sim.

– *Bien*! Gostava dela. E ela gostava do senhor?

O sr. Reiter ficou ainda mais vermelho.

– Ah, acho... que ela ignorava minha presença. Fui infeliz uma ou duas vezes. Sempre dava azar quando tentava agradá-la. Acho que a irritava por ser tão desajeitado. Era sem querer... Eu teria feito *qualquer* coisa...

Poirot ficou com pena de seus gaguejos.

– Ótimo... Vamos pular a outro assunto. Era feliz o ambiente?

– Como é?

– O grupo era alegre? Ria e conversava?

– Não... não exatamente. Existia certa... formalidade.

Fez uma pausa, travando uma luta consigo, e então disse:

– Sabe, não sei me comportar em público. Sou atrapalhado. Tímido. O dr. Leidner sempre me tratou com a maior gentileza. Mas é ridículo... não consigo superar minha timidez. Sempre digo a coisa errada na hora errada. Derrubo jarros de água. Sou azarado.

Ele parecia mesmo um criançāo sem jeito.

– Todos nós fazemos essas coisas quando somos jovens – sorriu Poirot. – O equilíbrio, o *savoir-faire*, vem mais tarde.

Com uma palavra de despedida, seguimos nosso passeio.

Ele ponderou:

– Das duas, uma, *ma soeur*: ou é um jovem simplicíssimo ou um ator extraordinário.

Não respondi. Fui dominada outra vez pela ideia bizarra de que um membro da expedição era um assassino perigoso e calculista. De certo modo, naquela bonita e ensolarada manhã dominical, isso parecia impossível.

Capítulo 21

Sr. Mercado, Richard Carey

— Trabalham em dois locais separados, pelo que vejo – constatou Poirot, vacilante.

O sr. Reiter estivera fazendo o registro fotográfico numa porção externa da escavação principal. Não longe dali, um segundo enxame de homens ia e vinha carregando cestas.

– É o que chamam de corte profundo – expliquei. – Não encontram muita coisa ali. Nada além de cacos de cerâmica de péssima qualidade, mas o dr. Leidner sempre diz que é muito interessante, então vai ver que é mesmo.

– Vamos até lá.

Caminhamos sem pressa, pois o sol estava quente.

O sr. Mercado supervisionava. Confabulava lá embaixo com o capataz, um velho que lembrava uma tartaruga – com um casaco de tweed sobre o típico camisolão árabe, de algodão, listrado.

Era meio difícil descer até o lugar em que eles estavam, pois só havia um estreito acesso com degraus, por onde os moços das cestas subiam e desciam sem parar, totalmente obstinados, nem sequer pensando na hipótese de dar passagem.

Segui Poirot escada abaixo quando, de repente, ele me perguntou por cima do ombro:

– O sr. Mercado é destro ou canhoto?

Ora, aquela pergunta era no mínimo extraordinária!

Pensei um instante e então afirmei decidida:

– Destro.

Poirot não se deu o trabalho de explicar. Só prosseguiu, comigo atrás dele.

O sr. Mercado pareceu bem contente ao nos ver.

Seu rosto comprido e melancólico iluminou-se.

Monsieur Poirot fingiu um interesse em arqueologia que, tenho certeza, não era sincero. Mas o sr. Mercado respondeu a tudo de modo atencioso.

Explicou que já haviam escavado doze estratos de ocupação doméstica.

– Agora alcançamos definitivamente o quarto milênio – informou com entusiasmo.

Sempre pensei no milênio como algo do futuro – a época em que tudo vai dar certo.

O sr. Mercado mostrou diferentes cinturões de cinzas. (E que mãos trêmulas! Fiquei me perguntando se não estava com malária.) Detalhou como as características da cerâmica mudavam em cada camada, como ocorriam os sepultamentos – e como haviam achado um estrato quase todo composto de restos mortais infantis (pobrezinhos!). Também salientou a posição e a orientação flexionada dos corpos, deduzida pela disposição dos ossos.

Então, de súbito, na hora exata em que se agachou para pegar uma espécie de faca de pederneira junto a uns potes no canto, ele deu um pulo no ar e soltou um urro violento.

Deu meia-volta para se deparar comigo e com Poirot, que o fitávamos pasmados.

Levou a mão ao braço esquerdo.

– Algo me picou... como se fosse uma agulha queimando.

De imediato Poirot ficou elétrico.

– Rápido, *mon cher*, deixe-nos ver. Enfermeira Leatheran!

Dei um passo à frente.

Ele segurou o braço do sr. Mercado. Com agilidade, enrolou a manga da camisa cáqui até o ombro.

– Aqui – apontou o sr. Mercado.

Cerca de oito centímetros abaixo do ombro havia uma minúscula perfuração de onde escorria sangue.

– Curioso – comentou Poirot ao perscrutar a manga enrolada. – Não dá para notar nada. Uma formiga, talvez?

– Melhor colocar um pouco de iodo – sugeri.

Sempre levo comigo um frasquinho de iodo. Saquei-o do bolso e o apliquei. Mas fiz isso meio distraída, pois minha atenção foi desviada por algo bem diferente. Diminutas marcas de perfuração ao longo de toda a extensão do antebraço do sr. Mercado. Eu sabia muito bem o que era aquilo – *as marcas de uma agulha hipodérmica.*

O sr. Mercado desenrolou a manga e retomou sua explanação. O sr. Poirot escutou, mas não tentou conduzir a conversa aos Leidner. De fato, ele não perguntou nada ao sr. Mercado.

Logo nos despedimos do sr. Mercado e subimos os degraus do acesso.

– Que tal minha destreza? – indagou meu acompanhante.

– Destreza?

Monsieur Poirot retirou algo detrás da lapela do casaco e examinou com carinho. Para minha surpresa, vi que se tratava de uma agulha de cerzir, comprida e afiada. Uma bolinha de cera numa das pontas a transformava numa espécie de alfinete.

– Monsieur Poirot! – exclamei. – Foi o senhor que fez aquilo?

– Sim... fui o inseto picador. E o fiz com muita destreza, não acha? Você nem notou.

Era a pura verdade. *Eu* não o vira fazendo aquilo. E tenho certeza de que o sr. Mercado nem havia suspeitado. Poirot precisou ter sido rápido como um raio.

– Mas, monsieur Poirot, por quê? – indaguei.

Ele me respondeu com outra pergunta.

– Notou alguma coisa? – indagou.

Assenti com a cabeça, devagar.

– Marcas de agulha – eu disse.

– Agora sabemos algo sobre o sr. Mercado – disse Poirot. – Eu suspeitava... mas não *sabia*. Sempre é necessário *saber*.

"E o senhor utiliza os meios necessários para saber!", pensei comigo, mas não verbalizei.

De repente, Poirot bateu com a mão no bolso.

– Puxa, deixei cair meu lenço lá na escavação. Escondi o alfinete nele.

– Vou buscá-lo para o senhor – falei, retrocedendo meus passos com pressa.

A esta altura, sabe, algo me dizia que o monsieur Poirot e eu fazíamos uma dupla: médico e enfermeira com um paciente para tratar. Ou melhor, era mais como se o paciente exigisse cirurgia e Poirot fosse o médico encarregado de fazê-la. Talvez eu não devesse dizer isso, mas estranhamente aquilo começava a me divertir.

Recordei-me da época em que recém terminara meu treinamento e fui chamada a uma residência particular. Surgiu a necessidade de uma cirurgia de emergência, mas o marido da paciente não gostava nem de ouvir falar em hospitais. Não ia admitir que sua mulher fosse levada a um. Exigiu que a operação fosse realizada em casa.

Claro, foi uma oportunidade e tanto! Ninguém para me supervisionar! Encarreguei-me de tudo. Lógico, fiquei terrivelmente nervosa – pensei em todos os itens concebíveis que o médico poderia necessitar, mas mesmo assim tive medo de ter esquecido algo. Com médicos a gente nunca sabe. Às vezes inventam de pedir coisas inimagináveis! Mas tudo transcorreu perfeitamente! Tudo que ele ia me pedindo, eu já tinha separadinho. Depois de pronta a cirurgia, ele classificou meu trabalho como de "primeira categoria". Eis uma coisa que a maioria dos médicos não se dá o trabalho de fazer! O médico também era muito simpático. E eu que providenciei tudo!

A paciente se recuperou, também, então todo mundo ficou feliz.

Bem, me sentia numa situação parecida agora. De certo modo, monsieur Poirot me lembrava um pouco aquele cirurgião. *Ele* também era baixinho. Um baixinho feioso com cara de macaco, mas um cirurgião magnífico. Sabia por instinto aonde ir. Já vi uma série de cirurgiões em ação e sei como há diferença entre eles.

Gradativamente, crescia a minha confiança no monsieur Poirot. Tinha a sensação de que ele, também, sabia o que estava fazendo. E eu começava a sentir que era minha missão ajudá-lo – como se diz – deixar à mão fórceps, algodão e o tudo o mais para quando ele precisasse. Por isso, sair correndo para procurar o lenço dele me pareceu tão natural quanto pegar uma toalha que o médico tivesse deixado cair no chão.

Encontrei o lenço e retornei, mas a princípio não vi nem sinal de Poirot. Enfim localizei-o. Estava sentado um pouco distante do montículo, conversando com o sr. Carey. Ao lado dele, o ajudante com aquela grande régua topográfica, mas naquele exato instante Carey falou algo para o menino, que a levou embora. Parecia que por enquanto ele havia encerrado o que fazia.

Quero esclarecer bem o que vou contar a seguir. Sabe, no fundo fiquei meio sem saber direito o que o monsieur Poirot queria que eu fizesse ou deixasse de fazer. Quero dizer, talvez ele tivesse me mandado buscar aquele lenço *de propósito*. Para me tirar do caminho.

Outra vez era como se fosse uma cirurgia. A gente precisa tomar cuidado para alcançar ao médico exatamente o que ele quer e não o que ele *não quer*. Quero dizer, imagine se você entregasse a pinça arterial na hora errada ou demorasse a passá-la na hora certa! Graças a Deus me defendo quando a coisa é para valer. Não cometo enganos em meu metiê. Mas, nesse assunto, eu era disparado a mais inexperiente das principiantes. Por isso, tinha que tomar cuidado para não cometer erros crassos.

Claro, nem passou pela minha cabeça que o monsieur Poirot não quisesse que eu escutasse a conversa entre ele e o sr. Carey. Mas talvez tivesse pensado que o sr. Carey ficaria mais à vontade se eu não estivesse por perto.

Vamos deixar as coisas bem claras: não quero que fiquem pensando que sou o tipo de mulher que anda por aí escutando conversas particulares às escondidas. Não é do meu feitio uma coisa dessas. Nunca, jamais. Por mais que eu tivesse vontade.

Em suma, se aquela *fosse* uma conversa particular, eu nunca, jamais, teria feito o que, para ser sincera, acabei fazendo.

No meu ponto de vista, encontrava-me numa situação privilegiada. Afinal de contas, a gente escuta muita coisa quando os pacientes despertam da anestesia. O paciente não gostaria que o escutássemos – e em geral nem tem ideia de que o *escutamos* –, mas o fato é que a gente escuta *mesmo*. Apenas fiz de conta que o sr. Carey era o paciente. Em nada o afetaria uma coisa que ele não ia ficar sabendo. E se você acha que era só curiosidade minha, bem, *admito* que estava mesmo curiosa. Se dependesse de mim, não queria perder um detalhe sequer.

Tudo isso apenas para contar que peguei um desvio e dei a volta por trás do monte de entulhos até ficar a um passo de onde eles estavam, mas escondida atrás do monte. E se alguém disser que foi desonroso peço a permissão de discordar. *Nada* deve ser escondido da enfermeira encarregada do caso, embora, é claro, caiba ao médico determinar o que será *feito*.

Não sei, é lógico, qual havia sido a linha de abordagem do monsieur Poirot, mas, quando cheguei, ele tocava no ponto nevrálgico, por assim dizer.

– Ninguém mais do que eu aprecia a devoção do dr. Leidner pela esposa – dizia ele. – Mas não raramente aprendemos mais sobre uma pessoa com o que contam seus inimigos do que seus amigos.

– Sugere que os defeitos dela eram mais importantes do que as virtudes? – indagou o sr. Carey em tom seco e sarcástico.

– Com certeza... em se tratando de assassinato. Parece estranho mas, até onde sei, nunca alguém foi assassinado por ter um caráter perfeito! Embora a perfeição sem dúvida seja uma coisa irritante.

– Receio não ser a pessoa indicada para lhe ajudar – lamentou Carey. – Para ser sincero, a sra. Leidner e eu não tínhamos muita sintonia. Não quero dizer que éramos inimigos, longe disso, mas também não éramos exatamente amigos. A sra. Leidner sentia, talvez, um pouco de ciúmes da minha velha amizade com o marido dela. Eu, por minha vez, apesar de admirá-la bastante e considerá-la extremamente atraente, sentia certa mágoa da influência que ela exercia sobre Leidner. Em decorrência disso, nos tratávamos com polidez, mas sem intimidades.

– Explicação admirável – elogiou Poirot.

Eu só conseguia ver suas cabeças, e vi a cabeça do sr. Carey virando bruscamente, como se tivesse notado algo desagradável no tom imparcial de monsieur Poirot.

Monsieur Poirot prosseguiu:

– O dr. Leidner não se incomodava pelo fato de o senhor e a esposa dele não se darem bem?

Carey vacilou por um instante até responder:

– Para ser sincero... não tenho certeza. Ele nunca disse nada. Eu torcia para que ele não notasse. É uma pessoa bastante centrada no trabalho, sabe.

– Então a verdade é que, de acordo com suas palavras, o senhor não gostava mesmo da sra. Leidner?

Carey deu de ombros.

– Se ela não fosse esposa de Leidner, é provável que eu tivesse gostado muito dela.

Riu como quem se diverte com a própria declaração.

Poirot fazia uma pequena pilha com fragmentos de louça de barro. Pronunciou em voz distante e sonhadora:

– Falei com a srta. Johnson hoje de manhã. Reconheceu ter alimentado certos preconceitos contra a sra. Leidner e que não gostava muito dela, mas fez questão de frisar que a sra. Leidner sempre a tratou com elegância.

– Pura verdade, eu diria – comentou Carey.

– Foi o que pensei. Em seguida conversei com a sra. Mercado. Contou por um bom tempo o quanto era afeiçoada à sra. Leidner e quanto a admirava.

Carey não emitiu resposta. Depois de um breve instante, Poirot continuou:

– Nisso... não acreditei! Então falo com o senhor e naquilo que o senhor me diz... bem, outra vez... *não acredito...*

As feições de Carey enrijeceram. Pude perceber a raiva – a raiva contida – em sua voz.

– Sinceramente, não posso fazer nada para mudar suas crenças... nem descrenças, monsieur Poirot. Escutou a verdade, acredite se quiser. Para mim, tanto faz.

Poirot não se irritou. Em vez disso, soou especialmente humilde e desalentado.

– Será culpa minha o fato de acreditar... ou deixar de acreditar? Tenho o ouvido aguçado, sabe. Além disso, a gente sempre escuta uma porção de boatos... rumores que correm por aí. A gente escuta e talvez... fica sabendo de algo! Sim, *boato* é o que não falta...

Carey levantou-se num pulo. Consegui observar nitidamente a veia pulsando em sua têmpora. Feições magníficas! Tão angulosas e trigueiras – e que mandíbula fabulosa, sólida e reta. Não me surpreendia que as mulheres se encantassem por aquele homem.

– Que boatos? – perguntou, encolerizado.

Poirot mirou-o de soslaio.

– Talvez possa imaginar. Os boatos de costume... sobre o senhor e a sra. Leidner.

– Que mentes sórdidas as pessoas têm!

– *N'est-ce pas*? São como cachorros. Por mais fundo que se enterre uma coisa desagradável, o cachorro sempre a desenterra.

– E o senhor acredita nesses boatos?

– Estou disposto a ser convencido... da verdade – afirmou Poirot, solene.

– Duvido que reconheça a verdade ao ouvi-la – riu-se Carey com rudeza.

– Ponha-me à prova e veja – desafiou Poirot, vigiando-o.

– É o que vou fazer! Vai ter a verdade! Eu odiava Louise Leidner... eis sua verdade! Eu a odiava do fundo da alma!

Capítulo 22

David Emmott, padre Lavigny e uma descoberta

Virando-se abruptamente, Carey afastou-se com passadas largas e furiosas.

Poirot ficou ali sentado, observando-o. Em seguida murmurou:

– Sim... sei...

Sem virar a cabeça, disse em voz um pouco mais alta:

– Não saia daí ainda, enfermeira. Ele pode olhar para trás. Agora está tranquilo. Trouxe meu lenço? Muito obrigado. É muita gentileza sua.

Não mencionou nada sobre o fato de eu ter escutado a conversa – e não tenho a mínima ideia de como ele *sabia* disso. Nem por uma vez olhou em minha direção. Fiquei bastante aliviada por ele não ter tocado no assunto. Quero dizer, me sentia bem *comigo mesma* em relação àquilo, mas teria sido um pouco constrangedor ter que me explicar para ele. Foi bom que ele pareceu não querer explicações.

– Acha que ele realmente a odiava, monsieur Poirot? – indaguei.

Poirot meneou a cabeça devagar e respondeu, com uma curiosa expressão no rosto:

– Sim... acho que odiava, sim.

Então se ergueu com energia e começou a caminhar rumo ao local onde os homens trabalhavam no topo do montículo. Eu o segui. A princípio, não conseguimos ver ninguém além de árabes, mas por fim encontramos o sr. Emmott, deitado de bruços, dando assopradelas na poeira de um esqueleto de mulher recém-descoberto.

Abriu seu sorriso agradável e discreto ao nos ver.

– Dando uma olhada por aí? – perguntou. – Se esperarem, num minutinho dou atenção a vocês.

Sentou-se direito, pegou a espátula e começou a afastar delicadamente o solo ao redor dos ossos, parando de vez em quando para usar um fole ou o próprio sopro. Por sinal, considerei esse último procedimento deveras anti-higiênico.

– Vai acabar com tudo que é micróbio asqueroso na boca, sr. Emmott – protestei.

– Micróbio asqueroso é o que não falta em minha dieta diária, enfermeira – retorquiu solene. – Micróbios nada conseguem fazer a um arqueólogo... e quando tentam só conseguem ficar naturalmente desmotivados.

Raspou mais um pouco do solo em volta do fêmur. Então deu instruções ao capataz a seu lado, especificando exatamente o que era para ser feito.

– Prontinho – disse ele, pondo-se em pé. – Reiter pode fotografá-la depois do almoço. Foi enterrada com itens bem bonitos.

Mostrou-nos uma tigelinha de cobre com zinabre e alguns alfinetes. E uma porção de microartefatos dourados e azuis, pecinhas do colar de contas.

Os ossos e todos os artefatos, depois de escovados e limpos com faca, ficaram prontos e em condição de serem fotografados.

– Quem é ela? – quis saber Poirot.

– Primeiro milênio. Dama de certa influência, talvez. Formato bem estranho de crânio... Mercado precisa dar uma olhada nele. Parece homicídio.

– Uma sra. Leidner de dois mil e poucos anos atrás? – disse Poirot.

– Quem sabe – respondeu o sr. Emmott.

Com a ajuda da picareta, Bill Coleman escavava um muro.

David Emmott gritou uma coisa que eu não entendi para ele e logo começou a mostrar o local ao monsieur Poirot.

Quando o breve passeio expositivo acabou, Emmott mirou o relógio.

– Daqui a dez minutos começa o intervalo – comentou. – Vamos indo para a sede?

– Parece perfeito – disse Poirot.

Andamos devagar pela trilha de chão batido.

– Imagino que todos devam estar contentes por voltar ao trabalho – ponderou Poirot.

Emmott retorquiu, austero:

– Sim, é o melhor que podia acontecer. Não é nada fácil ficar em casa matando tempo e jogando conversa fora.

– Sabendo sempre *que um de vocês é o assassino.*

Emmott não respondeu. Não fez gesto de desagrado. Naquele momento, percebi que ele suspeitara da verdade desde o começo, quando havia interrogado os criados da casa.

Depois de um tempinho, perguntou em voz baixa:

– Está chegando a algum lugar, monsieur Poirot?

Poirot respondeu em tom sério:

– Vai me ajudar a chegar a algum lugar?

– Ora, é claro.

Observando-o com atenção, Poirot disse:

– O cerne do caso é a sra. Leidner. Quero informações sobre ela.

David Emmott retorquiu devagar:

– Como assim, informações sobre ela?

– Não me refiro a de onde ela veio nem a qual era seu nome de solteira. Não me refiro ao formato do rosto nem à cor dos olhos. Refiro-me ao... jeito de ser.

– Acha que isso tem relevância no caso?

– Tenho certeza disso.

Emmott permaneceu em silêncio alguns instantes e depois disse:

– Talvez tenha razão.

– E é nisso que o senhor pode me ajudar. Pode me dizer que tipo de mulher ela era.

– Posso? Eu mesmo muitas vezes fiquei me perguntando isso.

– Chegou a alguma conclusão?

– Acho que no final sim.

– *Eh bien*?

Mas o sr. Emmott calou-se por um tempo, antes de dizer:

– O que a enfermeira pensava dela? Dizem que as mulheres captam o âmago das outras mulheres com rapidez, e uma enfermeira trava contato com um vasto leque de tipos.

Mesmo se eu tivesse desejado, Poirot não me deu nenhuma oportunidade de falar. Replicou com rapidez:

– O que quero saber é: o que um *homem* pensava dela?

Emmott sorriu de leve.

– Imagino que todos diriam quase a mesma coisa. – Fez uma pausa e emendou: – Ela não era jovem, mas não seria exagero dizer que não conheci mulher mais linda.

– Isso não é bem uma resposta, sr. Emmott.

– Não está longe de ser, monsieur Poirot.

Calou-se de novo e então prosseguiu:

– Quando eu era menino, costumava ouvir um conto de fadas. Um conto de fadas nórdico, sobre a Rainha da Neve e o menino Kay. Acho que a sra. Leidner era meio assim... sempre levando o pequenino Kay para passear.

– Ah, sim, um conto de Hans Andersen, não é? E tinha também a menina. A pequena Gerda, não era esse o nome dela?

– Talvez. Não lembro muito bem.

– Não pode ir um pouco mais além, sr. Emmott?

David Emmott balançou a cabeça.

– Nem eu mesmo sei se a avaliei corretamente. Ela era meio indecifrável. Num dia, fazia coisas diabólicas; no outro, coisas maravilhosas. Mas acho que acerta ao dizer que ela é o cerne do caso. É isso que ela sempre ambicionou ser: *o centro das atenções*. E gostava de *desvelar* as outras pessoas... Quero dizer, não ficava satisfeita com as coisas banais: queria virar nossa alma ao avesso para poder enxergá-la.

– E se alguém não lhe desse o prazer? – perguntou Poirot.

– Daí ela podia se tornar má!

Percebi os seus lábios se fecharem resolutos e a mandíbula enrijecer.

– Imagino, sr. Emmott, que não queira expressar uma opinião completamente não oficial sobre quem a matou?

– Não sei – disse Emmott. – Verdade: não tenho a mínima ideia. Acho que se eu fosse Carl (Carl Reiter, quero dizer), teria sentido vontade de matá-la. Ela vivia se divertindo às custas dele. Mas, é claro, ele bem que pede por isso sendo tão suscetível. Praticamente pedia para lhe soltarem os cachorros.

– E a sra. Leidner... soltava os cachorros nele? – perguntou Poirot.

De repente, Emmott abriu um sorrisinho irônico.

– Não. Alfinetadinhas... esse era o método dela. Claro, ele *sabe* ser irritante. Parece um menino chorão e covarde. Mas alfinetes são armas dolorosas.

Relanceei um olhar furtivo a Poirot e pensei ter detectado um leve tremor em seus lábios.

– Mas não acredita mesmo que Carl Reiter a matou? – perguntou ele.

– Não. Não acredito que alguém mataria uma mulher porque ela, insistentemente, refeição após refeição, o faz parecer um idiota.

Pensativo, Poirot balançou a cabeça.

Claro, o sr. Emmott pintou a sra. Leidner como bastante desumana. Faltou fazer o contraponto.

Havia algo tremendamente irritante nas atitudes do sr. Reiter. Ele se assustava quando alguém lhe dirigia a palavra e fazia coisas tolas – como ficar toda hora passando a geleia mesmo sabendo que ninguém queria. Eu mesma me sentia inclinada a ser meio ríspida com ele.

Os homens não entendem como seus trejeitos tendem a dar nos nervos das mulheres. A elas não sobra alternativa além da rispidez.

Pensei em mencionar o fato ao sr. Poirot em momento oportuno.

Chegamos à sede, e o sr. Emmott convidou Poirot a usar o lavatório de seu quarto.

Apressei-me a atravessar o pátio na direção do meu.

Saí praticamente na mesma hora que eles, e nós três rumávamos ao refeitório quando o padre Lavigny apareceu no vão da porta do quarto dele e convidou Poirot a entrar.

O sr. Emmott veio a meu encontro, e fomos juntos ao refeitório. A srta. Johnson e a sra. Mercado já estavam lá; minutos depois, o sr. Mercado, o sr. Reiter e Bill Coleman uniram-se a nós.

No momento em que sentávamos à mesa e Mercado pedia ao menino árabe para avisar ao padre Lavigny que o almoço estava servido, um gritinho abafado deixou todos perplexos.

Imagino que nossos nervos ainda não estavam recuperados, porque todo mundo se assustou. A srta. Johnson empalideceu e disse:

– *O que foi isso*? O que aconteceu?

A sra. Mercado a fitou e retorquiu:

– Qual *é* o problema, minha cara? É só um barulho lá nos campos.

Mas naquele instante Poirot e o padre Lavigny entraram.

– Achamos que alguém tinha se machucado – disse a srta. Johnson.

– Mil perdões, mademoiselle – pediu Poirot. – A culpa é minha. O padre Lavigny me explicava as inscrições de umas tábulas, e eu me aproximei da janela para ver melhor... E, *ma foi*, sem querer me enrosquei no tapete e contorci o pé. Na hora a dor foi tão intensa que tive que gritar.

– Pensamos que era outro assassinato – brincou a sra. Mercado, rindo.

– Marie! – repreendeu o marido.

Ela respondeu ao tom de censura corando e mordendo o lábio.

A srta. Johnson prontamente mudou o assunto para a escavação e quais artefatos de interesse tinham sido descobertos naquela manhã. A conversa durante todo o almoço continuou rigorosamente arqueológica.

Acho que todo mundo sentiu que era a coisa mais segura.

Depois do café, passamos à sala de estar. Em seguida, os homens, à exceção do padre Lavigny, retornaram à escavação.

O padre Lavigny levou Poirot ao depósito de antiguidades, e eu fui junto. A esta altura, eu já conhecia as coisas muito bem. Não escondi uma ponta de orgulho – quase como se o objeto me pertencesse – quando o padre Lavigny pegou a taça de ouro da estante e mostrou a Poirot, que exclamou com êxtase e deleite:

– Que primor! Que obra de arte!

O padre Lavigny concordou animado e começou a realçar as qualidades do artefato com entusiasmo e conhecimento genuínos.

– Nenhuma cera nele hoje – comentei.

– Cera? – indagou Poirot, fitando-me.

– Cera? – repetiu o padre Lavigny, também com os olhos fixos em mim.

Elucidei minha observação.

– Ah, *je comprends* – disse o padre Lavigny. – Sim, sim, cera de vela.

Aquilo conduziu direto ao assunto do visitante da madrugada. Ignorando minha presença, os dois passaram a falar francês; eu deixei os dois sozinhos e retornei à sala de estar.

A sra. Mercado costurava meias do marido, e a srta. Johnson lia um livro. Coisa rara em se tratando dela. Quase sempre costumava arranjar outra ocupação.

Depois de um tempo, o padre Lavigny e Poirot saíram, e o primeiro pediu licença sob a alegação de ter trabalho a fazer. Poirot sentou-se conosco.

– Sujeito interessante – comentou, perguntando sobre o volume de trabalho que o padre Lavigny fizera até então.

A srta. Johnson explicou que raras tábulas haviam sido encontradas e que pouquíssimos blocos e selos cilíndricos com inscrições haviam aparecido. O padre Lavigny, porém, ajudava no acompanhamento dos trabalhos de escavação e já aprendia a falar o árabe coloquial com muita rapidez.

Aquilo conduziu a conversa aos selos cilíndricos e, em seguida, a srta. Johnson pegou no armário uma lâmina de impressões feitas ao se rolar os cilindros sobre plasticina.

Percebi, ao nos curvarmos sobre elas, admirando os vivazes desenhos, que deveria ter sido naquelas impressões que ela estivera trabalhando na tarde fatídica.

Enquanto falávamos, notei que Poirot amassava e rolava uma bolinha de plasticina entre os dedos.

– Utiliza muita plasticina, mademoiselle? – indagou.

– Uma quantidade razoável. Neste ano já utilizamos bastante... mas nem sei como. Metade de nosso estoque se foi.

– Onde é guardada, mademoiselle?

– Aqui... neste armário.

Ao guardar a lâmina de impressões, ela mostrou a ele a prateleira com rolos de plasticina, *durofix* (adesivo para cerâmica à base de nitrocelulose), cola especial para fotografias e artigos de papelaria.

Poirot se abaixou.

– E isto... o que é isto, mademoiselle?

Escorregara a mão no espaço entre a prateleira e o fundo e puxara um curioso objeto amarrotado.

Enquanto ele o alisava, constatamos que se tratava de uma espécie de máscara, com olhos e boca pintados toscamente com tinta nanquim, toda borrada de plasticina.

– Que coisa mais extraordinária! – exclamou a srta. Johnson. – É a primeira vez que vejo isto. Como foi parar ali? E o que vem a ser?

– Como foi parar ali? Bem, não existe esconderijo perfeito, e suponho que este armário só seria limpo no fim da temporada. Quanto ao que *vem a ser*... isso também, penso eu, não é difícil de dizer. *Temos aqui o rosto que a sra. Leidner descreveu.* O rosto fantasmagórico avistado no lusco-fusco, do lado externo da janela do quarto... sem corpo anexo.

A sra. Mercado deixou escapar um gritinho agudo.

A srta. Johnson ficou branca. Murmurou:

– Então não *era* fantasia, mas alguém pregando uma peça... uma peça perversa! Quem terá sido?

– Sim – gritou a sra. Mercado. – Quem poderia ter feito essa coisa tão malvada?

Poirot não tentou responder. Com o rosto sombrio, entrou na sala contígua, retornou com uma caixa de papelão vazia na mão e colocou dentro dela a máscara amarrotada.

– A polícia tem que ver isto – explicou.

– É horrível – disse a srta. Johnson em voz baixa. – Horrível!

– Acha que tudo está escondido por aqui em algum lugar? – guinchou estridente a sra. Mercado. – Acha talvez que a arma... o porrete com que ela foi morta... ainda todo coberto de sangue, talvez... Ah! Estou assustada... estou assustada...

A srta. Johnson agarrou-a pelo ombro.

– Acalme-se – disse com firmeza. – O dr. Leidner está chegando. Não devemos incomodá-lo.

De fato, naquele exato instante o carro entrara pátio adentro. O dr. Leidner desembarcou e logo veio em direção à porta da sala de estar. Vincado pela fadiga, seu rosto aparentava o dobro da idade de três dias atrás.

Comunicou em voz suave:

– O funeral será amanhã às onze horas. O major Deane vai rezar a missa.

A sra. Mercado balbuciou algo e retirou-se da sala.

O dr. Leidner indagou a srta. Johnson:

– Vai ir, Anne?

E ela respondeu:

– Claro, querido, todos vamos ir. É claro.

Ela não disse mais nada, mas o rosto deve ter expressado o que a língua era incapaz de fazer, pois a fisionomia dele iluminou-se de afeto e fugaz alívio.

– Querida Anne – murmurou. – Você me consola e me ajuda maravilhosamente. Minha velha e boa amiga.

Descansou a mão no braço dela; notei o rubor subindo nas faces dela enquanto resmungava mais rabugenta que nunca:

– Tudo bem.

Mas na sua expressão percebi de relance: por um breve instante, Anne Johnson era a imagem perfeita da felicidade.

E outra ideia lampejou em meu cérebro. Logo, talvez, no curso natural das coisas e à medida que a compaixão intensificasse a afinidade pelo velho amigo, uma nova e feliz conjuntura pudesse surgir.

Não que eu tenha vocação para casamenteira; além disso, é claro, seria uma indecência pensar numa coisa dessas antes mesmo do funeral. Mas, afinal de contas, *seria* uma solução feliz. Ele a apreciava, e não havia sombra de dúvida de que ela era muitíssimo dedicada a ele e de que seria tremendamente feliz exercendo essa dedicação pelo resto da vida. Quer dizer, isso se ela fosse capaz de suportar os constantes elogios às perfeições de Louise. Mas você nem imagina o que as mulheres conseguem tolerar quando obtêm o que almejam.

Em seguida, o dr. Leidner cumprimentou Poirot, perguntando-lhe se havia feito algum progresso.

A srta. Johnson, atrás do dr. Leidner, mirou fixamente a caixa na mão de Poirot e balançou a cabeça. Dei-me conta de que ela suplicava a Poirot para não contar sobre a máscara ao dr. Leidner. Ela sentia, estou certa, de que ele já sofrera o suficiente naquele dia.

Poirot condescendeu ao desejo dela.

– Essas coisas andam devagar, monsieur – ponderou.

Então, após breves palavras formais, retirou-se.

Acompanhei-o até o carro.

Eu tinha meia dúzia de perguntas a fazer mas, não sei o porquê, quando ele se virou e me fitou, acabei não perguntando nada. Seria o mesmo que perguntar ao cirurgião se achava que eu havia realizado um bom trabalho. Só esperei, humilde, pelas instruções.

Para a minha grande surpresa, ele disse:

– Cuide-se, minha filha.

E em seguida acrescentou:

– Fico pensando se para a senhorita está bom permanecer aqui...

– Tenho que falar com o dr. Leidner sobre minha partida – expliquei. – Mas acho melhor esperar para depois do funeral.

Assentiu com a cabeça de modo aprovador.

– Neste meio-tempo – aconselhou – não tente descobrir muita coisa. Entenda, não quero que trapaceie! – E emendou com um sorriso nos lábios: – A senhorita segura os instrumentos e eu faço a cirurgia.

Não era engraçado ele falar justamente aquilo?

Então falou de modo meio irrelevante:

– Personalidade curiosa, esse padre Lavigny.

– Um monge arqueólogo me parece uma coisa estranha – comentei.

– Ah, sim, a senhorita é protestante. Quanto a mim, sou católico praticante. Sei um bocado sobre padres e monges.

Franziu a testa, pareceu titubear, até que disse:

– Lembre-se: quando quer, ele é esperto o bastante para induzir alguém a dar com a língua nos dentes.

Se ele estava me alertando para não falar demais, eu sentia que não era necessário!

Aquilo me incomodou e, embora eu preferisse não perguntar nenhuma das coisas que realmente queria saber, não via por que deixar de mencionar uma coisa.

– Vai me desculpar, monsieur Poirot – iniciei. – Mas o certo é "torci o pé", não *entortei* nem *contorci.*

– Ah! Obrigado, *ma soeur.*

– Não há de quê. Mas nada como aprender a expressão correta.

– Vou me lembrar – respondeu Poirot, com humildade incomum.

Entrou no carro, e o motorista deu a partida. Observei o carro sair pelo portão e atravessei o pátio devagar, com várias interrogações na cabeça.

Primeiro, aquelas marcas hipodérmicas no braço do sr. Mercado. Que droga será que ele usava? Depois, aquela medonha máscara amarela lambuzada de plasticina. E o quão estranho era o fato de Poirot e de a srta.

Johnson não terem ouvido meu grito na sala de estar naquela manhã, enquanto todo mundo ouvira Poirot com perfeição no refeitório na hora do almoço – embora a distância entre o quarto do padre Lavigny e o refeitório fosse exatamente igual à distância entre o quarto da sra. Leidner e a sala de estar.

E súbito senti uma onda de satisfação por ter ensinado ao *doutor* Poirot uma expressão correta em inglês!

Mesmo se ele *fosse* um grande detetive ia se dar conta de que *não* sabia *tudo*!

Capítulo 23

Experiência mediúnica

Considerei o funeral comovente. Assim como os membros da expedição, todos os ingleses em Hassanieh compareceram – até mesmo Sheila Reilly, discreta e recatada, vestindo um conjuntinho preto de casaco e saia. Torci para que ela estivesse um pouco arrependida das coisas indelicadas que havia dito.

Quando voltamos à sede em Tell Yarimjah, acompanhei o dr. Leidner até o gabinete e toquei no assunto de minha partida. Ele foi muito gentil, me agradeceu por tudo o que eu havia feito (tudo?... mas a inútil aqui não tinha feito nada!) e insistiu para que aceitasse, além do salário combinado, uma gratificação equivalente ao pagamento de uma semana extra.

Protestei, pois no fundo achava que não fizera nada que merecesse salário.

– Na verdade, dr. Leidner, prefiro não receber salário algum. Ficaria feliz se o senhor simplesmente reembolsasse minhas despesas de viagem.

Mas ele nem quis ouvir falar nisso.

– Sabe – expliquei –, tenho a sensação de que não mereço, dr. Leidner. Quero dizer, eu... bem, eu fracassei. Ela... minha vinda não a salvou.

– Ora, tire essas bobagens da cabeça, enfermeira – ponderou ele com franqueza. – Afinal de contas, não a contratei para ser detetive. Eu sequer sonhava que a vida de minha esposa corria perigo. Estava convencido de que era puro nervosismo. Para mim, a preocupação a havia conduzido a um curiosíssimo estado mental. Você fez tudo que podia ser feito. Ela não só lhe estimava como confiava em você. E acho que nos últimos dias se sentiu mais feliz e segura com sua presença. Não há motivo para ficar se recriminando.

O leve tremor em sua voz me revelou no que pensava. Se alguém era culpado por não levar a sério os medos da sra. Leidner, esse alguém era *ele*.

– Dr. Leidner – acrescentei curiosa –, já chegou a uma conclusão sobre as cartas anônimas?

Respondeu com um suspiro:

– Não sei o que pensar. O monsieur Poirot chegou a alguma conclusão?

– Até ontem, não – respondi, equilibrando-me com habilidade, pensei, na corda bamba entre realidade e ficção. Afinal de contas, ele não havia chegado até eu lhe contar sobre a srta. Johnson.

Minha ideia era insinuar a verdade ao dr. Leidner e observar sua reação. No dia anterior – devido à perspectiva prazerosa de ver o dr. Leidner e a srta. Johnson juntos, somada ao afeto e a confiança que ele sentia por ela –, esqueci por completo das cartas. Até mesmo agora eu tinha a sensação de que talvez fosse maldade trazer o assunto à tona. Mesmo se as tivesse escrito, a srta. Johnson sofrera maus bocados após a morte da sra. Leidner. Mas eu queria testar se aquela possibilidade em especial já passara pela cabeça do dr. Leidner.

– Em geral, carta anônima é obra feminina – afirmei, para ver como ele reagia.

– Imagino que sim – suspirou ele. – Mas esquece que essas, enfermeira, podem ser autênticas. Podem ter sido escritas de fato por Frederick Bosner.

– Não, não me esqueço – retorqui. – Mas algo me diz que essa não é a explicação verdadeira.

– Também acho – concordou ele. – É absurda a ideia de que ele é membro da expedição. É apenas uma teoria mirabolante do monsieur Poirot. Acho que a verdade é bem mais simples. Claro, o assassino é um lunático. Ficou rondando o local... talvez em alguma espécie de disfarce. E, de um jeito ou de outro, conseguiu entrar naquela tarde fatídica. Os criados podem estar mentindo... podem ter sido subornados.

– Suponho que seja possível – disse eu em tom duvidoso.

O dr. Leidner continuou com um quê de irritação.

– Para o monsieur Poirot, tanto faz como tanto fez suspeitar dos membros de minha expedição. Quanto a mim, tenho plena certeza de que *nenhum* deles tem algo a ver com isso! Trabalhei com eles. Eu os *conheço*!

Parou de repente e logo disse:

– É essa sua experiência, enfermeira? Que cartas anônimas costumam ser escritas por mulheres?

– Nem sempre é esse o caso – ressaltei. – Mas certa espécie de rancor feminino encontra alívio dessa forma.

– Imagino que está pensando na sra. Mercado? – quis saber ele.

E balançou a cabeça.

– Mesmo se fosse má o suficiente para querer prejudicar Louise, dificilmente teria as informações necessárias – afirmou.

Lembrei das primeiras cartas na pastinha de couro. Se a sra. Leidner a tivesse deixado aberta e um belo dia a sra. Mercado estivesse sozinha matando tempo pela casa, ela poderia com facilidade tê-las encontrado e lido. Homens nunca pensam nas possibilidades mais simples!

– E, afora ela, sobra apenas a srta. Johnson – comentei, observando-o.

– Isso seria completamente ridículo!

Bem conclusivo o sorrisinho com que ele havia dito isso. A ideia que a autoria das cartas fosse da srta. Johnson nunca passara por sua cabeça! Vacilei por um instante apenas – mas nada disse. Não é meu feitio dedurar uma pessoa parecida comigo – mulher e trabalhadora. Além disso, testemunhei o comovente e genuíno remorso da srta. Johnson. Águas passadas não movem moinho. O dr. Leidner já tinha problemas suficientes. Por que expô-lo à nova desilusão?

Ficou combinado que eu partiria no dia seguinte, e consegui, por intermédio do dr. Reilly, uma breve estadia com a enfermeira-chefe do hospital, enquanto tomava minhas providências para retornar à Inglaterra, seja via Bagdá ou direto via Nissibin de carro ou de trem.

O dr. Leidner teve a gentileza de me pedir que escolhesse uma recordação entre os pertences da sra. Leidner.

– Ah, não, imagine, dr. Leidner – protestei. – Não seria capaz. É muita bondade sua.

Ele insistiu.

– Mas gostaria que ficasse com algo. E Louise, tenho certeza, teria desejado o mesmo.

E prosseguiu, sugerindo que eu aceitasse o conjunto de utensílios do toucador em casca de tartaruga!

– Ah, não, dr. Leidner! Nossa, é um conjunto *caríssimo*. Não poderia aceitar.

– Ela não tinha irmãs, sabe... ninguém que queira essas coisas. Não há mais ninguém para herdá-las.

Compreensível que ele não quisesse vê-las caírem nas mãozinhas gananciosas da sra. Mercado. E acho que ele preferia não oferecê-las à srta. Johnson.

Prosseguiu em tom bondoso:

– Pelo menos pense no assunto. A propósito, aqui está a chave da caixa de joias de Louise. Talvez encontre algo que goste. E eu ficaria muito grato se acondicionasse... todas as roupas dela. Imagino que Reilly possa dar bom destino a elas entre famílias cristãs carentes de Hassanieh.

Expressei a minha disposição para cumprir a tarefa com alegria.

De imediato coloquei mãos à obra.

O guarda-roupa ali mantido pela sra. Leidner era muito simples e logo estava separado e acondicionado em duas malas. Ela guardava todos os documentos na pastinha de couro. Na caixa de joias, itens simples sem muito valor: anel de pérola, broche de diamantes, correntinha de pérolas, dois broches que lembravam barras de ouro em miniatura (do tipo com alfinete de segurança) e um colar de âmbar.

Evidente que não ia pegar as pérolas nem os diamantes, mas hesitei um pouco entre o colar de âmbar e o conjunto de toucador. Mas no fim não vi motivo para não escolher o último. Foi uma lembrança amável da parte do dr. Leidner; eu tinha certeza de que não havia nela nenhum favorecimento. Aceitaria a oferta no mesmo espírito em que havia sido feita, sem quaisquer orgulhos falsos. Afinal de contas, eu *havia* sido admiradora dela.

Bem, tudo prontinho. Malas acondicionadas, a caixa de joias chaveada de novo e separada para ser entregue ao dr. Leidner, junto com a fotografia do pai da sra. Leidner e uma miscelânea de outros itens pessoais sem valor material.

Quando terminei, o quarto, esvaziado de seus apetrechos, parecia despido e lúgubre. Eu não tinha mais nada a fazer – mas por um motivo ou outro relutava a sair de lá. Era como se ainda houvesse algo a ser feito ali. Algo que eu devia *ver* – ou algo que devia *saber*. Não sou supersticiosa, mas *realmente* me veio a ideia de que talvez o espírito da sra. Leidner estivesse perambulando no quarto, tentando estabelecer contato comigo.

No hospital, lembro de uma vez em que uma das enfermeiras levou um tabuleiro Ouija que fez revelações extraordinárias.

Talvez, embora nunca houvesse pensado na hipótese, eu fosse mediúnica.

Como se diz, às vezes a aflição é tanta que ficamos suscetíveis a imaginar toda sorte de tolices.

Zanzei inquieta pelo quarto, tocando aqui e ali. Mas, é claro, nada havia no ambiente além de mobília vazia. Não havia nada entre as gavetas nem enfiado em algum vão. Eu não podia esperar algo desse tipo.

No fim (parece maluquice, mas, como já disse, a aflição nos afeta) acabei fazendo uma coisa bem esquisita.

Fui até a cama, me deitei e cerrei os olhos.

Intencionalmente tentei esquecer quem e o que eu era. Tentei me remeter àquela tarde fatídica. Encarnei a sra. Leidner descansando, tranquila e inocente.

É incrível *como* a gente se aflige.

Sou uma pessoa objetiva e prática – nem um pouco assombrada, mas confesso que depois de cinco minutos ali deitada comecei a me *sentir* assombrada.

Não ofereci resistência. Propositalmente encorajei a sensação.

Disse a mim mesma:

– Sou a sra. Leidner. Sou a sra. Leidner. Estou aqui deitada... meio adormecida. Em breve... daqui a pouco... a porta vai se abrir.

Continuei falando aquilo... como se estivesse me auto-hipnotizando.

– É quase uma e meia da tarde... está chegando a hora... A porta vai se abrir... *a porta vai se abrir...* Vou ver quem vai entrar por ela...

Espetei meus olhos na porta. Logo ela se abriria. Eu *veria* ela se abrir. E veria *a pessoa que a abriu.*

Eu devia estar meio extenuada naquela tarde para sonhar que podia resolver o mistério dessa forma.

Mas acreditei mesmo. Uma espécie de calafrio desceu pela espinha e alcançou minhas pernas, que ficaram dormentes – paralisadas.

– Estou entrando em transe – eu disse. – E nesse transe vou ver...

Continuei a repetir de modo invariável:

– A porta vai se abrir... a porta vai se abrir.

A gélida sensação de dormência tornou-se mais intensa.

E então, devagarinho, *vi a porta começando a se abrir.*

Foi medonho.

Nunca antes nem depois vivenciei situação tão horrenda.

Fiquei petrificada – arrepiada da cabeça aos pés. Não conseguia me mexer. Nem para salvar a minha vida conseguiria me mover.

E o pavor tomou conta de mim. O pavor me afligia, cegava e emudecia.

Aquela porta se abrindo devagar.

Tão silenciosa.

Num instante eu veria...

Devagar... devagar... a fresta cada vez maior.

Bill Coleman entrou sorrateiro.

Ele deve ter tomado o maior susto da vida!

Pulei da cama com um grito de terror e precipitei-me rumo à porta.

Ele permaneceu imóvel como estátua, o rosto néscio e rosado ainda mais rosado e boquiaberto de espanto.

– Epa, opa, opa – disse ele. – Qual o problema, enfermeira?

Voltei à realidade num estrondo.

– Minha nossa, sr. Coleman – eu disse. – Que medo o senhor me deu!

– Desculpa – respondeu ele com um sorrisinho fugaz.

Foi então que notei: ele segurava na mão um pequeno ramalhete de ranúnculos escarlates, lindas florzinhas silvestres que cresciam nos arredores de Tell Yarimjah. A sra. Leidner gostava delas.

Ele corou até ficar bem vermelho e disse:

– Em Hassanieh, a gente não consegue comprar flores, nem nada do tipo. Coisa lamentável a falta de flores no túmulo. Daí tive a ideia de dar uma passadinha aqui e colocar um buquê no vasinho no qual ela costumava deixar flores na mesa. Meio que um jeito de mostrar que ela não foi esquecida, né? Um tanto estúpido, eu sei. Mas... sincero.

Que gesto doce. Lá estava ele, todo encabulado e constrangido como ficam os britânicos ao fazer qualquer coisa emotiva. A meu ver, uma bonita lembrança.

– Ora, acho a ideia ótima, sr. Coleman – elogiei.

Peguei o potinho, enchi-o de água, e colocamos as flores nele.

O sr. Coleman cresceu em meu conceito depois desse episódio. Revelou coração e bons sentimentos.

Não voltou a me perguntar o que me fizera emitir aquele guincho, e fiquei grata por isso. Eu teria me sentido estúpida explicando.

– Mantenha os pés no chão no futuro, mulher – murmurei comigo mesma, enquanto ajeitava os punhos e alisava o uniforme. – Você não é talhada para essas coisas sobrenaturais.

Apressei-me a fazer minhas próprias malas e me mantive ocupada pelo restante do dia.

O padre Lavigny teve a delicadeza de expressar grande pesar pela minha partida. Declarou que minha disposição e meu bom-senso tinham sido úteis para todos. Bom-senso! Ainda bem que ele não sabia de meu comportamento idiota no quarto da sra. Leidner.

– Monsieur Poirot não apareceu hoje – observou.

Contei-lhe que Poirot me dissera que estaria ocupado o dia todo enviando telegramas.

O padre Lavigny ergueu as sobrancelhas.

– Telegramas? Para os Estados Unidos?

– Imagino que sim. Ele disse: "Para o mundo todo!". Mas acho que nisso havia certo exagero estrangeiro.

E então fiquei muito vermelha, pois lembrei que o padre Lavigny também era estrangeiro.

No entanto, não pareceu se ofender; apenas riu agradavelmente e me perguntou se havia alguma novidade sobre o homem com estrabismo.

Eu disse que não sabia; pelo menos não havia escutado nada.

O padre Lavigny me perguntou de novo sobre aquela ocasião em que a sra. Leidner e eu flagráramos o homem na ponta dos pés tentando espiar pela janela.

– Parece claro que o homem tinha enorme interesse na sra. Leidner – comentou pensativo. – Desde então fico pensando... será que o homem não podia ser um europeu fantasiado de iraquiano?

Ideia nova, aquela. Avaliei-a com minúcia. Eu havia tomado como ponto pacífico que o homem era nativo mas, é claro, pensando bem, chegara a essa conclusão com base no talhe de suas roupas e no amarelo de sua tez.

O padre Lavigny expôs sua intenção de dar uma volta até o local onde a sra. Leidner e eu tínhamos visto o homem parado.

– Nunca se sabe, talvez ele tenha deixado cair algo. Na literatura policial o criminoso sempre deixa uma pista.

– Imagino que na vida real os criminosos sejam mais cuidadosos – comentei.

Peguei as meias que eu tinha costurado e coloquei-as na mesa da sala de estar para que cada homem pegasse as suas quando entrasse. Em seguida, como não havia nada melhor a fazer, subi ao terraço.

Avistei a srta. Johnson, mas ela não me escutou. Fui reto em sua direção antes que me notasse.

Mas enquanto me aproximava percebi que havia algo muito errado.

Lá estava ela, petrificada no meio do terraço, com os olhos fixos à frente e uma expressão horrorosa no rosto. Como se tivesse visto algo impossível de acreditar.

Aquilo me deixou muito assustada.

Minha nossa, já a tinha visto perturbada na outra noite, mas desta vez era bem diferente.

– Querida – falei ao me aproximar –, qual o problema?

Virou a cabeça ao ouvir isso e me fitou – quase como se não estivesse me vendo.

– O que houve? – insisti.

Fez uma espécie de careta esquisita – como se tentasse engolir, mas a garganta estivesse muito seca. Disse com a voz rouca:

– Acabo de ver uma coisa.

– O que acaba de ver? Conte-me. O que poderia ser? Parece transtornada.

Fez um esforço para se recompor, mas continuava com a fisionomia horrível.

Respondeu de novo naquela medonha voz estrangulada:

– *Vi como alguém de fora poderia entrar... sem ninguém perceber.*

Segui a direção de seu olhar, mas não enxerguei nada.

O sr. Reiter em pé à porta do ateliê, o padre Lavigny atravessando o pátio – nada além disso.

Perplexa, virei a cabeça e me deparei com o olhar dela fixo no meu, com a expressão mais estranha que se possa imaginar.

– Realmente – falei – não entendo aonde quer chegar. Vai me explicar?

Mas ela meneou a cabeça.

– Agora não. Mais tarde. *Tínhamos* que ter visto. Ah, tínhamos que ter visto!

– Se pelo menos me contasse...

Outra vez balançou a cabeça.

– Tenho que pensar primeiro.

E passando por mim, desceu trôpega a escada.

Não fui atrás; obviamente não me queria por perto. Em vez disso, sentei no parapeito e tentei decifrar o enigma. Mas não cheguei a lugar nenhum. Só havia um caminho para entrar no pátio – pelo grande arco. Logo além do arco, eu podia enxergar o menino responsável por buscar água, ao lado de seu cavalo, batendo papo com o cozinheiro indiano. Ninguém poderia ter passado por eles e entrado sem ser visto.

Intrigada, balancei a cabeça e desci os degraus.

Capítulo 24

O assassinato é um hábito

Todos se recolheram cedo nesta noite. A srta. Johnson comparecera ao jantar e se comportara mais ou menos como sempre. Em seu olhar, porém, havia uma espécie de pasmo, e repetidas vezes ela não escutou o que as pessoas lhe falavam.

Não sei explicar a atmosfera de desconforto durante a janta. O leitor diria, suponho, que isso era de se esperar numa casa em que todos haviam ido a um funeral no mesmo dia. Mas sei o que eu quero dizer.

Ultimamente, nossas refeições eram silenciosas e contidas, mas ainda prevalecia o espírito de companheirismo. Havia solidariedade com o luto do dr. Leidner e o sentimento cordial de estarmos todos no mesmo barco.

Mas essa janta me lembrou do primeiro chá ali – com a sra. Mercado me vigiando e a estranha sensação de uma tempestade prestes a desabar.

Havia tido o mesmo pressentimento – só que bem mais intenso – quando havíamos nos sentado à mesa com Poirot na cabeceira.

Durante a janta todos estavam com os nervos à flor da pele... com os corações oprimidos... aflitos. Um simples objeto que caísse no chão provocaria um grito.

Como já disse, todos nos separamos pouco depois. Fui me deitar quase de imediato. A última coisa que escutei enquanto pegava no sono foi a voz da sra. Mercado desejando boa-noite para a srta. Johnson bem à frente de minha porta.

Logo caí no sono – extenuada pelos meus esforços e ainda mais pela experiência tola no quarto da sra. Leidner. Dormi um sono profundo e sem sonhos por várias horas.

Despertei num sobressalto com a sensação de uma iminente catástrofe. Algum rumor me acordara e, ao me sentar na cama e aguçar os ouvidos, escutei o barulho outra vez.

Uma espécie de estertor horrível, sufocado e agonizante.

Num piscar de olhos, eu estava em pé com a vela acesa na mão. Peguei uma lanterna, também, para o caso de a vela se apagar. Saí do quarto e continuei de ouvidos aguçados. Sabia que o som não vinha de longe. Voltou a se repetir – do quarto contíguo ao meu... o quarto da srta. Johnson.

Com pressa entrei. Na cama, o corpo inteiro da srta. Johnson contorcia-se de agonia. Deixei a vela na mesa e me reclinei sobre ela. Os lábios se mexeram, e ela tentou falar – mas só emitiu um gemido rouco e medonho. Nos cantos da boca e no queixo, manchas cinzentas em carne viva.

O seu olhar desviou do meu e repousou num copo no chão, onde ela obviamente o deixara cair. No local em que o copo caíra formara-se uma mancha rubra no tapete claro. Peguei-o e corri o dedo na superfície interna. Retraí a mão num grito agudo. Então examinei o interior da boca da pobre mulher.

Não havia a menor dúvida. De um jeito ou de outro, intencionalmente ou não, ela havia engolido certa quantidade de ácido corrosivo – oxálico ou clorídrico, eu suspeitava.

Corri para chamar o dr. Leidner. Ele acordou os outros, e fizemos por ela tudo o que estava a nosso alcance, mas durante todo o tempo eu tinha a terrível sensação de mal sem cura. Tentamos uma solução forte de carbonato de sódio – e, em seguida, ministramos azeite de oliva. Para aliviar a dor, apliquei uma injeção subcutânea de sulfato de morfina.

David Emmott foi a Hassanieh chamar o dr. Reilly, mas antes de o médico chegar, sobreveio o fim.

Não vou entrar em detalhes. Envenenamento por solução concentrada de ácido clorídrico (o que depois se provou ser o caso) é uma das mortes mais doloridas que se pode imaginar.

Quando me curvava sobre ela para aplicar a morfina, ela fez um esforço descomunal para falar. Entre os fundos gemidos, distinguiu-se apenas um horrendo sussurro estrangulado.

– *A janela...* – disse ela. – *Enfermeira... a janela...*

Mas isso foi tudo – ela não pôde continuar. Perdeu completamente os sentidos.

Nunca vou esquecer aquela noite. A vinda do dr. Reilly. A chegada do capitão Maitland. E, enfim, ao amanhecer, a de Hercule Poirot.

Foi ele quem me pegou suavemente pelo braço e me conduziu até o refeitório, onde me fez sentar e tomar uma boa xícara de chá forte.

– Pronto, *mon enfant* – disse ele –, assim é melhor. Está exausta.

Ao ouvir isso, desatei a chorar.

– É tão horrível – solucei. – Parece um pesadelo. Que sofrimento horrível. E o olhar dela... Ah, monsieur Poirot... o olhar...

Deu um tapinha em meu ombro. Uma amiga não poderia ter sido mais amável.

– Sim, sim... não pense nisso. Fez tudo o que podia.

– Um dos ácidos corrosivos.

– Sim. Solução concentrada de ácido clorídrico.

– O produto que usam na cerâmica?

– Sim. A srta. Johnson provavelmente o bebeu sem estar bem acordada. Quer dizer... a menos que tenha tomado de propósito.

– Ah, monsieur Poirot, que ideia horrível!

– É uma possibilidade, afinal. O que acha?

Avaliei por um instante e balancei a cabeça com veemência.

– Não acredito. Não, não acredito nem um pouco. – Hesitei e disse: – Acho que ela descobriu algo ontem à tarde.

– Como assim, descobriu algo?

Contei-lhe a conversa curiosa de nós duas.

Poirot assobiou baixinho.

– *La pauvre femme!* – exclamou. – Ela disse que queria pensar no assunto... não é? Foi o mesmo que assinar sua sentença de morte. Se ao menos ela tivesse falado... naquela hora... logo.

Pediu:

– Diga-me outra vez as palavras exatas que ela usou.

Repeti-as.

– Ela viu como alguém poderia ter entrado de fora sem ninguém perceber? Vamos, *ma soeur*, vamos até o terraço; vai me mostrar exatamente onde ela estava.

Subimos juntos e mostrei a Poirot o lugar exato em que a srta. Johnson estava parada.

– Bem aqui? – disse Poirot. – Então o que vejo? Metade do pátio... o arco... e as portas do gabinete, do ateliê e do laboratório. Havia alguém no pátio?

– O padre Lavigny caminhava rumo ao arco e o sr. Reiter estava parado na frente da porta do ateliê.

– E ainda assim não vejo a mínima possibilidade de alguém entrar sem o conhecimento de vocês... Mas *ela* viu...

Enfim desistiu, balançando a cabeça.

– *Sacré nom d'un chien... va! O que* será que ela viu?

O sol raiava. O céu oriental inteiro crispou-se de rosa, laranja e cinza-pérola.

– Que aurora linda! – exclamou Poirot suavemente.

O rio serpenteava à nossa esquerda, e Tell Yarimjah surgia delineada em dourado. Ao sul, as árvores em flor e a lavoura tranquila. A roda-d'água gemia a distância – um ruído tênue e insólito. Ao norte, os graciosos minaretes e a alvura de conto de fadas do povoado de Hassanieh.

Cena de incrível beleza.

E então, pertinho de mim, Poirot emitiu um suspiro demorado e profundo.

– Que estúpido tenho sido – murmurou ele. – Quando a verdade é tão clara... tão clara.

CAPÍTULO 25

Suicídio ou homicídio?

Nem tive tempo de perguntar a Poirot o que ele queria dizer, pois o capitão Maitland nos chamava, solicitando a nossa presença lá embaixo.

Descemos com pressa.

– Olhe aqui, Poirot – informou ele. – Nova complicação. O tal monge sumiu.

– Padre Lavigny?

– Sim. Ninguém tinha notado até agora há pouco. Então alguém se deu conta de que ele era o único do grupo que não tinha aparecido, e fomos até seu quarto. A cama está arrumada e não há nem sinal dele.

A coisa toda lembrava um pesadelo. Primeiro, a morte da srta. Johnson e, agora, o desaparecimento do padre Lavigny.

Convocados e interrogados, os funcionários foram incapazes de esclarecer o mistério. Ele havia sido avistado a última vez por volta das oito horas da noite anterior. Na ocasião, dissera que ia dar um passeio antes de dormir.

Ninguém o vira retornar desse passeio.

Como de costume, o portão havia sido fechado e trancado às nove horas. Ninguém, porém, lembrou de destrancá-lo pela manhã. Um criado pensou que o outro ia fazer e vice-versa.

O padre Lavigny teria voltado durante a noite? Teria ele, enquanto fazia o passeio mais cedo, descoberto algo de natureza suspeita e, ao resolver investigar mais tarde, talvez se transformado numa terceira vítima?

O capitão Maitland virou-se quando o dr. Reilly apareceu, seguido pelo sr. Mercado.

– Olá, Reilly. Descobriu algo?

– Sim. O produto veio do laboratório. Conferi os estoques com o sr. Mercado. É ácido clorídrico do laboratório.

– Do laboratório... é mesmo? Estava chaveado?

O sr. Mercado fez que não com a cabeça. As mãos tremiam e os músculos do rosto se contorciam. Parecia um farrapo humano.

– Não era esse o costume – balbuciou. – Sabe... justo agora... estamos utilizando-o a toda hora. Eu... ninguém jamais sonhou...

– O lugar é chaveado à noite?

– Sim... todas as salas são chaveadas. As chaves ficam penduradas na sala de estar.

– Logo, se alguém tivesse a chave da sala de estar conseguiria o molho inteiro.

– Sim.

– E é uma chave sem nada demais, imagino?

– Ah, sim.

– Nada indica ter sido a própria srta. Johnson quem pegou o produto do laboratório? – indagou o capitão Maitland.

– Não foi ela – afirmei em tom alto e decidido.

Senti um toque de alerta em meu braço. Poirot estava em pé logo atrás de mim.

E então uma coisa tenebrosa aconteceu.

Não tenebrosa por si só – na verdade foi apenas a incongruência que a tornou pior do que qualquer outra coisa.

Um carro entrou no pátio e dele pulou um homenzinho. Usava chapéu de cortiça e uma grossa capa impermeável com cinto.

Foi ao encontro do dr. Leidner (que estava ao lado do dr. Reilly) e apertou calorosamente a sua mão.

– *Vous voilà, mon cher* – exclamou. – Prazer em vê-lo. A caminho da escavação italiana em Fugima, passei aqui na tarde de sábado... Mas lá no montículo não havia um europeu sequer e eu não falo nada de árabe! Não tive tempo de vir até a sede. Hoje de manhã saí de Fugima às cinco... Pretendo ficar umas duas horas aqui... e então seguir com o comboio. *Eh bien*, como vai a temporada?

Foi patético.

A voz animada, a postura objetiva, toda a sensatez agradável do mundo cotidiano que àquela altura se esvaíra há tempos. Simplesmente irrompeu ali sem saber de nada e sem perceber nada – repleto de camaradagem alegre.

Não é de se admirar que o dr. Leidner não tenha articulado nada. Apenas engasgou e fez um apelo emudecido ao dr. Reilly.

O médico mostrou-se à altura da situação.

Puxou o homenzinho (um arqueólogo francês chamado Verrier, que escavava nas Ilhas Gregas, fiquei sabendo mais tarde) para um canto e lhe explicou o que se passava.

Verrier ficou horrorizado. Ele próprio estivera numa escavação italiana distante da civilização nos últimos dias e nada ouvira falar a respeito.

Não economizou pêsames e desculpas, enfim caminhando a passos largos na direção do dr. Leidner e tomando suas duas mãos de modo afetuoso.

– Que tragédia! Meu Deus, que tragédia! Estou sem palavras. *Mon pauvre collègue.*

E, abanando a cabeça num derradeiro e ineficaz esforço de demonstrar seus sentimentos, o homenzinho entrou no carro e zarpou.

Como eu disse, essa introdução momentânea de alívio cômico no meio da tragédia pareceu realmente mais grotesca do que qualquer outra coisa que havia acontecido.

– A próxima etapa – frisou o dr. Reilly com firmeza – é o café da manhã. Sim, eu insisto. Vamos, Leidner, precisa se alimentar.

O dr. Leidner estava uma pilha de nervos, o coitado. Acompanhou-nos ao refeitório, onde um desjejum funéreo foi servido. Acho que o café quente e os ovos fritos caíram muito bem, embora na verdade todo mundo estivesse meio sem fome. O dr. Leidner tomou um pouco de café e ficou ali sentado, fazendo bolinhas com o miolo do pão. O rosto sombrio se estorcia de espanto e dor.

Depois do café da manhã, o capitão Maitland foi direto ao assunto.

Expliquei como eu havia acordado, escutado um barulho estranho e entrado no quarto da srta. Johnson.

– Diz que havia um copo no chão?

– Sim. Ela deve ter deixado cair depois de beber.

– Quebrado?

– Não, caído no tapete. (Receio que o ácido tenha estragado o tapete, a propósito.) Peguei o copo e coloquei-o na mesa.

– Estou satisfeito que a senhorita tenha nos contado isso. Constatamos dois conjuntos de impressões digitais no copo, e um deles com certeza pertence à própria srta. Johnson. O outro deve ser seu.

Calou-se por um instante e logo disse:

– Por favor, continue.

Descrevi com minúcia o que eu havia feito e os métodos usados, implorando ansiosa com o olhar a aprovação do dr. Reilly. Ele a deu com um aceno de cabeça.

– Fez tudo o que seria possível tentar para reverter a situação – ponderou ele. E, embora eu tivesse bastante certeza de que eu havia feito tudo ao meu alcance, foi um alívio ter minha convicção confirmada.

– Sabia exatamente o que ela havia tomado? – perguntou o capitão Maitland.

– Não... mas pude notar, é claro, que se tratava de ácido corrosivo.

O capitão Maitland interrogou com gravidade:

– Na sua opinião, enfermeira, a srta. Johnson tomou o ácido de modo intencional?

– Ah, não! – exclamei. – Nunca pensaria numa coisa dessas!

Não sei por que motivo tinha tanta certeza. Em parte, penso, devido às insinuações do monsieur Poirot. O seu "O assassinato é um hábito" ficara impresso em minha mente. Além disso, é difícil de acreditar que alguém venha a cometer suicídio de modo tão terrivelmente doloroso.

Comentei isso, e o capitão Maitland assentiu com a cabeça, pensativo.

– Concordo que não é um método usual – anuiu ele. – Mas se alguém andasse muito perturbado e esse produto fosse fácil de obter, talvez tivesse sido utilizado com esse objetivo.

– E por acaso ela *andava* muito perturbada? – perguntei em tom duvidoso.

– Conforme a sra. Mercado, sim. Ela disse que a srta. Johnson não parecia a mesma no jantar de ontem à noite... que ela mal respondia quando alguém lhe dirigia a palavra. A sra. Mercado tem certeza absoluta de que a srta. Johnson estava muito perturbada e de que naquela altura já havia lhe ocorrido a ideia de se matar.

– Bem, não acredito nisso nem por um instante – retorqui com franqueza.

A sra. Mercado, pois sim! Sórdida e sorrateira!

– Então em *que* a senhorita acredita?

– Acho que ela foi assassinada – respondi sem rodeios.

Ele vociferou de chofre a pergunta seguinte. Tive a sensação de ter voltado aos tempos de assistente hospitalar.

– Algum motivo em especial?

– Me parece de longe a solução mais possível.

– Essa é apenas sua opinião. Não havia motivo para que a vítima fosse assassinada...

– Vai me desculpar – retorqui –, havia sim. Ela descobriu algo.

– Descobriu algo? O que ela descobriu?

Repeti nossa conversa no terraço tintim por tintim.

– Ela recusou a contar do que se tratava a descoberta?

– Sim. Alegou que precisava de tempo para pensar no assunto.

– Mas demonstrava muita agitação?

– Sim.

– *Um jeito de entrar sem ser visto.* – O capitão Maitland meditou um bom tempo, o cenho franzido. – Não tem ideia a qual conclusão ela havia chegado?

– Nem a mínima ideia. Quebrei a cabeça, mas não tive nenhum vislumbre.

O capitão Maitland indagou:

– O que acha, monsieur Poirot?

Poirot respondeu:

– Acho que o senhor tem aí um possível motivo.

– Para assassinato?

– Para assassinato.

O capitão Maitland franziu a testa.

– Ela não conseguiu falar antes de morrer?

– Sim, conseguiu balbuciar duas palavras.

– Quais foram?

– *A janela...*

– A janela? – repetiu o capitão Maitland. – A senhorita entendeu ao que ela se referia?

Balancei a cabeça.

– Quantas janelas existem no quarto dela?

– Só uma.

– Que se abre para o pátio?

– Sim.

– Estava aberta ou fechada? Pelo que me lembro, aberta. Mas talvez alguém a tenha aberto depois?

– Não. Ela estava aberta o tempo todo. Fiquei me perguntando...

Emudeci.

– Prossiga, enfermeira.

– Examinei a janela, claro, mas não consegui ver nada de anormal nela. Fiquei me perguntando se, talvez, alguém não tinha trocado os copos por ali.

– Trocado os copos?

– Sim. Sabe, a srta. Johnson sempre levava um copo d'água com ela para a cama. Acho que esse copo deve ter sido trocado e um copo de ácido posto no lugar dele.

– O que nos diz, dr. Reilly?

– Se foi homicídio, é provável que tenha sido feito assim – apressou-se a afirmar o dr. Reilly. – Nenhuma pessoa com razoável capacidade de observação beberia um copo de ácido achando que era água... Isso se a pessoa estivesse plenamente acordada. Mas, se a pessoa fosse acostumada a tomar um copo d'água no meio da noite, poderia com facilidade estender o braço, encontrar o copo no lugar de sempre e, ainda semidormente, engolir às pressas líquido suficiente para ser fatal, sem ao menos se dar conta do que havia acontecido.

O capitão Maitland refletiu por um minuto.

– Vou retornar e examinar a janela. Fica perto da cabeceira da cama?

Pensei antes de responder.

– Esticando bem o braço é possível alcançar a mesinha que fica ao lado da cabeceira da cama.

– A mesa onde ela costumava deixar o copo d'água?

– Sim.

– A porta estava chaveada?

– Não.

– Então qualquer um poderia ter entrado por ali e feito a substituição?

– Claro.

– Assim seria bem mais arriscado – comentou o dr. Reilly. – Uma pessoa em sono profundo com frequência acorda ao ouvir o som de passos. Se a mesa pudesse ser alcançada da janela, esse seria o modo mais seguro.

– Não penso apenas no copo – retorquiu o capitão Maitland com ar distraído.

Saindo do torpor, voltou a me interrogar.

– Na sua opinião, quando a coitada percebeu que ia morrer, ficou ansiosa por lhe informar que alguém tinha substituído a água por ácido pela janela aberta? Será que o *nome* da pessoa não seria mais pertinente?

– Talvez ela não soubesse o nome – ressaltei.

– Ou talvez fosse mais pertinente dar uma dica sobre a descoberta feita durante o dia...

O dr. Reilly tomou a palavra:

– À beira da morte, Maitland, nem sempre se guarda senso de proporção. É provável que um detalhe em especial vire obsessão. A mão assassina entrando pela janela poderia ser o fato primordial que a obcecava naquele instante. Pode ter lhe parecido importante que as pessoas soubessem disso. Na minha opinião, ela não estava muito errada. *Era* importante! Talvez tivesse concluído que as pessoas pensariam que se tratava de suicídio. Se pudesse falar com fluência, talvez dissesse: "Não cometi suicídio. Não quis tomar isso. Alguém deve ter posto perto da minha cama *pela janela*".

O capitão Maitland tamborilou os dedos na mesa antes de responder. Então disse:

– Sem dúvida há dois modos de abordar o caso. Suicídio ou homicídio. O que pensa a respeito, dr. Leidner?

O dr. Leidner permaneceu calado por um tempo, a seguir disse em tom baixo e decidido:

– Homicídio. Anne Johnson não era o tipo de mulher que se mataria.

– Não – concordou o capitão Maitland. – Não no curso normal dos fatos. Mas podem ter havido circunstâncias nas quais isso se tornasse a coisa natural a ser feita.

– Por exemplo?

O capitão Maitland abaixou-se para pegar um embrulho que antes, eu notara, ele havia descansado ao pé da cadeira. Içou-o para cima da mesa com certo esforço.

– Aqui temos algo que ninguém sabe – revelou. – Encontramos isto embaixo da cama dela.

Meio atrapalhado, desfez o nó do embrulho e puxou o invólucro para o lado, revelando um grande e pesado moinho de mão.

Nele não havia nada de especial – uma dúzia de mós parecidas já havia sido encontrada durante as escavações.

O que chamava a atenção neste espécime em particular era a mancha, opaca e escura, e o fragmento de algo parecido com cabelo.

– É sua tarefa confirmar, dr. Reilly – fez a ressalva o capitão Maitland. – Mas não creio haver muita dúvida: este é o instrumento com o qual a sra. Leidner foi assassinada!

Capítulo 26

A próxima serei eu!

Foi horrível demais. O dr. Leidner quase desmaiou; eu mesma me senti um pouco enjoada.

O dr. Reilly examinou o objeto com prazer profissional.

– Sem impressões digitais, imagino? – comentou.

– Sem digitais.

O dr. Reilly sacou uma pinça do bolso e investigou com apuro o objeto.

– Hum... fragmentos de tecido humano... e cabelo... cabelo loiro. Esse é o veredito não oficial. Claro, vou ter que proceder ao teste apropriado, grupo sanguíneo etc. Mas não há muita dúvida. Foi encontrado embaixo da cama da srta. Johnson? Bem, logo... *esta* é a brilhante ideia: ela cometeu o crime e, então, (que descanse em paz) o remorso bateu, e ela acabou com a própria vida. É uma hipótese... uma bela hipótese.

Dr. Leidner só conseguiu balançar a cabeça inconsolável.

– Anne não... Anne não – murmurou.

– Para começar, não sei onde ela escondeu isto – ponderou o capitão Maitland. – Todos os quartos foram revistados depois do primeiro crime.

Na mesma hora pensei: "No armário do material de escritório", mas não disse nada.

– Seja lá onde estivesse, ela ficou insatisfeita com o esconderijo e o levou para o próprio quarto, que já havia sido vasculhado como todos os outros. Ou talvez tenha feito isso após resolver se suicidar.

– Não acredito nisso – afirmei em alto e bom som.

E, não sei por que, também não conseguia acreditar que a boa e gentil srta. Johnson havia esmigalhado os miolos da sra. Leidner. Não conseguia ver aquilo acontecendo! E, no entanto, a teoria *realmente* se encaixava com certas coisas – o ataque de choro naquela noite, por exemplo. Afinal de contas, até eu tinha pensado que era "remorso", mas jamais passou pela minha cabeça que esse remorso se referia a algo além de um crime menor e insignificante.

– Não sei no que acreditar – confessou o capitão Maitland. – Também é preciso esclarecer o sumiço do padre francês. Meus homens estão fazendo um pente fino nas redondezas, no caso de que ele tenha sido atingido na cabeça e o corpo tenha rolado num propício canal de irrigação.

– Ah! Agora me lembro – comecei.

Todos me encararam de modo indagador.

– Ontem à tarde – expliquei. – Ele me interrogou sobre o estrábico que espiava pela janela naquele dia. Perguntou onde era exatamente que ele estava na trilha. Daí me disse que ia sair para dar uma olhada. Comentou que em histórias de detetive o criminoso sempre deixa uma pista.

– Que um raio me fulmine se algum dos criminosos que investiguei fez isso – retrucou o capitão Maitland. – Então era atrás disso que ele estava? Eu me pergunto se achou algo *mesmo*. Seria coincidência demais os dois (ele e a srta. Johnson) descobrirem uma pista para a identidade do assassino quase ao mesmo tempo.

Acrescentou irritadiço:

– Estrábico? Estrábico? Esse caso do estrábico me deixa com a pulga atrás da orelha. Não sei por que meus investigadores não conseguem identificá-lo!

– Provavelmente, porque ele não é estrábico – disse Poirot com a voz baixa.

– Quer dizer que ele forjou o estrabismo? Não sabia que era possível forjar uma coisa dessas.

Poirot limitou-se a comentar:

– O estrabismo pode ser uma coisa utilíssima.

– O diabo que o diga! Eu daria muito para saber onde esse sujeito está agora, com ou sem estrabismo!

– A esta altura – disse Poirot –, meu palpite é que ele já ultrapassou a fronteira síria.

– Avisamos Tell Kotchek e Abu Kamal... na verdade, todos os postos fronteiriços.

– Ele deve ter atravessado as montanhas. Pela rota que às vezes os caminhões pegam ao fazer contrabando.

O capitão Maitland grunhiu.

– Então é melhor telegrafarmos a Deir ez Zor?

– Fiz isso ontem... Pedi para que ficassem de olho em um carro com dois suspeitos, cujos passaportes estivessem em perfeita ordem.

O capitão Maitland o fitou.

– Mesmo? O *senhor* fez isso? Dois suspeitos... ahn?

Poirot balançou a cabeça em afirmação.

– Existem dois homens envolvidos.

– Algo me diz, monsieur Poirot, que o senhor tem muitas cartas na manga.

Poirot meneou a cabeça.

– Não – respondeu ele. – Realmente não. A verdade só me veio nesta manhã, enquanto eu admirava a aurora. Belíssima aurora.

Acho que ninguém havia notado a presença da sra. Mercado na sala. Ela devia ter entrado furtivamente quando todos nos espantávamos com a apresentação daquela horrível e grande pedra manchada de sangue.

Mas agora, sem aviso prévio, soltou o guincho de um porco em degola.

– Ai, meu Deus! – gritou ela. – Vejo tudo. Agora vejo tudo. *Foi o padre Lavigny.* Ele é louco... obsessão religiosa. Acha que todas as mulheres são pecadoras. *Vai matar todas elas.* Primeiro a sra. Leidner, depois a srta. Johnson. E a próxima serei eu...

Num grito frenético, precipitou-se através da sala e se agarrou no casaco do dr. Reilly.

– Não vou ficar aqui, estou dizendo! Não fico aqui nem mais um dia. Há perigo. O perigo nos ronda. Ele está escondido em algum lugar... esperando a hora de dar o bote. E ele vai me atacar!

Abriu a boca e começou a gritar de novo.

Corri até o dr. Reilly, que a segurara pelos pulsos. Dei-lhe um tabefe em cada bochecha e, com a ajuda do dr. Reilly, a fiz sentar-se numa cadeira.

– Ninguém vai matar a senhora – eu disse. – Não vamos permitir isso. Sente-se e procure se comportar.

Ela não gritou mais. Calou-se e ficou ali sentada me fitando com o olhar perdido e estupefato.

Em seguida, nova interrupção. A porta se abriu, e Sheila Reilly entrou.

Com o rosto lívido e sério, ela avançou reto na direção de Poirot.

– Passei no correio hoje de manhã, monsieur Poirot – contou ela. – Tinha um telegrama para o senhor... então resolvi trazer.

– Obrigado, mademoiselle.

Pegou o telegrama e abriu-o, enquanto ela perscrutava o seu rosto.

Sem alterar a expressão facial, Poirot leu, alisou, dobrou e guardou o telegrama no bolso.

A sra. Mercado o mirava. Disse numa voz estrangulada:

– Veio... dos Estados Unidos?

– Não, madame – informou ele. – De Túnis.

Ela o encarou por um instante como se não tivesse compreendido; então, com um suspiro profundo, recostou-se na cadeira.

– Padre Lavigny – concluiu ela. – Eu *tinha* razão. Sempre pensei que havia algo de esquisito nele. Ele me disse cada coisa uma vez... acho que é louco... – Fez uma pausa e emendou: – Vou me calar. Mas *tenho* que ir embora daqui. Joseph e eu podemos nos hospedar na pensão.

– Paciência, madame – pediu Poirot. – Vou explicar tudo.

O capitão Maitland o observava com curiosidade.

– Acha mesmo que chegou à solução desse caso? – interpelou.

Poirot fez uma reverência.

Foi uma reverência bem teatral. Acho que irritou o capitão Maitland.

– Bem – vociferou ele –, desembuche, homem.

Mas não era assim que Hercule Poirot agia. Percebi perfeitamente que ele queria deitar e rolar. Fiquei me perguntando se ele sabia *mesmo* a verdade ou se apenas estava se exibindo.

Ele virou ao dr. Reilly.

– Teria a bondade, dr. Reilly, de convocar os demais?

Solícito, o dr. Reilly levantou-se num pulo e saiu para cumprir o pedido. Poucos minutos depois, os outros membros da expedição começaram a aparecer na sala. Primeiro Reiter e Emmott. Em seguida, Bill Coleman. Então Richard Carey e, por último, o sr. Mercado.

Coitado, aparentava a morte em pessoa. Imagino que estivesse morrendo de medo de ser condenado pelo descuido de permitir o fácil acesso a produtos químicos.

Todos se sentaram à mesa de modo bem parecido com o dia em que Poirot chegara. Bill Coleman e David Emmott hesitaram antes de sentar, relanceando olhares a Sheila Reilly que, de costas para eles, mirava a janela.

– Quer se sentar, Sheila? – indagou Bill.

David Emmott disse baixinho, arrastando agradavelmente as vogais:

– Não vai se sentar?

Então ela se virou e fitou primeiro um e depois o outro. Cada um oferecia uma cadeira. Fiquei imaginando qual ela aceitaria.

No fim não aceitou nenhuma.

– Vou me sentar aqui – disse de chofre. E acomodou-se na beira da mesa, perto da janela.

– Quer dizer – acrescentou –, isso se o capitão Maitland não se importar com a minha permanência...

Não tenho lá bem certeza do que o capitão Maitland teria dito. Poirot adiantou-se a ele:

– Claro que não, mademoiselle – disse Poirot. – Na verdade, é necessário que a senhorita permaneça.

Ela ergueu as sobrancelhas.

– Necessário?

– Foi essa a palavra que usei, mademoiselle. Tenho que lhe fazer certas perguntas.

Outra vez suas sobrancelhas se ergueram, mas ela não disse mais nada. Virou o rosto para a janela como se estivesse decidida a ignorar o que se passaria na sala atrás dela.

– E agora – disse o capitão Maitland – talvez saibamos a verdade!

Falou com bastante impaciência. Em essência era um homem de ação. Nesse exato momento, tive a certeza de que ele estava ansioso para sair e realizar tarefas práticas – comandar a busca pelo corpo do padre Lavigny ou quem sabe enviar agentes para sua captura e prisão.

Mirou Poirot com algo similar à antipatia.

– Se o amiguinho tem algo a dizer, por que não diz?

Era como se eu pudesse ver as palavras na ponta da língua de Poirot.

Mas, em vez de falar, ele correu um lento olhar de avaliação por todos nós. Em seguida, levantou-se.

Não sei o que eu esperava que ele fosse dizer – com certeza algo dramático. Ele era esse tipo de pessoa.

Mas sem dúvida não esperava que ele começasse com uma frase em árabe.

No entanto, foi isso o que aconteceu. Pronunciou as palavras de modo pausado e solene – e, na verdade, quase místico, se é que você me entende.

– *Bismillahi ar rahman ar rahim.*

E deu a tradução:

– Em nome de Alá, o Misericordioso, o Compassivo.

Capítulo 27

Começo de uma jornada

– *Bismillahi ar rahman ar rahim.* Essa é a expressão usada pelos árabes antes de empreender uma jornada. *Eh bien*, também vamos iniciar uma jornada. Uma jornada ao passado. Uma jornada aos estranhos meandros da alma humana.

Não creio que até aquele instante eu tivesse sentido algo do que se convencionou chamar "glamour do Oriente". Para ser franca, o que me deixou admirada foi a *bagunça* em todas as esferas. De repente, porém, aquela fala de monsieur Poirot fez surgir uma espécie de visão bizarra perante meus olhos. Pensei em palavras como Samarkand e Ispahan; em comerciantes barbudos; em camelos se ajoelhando; em carregadores cambaleantes com grandes fardos nas costas atados em volta da testa; em mulheres de cabelo pintado de hena e de rostos tatuados, ajoelhadas lavando roupa à beira do Tigre – escutei seus estranhos cantos angustiosos e o longínquo gemido da roda d'água.

Quase tudo, coisas que vira e ouvira sem dar importância. Mas agora, de certa forma, pareciam *diferentes* – como o retalho de uma colcha bolorenta que, perto da luz, de súbito revela as cores ricas de um antigo bordado...

Então corri o olhar pela sala e senti a estranha verdade do que monsieur Poirot dissera – *começávamos* a empreender uma jornada. Começávamos ali juntos naquele instante, mas cada qual pegaria um caminho distinto.

E olhei para todos como se, de certa forma, os estivesse vendo pela primeira – *e* última vez. Sei que soa ridículo, mas foi isso que senti.

Nervoso, o sr. Mercado estorcia os dedos e – com seus esquisitos olhos claros de pupilas dilatadas – encarava Poirot. A sra. Mercado fitava o marido com um estranho cuidado vigilante – uma tigresa prestes a atacar. O dr. Leidner parecia ter encolhido de modo curioso. O último golpe fora a gota d'água para deixá-lo todo curvo e amarfanhado. Quase podia se dizer que ele nem estava na sala, mas sim num local distante só seu. Com a boca entreaberta e os olhos saltados, o sr. Coleman não parava de observar Poirot. Aparência quase idiota. O sr. Emmott olhava as próprias botas; nem consegui ver direito o rosto dele. Confuso e de beiço espichado, o sr. Reiter nunca se pareceu tanto com um porquinho belo e limpo. A srta. Reilly mirava fixamente pela janela. Não sei o que passava na cabeça dela e nem o que ela sentia. Foi quando relanceei o olhar para o sr. Carey. Não sei explicar o porquê, mas ver o rosto dele me deixou transtornada; desviei o olhar. Lá estávamos, todos nós. E algo me dizia: quando monsieur Poirot terminasse, não seríamos mais os mesmos...

Sensação esquisita...

A voz de Poirot continuou plácida. Como um rio correndo manso em seu leito... rumo ao oceano...

– Desde o comecinho pressenti que para entender este caso não se deveria procurar por sinais ou pistas externas, mas por pistas mais verdadeiras: as pistas do conflito de personalidades e dos segredos do coração.

"E ressalvo que, embora tenha chegado ao que acredito ser a verdadeira solução do caso, *não disponho de provas materiais*. Eu *sei* que foi assim que aconteceu porque *deve* ter sido assim, porque *de nenhuma outra forma* cada fato isolado se encaixa em seu lugar específico e reconhecido.

"E esta, para meu crivo, é a solução mais satisfatória possível."

Fez uma pausa e prosseguiu:

– Vou começar minha jornada no instante em que entrei no caso... quando me apresentaram o fato consumado. Pois bem, cada caso, na minha opinião, tem *modelo* e *forma* definidos. O padrão do nosso, a meu ver, girava todo em volta da personalidade da sra. Leidner. Até que soubesse *com exatidão que tipo de mulher a sra. Leidner era*, eu não seria capaz de saber por que ela foi assassinada nem quem a matou.

"Este, então, foi meu ponto de partida: a personalidade da sra. Leidner.

"Também havia outro pormenor psicológico de interesse: o singular clima de tensão que se alegava existir entre os membros da expedição, confirmado por várias testemunhas distintas (algumas não pertencentes ao grupo). Decidi que, embora dificilmente fosse um ponto de partida, deveria levar em conta esse detalhe ao longo de minhas investigações.

"A ideia consensual era de que esse ambiente decorria da influência direta da sra. Leidner sobre os membros da expedição, mas, por motivos que vou salientar mais tarde, isso não me parecia plenamente aceitável.

"Para começo de conversa, como mencionei, concentrei-me única e exclusivamente na personalidade da sra. Leidner. Lancei mão de meios variados para avaliar essa personalidade. As reações que ela provocava em uma série de pessoas, todas com acentuadas diferenças de caráter e temperamento, bem como o que eu conseguia compilar por meio de minha própria observação, que, claro, tinha alcance limitado. Mas acabei tomando conhecimento *real* de certos fatos.

"A sra. Leidner tinha gostos simples e até mesmo austeros. Nem de longe amava o luxo. Por outro lado, tecia um bordado de sumo primor e requinte. Isso revelava alguém de gosto delicado e artístico. Da observação dos livros no quarto dela, formei um juízo adicional: tratava-se de uma mulher inteligente e, em última análise, egocêntrica.

"Haviam me insinuado que a maior preocupação da sra. Leidner era atrair o sexo oposto... que ela seria, de fato, lasciva. Não vi fundamento nisso.

"No quarto dela notei os seguintes livros na prateleira: *Quem foram os gregos?*, *Introdução à teoria da relatividade*, *Vida de Lady Hester Stanhope*, *De volta a Matusalém*, *Linda Condon* e *O trem de Crewe*.

"Ela se interessava, para começo de conversa, em cultura e ciência modernas. Ou seja, cultivava um lado nitidamente intelectual. Entre os romances, *Linda Condon* e, em menor grau, *O trem de Crewe*, pareciam revelar que a sra. Leidner sentia afinidade e interesse por mulheres independentes... desimpedidas ou presas em armadilhas masculinas. Também demonstrava óbvia curiosidade pela personalidade de Lady Hester Stanhope. *Linda Condon* é um primoroso estudo da adoração feminina pela própria beleza. *O trem de Crewe* é a análise de uma pessoa individualista e arrebatada. *De volta a Matusalém* revela simpatia por uma postura mais intelectual do que emocional em relação à vida. Pressenti que começava a entender a falecida.

"Na sequência, estudei as reações daqueles que formavam o círculo imediato da sra. Leidner... e minha imagem da morta tornava-se cada vez mais completa.

"Ficou claro, a partir dos relatos do dr. Reilly e de outros, que a sra. Leidner era uma daquelas mulheres dotadas pela natureza não apenas com a beleza, mas com o tipo de magia catastrófica que às vezes acompanha a beleza e que pode, mesmo, existir independentemente dela. Em geral, essas mulheres deixam um rastro de episódios violentos atrás de si. Elas provocam desastres... às vezes para outras pessoas... às vezes para si próprias.

"Convenci-me de que a sra. Leidner em essência idolatrava a *si mesma*; seu maior deleite era a sensação de *poder*. Onde quer que estivesse, ela *precisava* ser o centro do universo. E todos a seu redor, homens ou mulheres, tinham que reconhecer seu domínio. Com certas pessoas isso era fácil. A enfermeira Leatheran, por exemplo, mulher de natureza generosa e imaginação romântica, deixou-se capturar de modo instantâneo e cultivou sem relutância uma admiração integral. Mas havia um segundo caminho pelo qual a sra. Leidner exercitava seu domínio: o caminho do medo. Onde a conquista se mostrava fácil demais, ela se deliciava com o lado mais cruel de sua natureza... Gostaria de reiterar com ênfase que não se trata do que alguém pode chamar de crueldade *consciente*, mas sim de algo natural e irrefletido. Algo como o comportamento do gato com o camundongo. Quando a consciência entrava em ação, ela se tornava, em essência, uma pessoa boa, capaz de tudo para ser atenciosa e solícita.

"Claro, o primeiro e mais importante problema a solucionar era o das cartas anônimas. Quem as escrevera e por quê? Perguntei a mim mesmo: a autora das cartas seria a *própria* sra. Leidner?

"Para resolver esse enigma, era necessário retroceder um longo caminho... voltar, de fato, à data do primeiro casamento da sra. Leidner. Aqui nossa jornada começa para valer. Na viagem à vida da sra. Leidner.

"Antes de tudo, temos que perceber que a Louise Leidner daquela época é basicamente a mesma Louise Leidner que vocês conheceram.

"Na flor da idade, dona de extraordinária beleza (o tipo de beleza ao mesmo tempo triste e fascinante que perturba os sentidos e a alma de um homem de um jeito que nenhuma beleza apenas material consegue), mas, no fundo, já egocêntrica.

"É natural que a ideia de se casar provoque repulsa nessas mulheres. Até sentem atração pelos homens, mas preferem pertencer a si próprias. Encarnam mesmo *La Belle sans Merci* do poema. Entretanto, a sra. Leidner *realmente* se casou... e podemos supor, penso eu, que o marido dela deve ter sido um homem de personalidade forte.

"Diante da revelação das atividades traiçoeiras do marido, a sra. Leidner age como contou à enfermeira Leatheran. Passa as informações ao governo.

"Ora, na minha apreciação, essa atitude carrega significado psicológico. Ela contou à enfermeira Leatheran que era uma jovem muito idealista e patriótica, e que esse sentimento havia motivado a sua ação. Mas é fato bem conhecido que todos nós temos a tendência a nos autoenganar quanto aos motivos de nossas próprias ações. É instintivo: selecionamos o motivo mais politicamente correto! A sra. Leidner pode ter se levado a crer que o patriotismo inspirou sua atitude, mas na verdade acredito ter sido o resultado do desejo inconfesso de se livrar do marido! Não gostava de dominação... não gostava da sensação de pertencer a alguém... de fato, não gostava de ter papel coadjuvante. Aproveitou uma saída patriótica para recuperar a liberdade.

"Mas, no subconsciente, incrustou-se uma corrosiva sensação de culpa que desempenharia importante papel em seu destino.

"O que nos conduz direto ao tema das cartas. A sra. Leidner exercia intensa atração sobre os homens. Por várias vezes, sentiu-se atraída por eles – mas sempre uma carta ameaçadora aparecia, e o romance não dava em nada.

"Quem escreveu aquelas cartas? Frederick Bosner, seu irmão William ou a *própria sra. Leidner*?

"Há elementos que corroboram cada uma dessas teorias. Parece-me claro que a sra. Leidner era uma dessas mulheres que inspiram paixões arrebatadas nos homens, do tipo que podem virar obsessão. Acho bem possível acreditar num Frederick Bosner para quem Louise, sua mulher, importasse mais do que qualquer outra coisa no mundo! Ela já o havia traído uma vez, e ele não ousaria aproximar-se dela abertamente, mas uma coisa pelo menos estava determinado a fazer: ela seria só dele e de mais ninguém. Preferia vê-la morta do que nos braços de outro homem.

"Por outro lado, se a sra. Leidner, no fundo, tivesse aversão pelos laços do matrimônio, poderia ter escolhido esse modo de se desvencilhar de posições delicadas. Era uma caçadora cuja presa, depois de dominada, tornava-se descartável! Desejando emoção na vida, ela inventou um drama altamente satisfatório: um marido ressuscitado que proibia os proclamas de casamento! Aquilo satisfazia seus instintos mais selvagens. Tornava-a uma figura romântica, uma heroína trágica e evitava um novo compromisso.

"Essa situação perdura durante anos. Sempre que há qualquer possibilidade de casamento... chega uma carta ameaçadora.

"*Mas agora tocamos num ponto muito interessante.* O dr. Leidner entra em cena... e não chega nenhuma carta de proibição! Nada a impede que se torne a sra. Leidner. Só *depois* do casamento chega uma carta.

"Isso logo nos leva à pergunta: por quê?

"Vamos analisar cada uma das teorias.

"*Se* a sra. Leidner fosse a autora das cartas, o problema seria de fácil explicação. A sra. Leidner *quer* de verdade casar-se com o dr. Leidner. E assim *realmente* casa-se com ele. Mas, nesse caso, *por que escreve uma carta para si mesma depois*? Sua ânsia por emoção é intensa demais para ser suprimida? E por que só aquelas duas cartas? Depois delas mais nenhuma é recebida até um ano e meio depois.

"Agora vejamos a outra teoria, a de que as cartas foram escritas pelo primeiro marido, Frederick Bosner (ou seu irmão). Por que a carta ameaçadora chega *depois* do casamento? É presumível que Frederick não *desejasse* que ela se casasse com Leidner. Por que, então, ele não impede o casamento? Ele conseguiu fazê-lo com sucesso em ocasiões anteriores. E por que, *tendo esperado acontecer o casamento*, ele retoma as ameaças?

"A resposta, não muito satisfatória, é que por um motivo ou outro ele não pôde se manifestar com antecedência. Talvez estivesse preso ou no exterior.

"Outro fato a considerar é a tentativa de envenenamento por gás. Parece extremamente implausível ter sido praticada por alguém de fora. Os prováveis autores eram os próprios dr. e sra. Leidner. Não parece haver motivo concebível para que o *dr.* Leidner fizesse uma coisa dessas, então somos levados a concluir que foi a *sra.* Leidner que planejou e executou a farsa.

"Por quê? Mais drama?

"Depois disso, o dr. e a sra. Leidner viajam ao exterior e por um ano e meio desfrutam de uma vida feliz e pacata, sem ameaça de morte para causar perturbação. Creditam isso à bem-sucedida manobra de apagar vestígios de seu novo paradeiro, mas essa explicação é descabida. Nos dias de hoje, viajar ao exterior é uma coisa totalmente inadequada a esse propósito. E ainda mais no caso dos Leidner. Ele era o diretor de uma expedição patrocinada por um museu. Indagando no museu, Frederick Bosner obteria de imediato seu endereço correto. Mesmo levando em conta a existência de circunstâncias limitantes para que seguisse o rastro do casal, não haveria empecilho para que ele continuasse a enviar as cartas ameaçadoras. E me parece que um homem obcecado sem dúvida teria feito isso.

"Em vez disso, ele não se manifesta durante quase dois anos, quando as cartas voltam a aparecer.

"*Por que* as cartas voltaram a aparecer?

"Questão intricada... cuja resposta mais fácil seria: a sra. Leidner estava aborrecida e queria mais drama. Mas a mim isso não satisfazia. Essa forma particular de drama me parecia um tanto vulgar e tosca para combinar bem com sua exigente personalidade.

"A única coisa a fazer era manter a cabeça aberta em relação a esse ponto.

"Existiam três possibilidades: (1) as cartas foram escritas pela própria sra. Leidner; (2) as cartas foram escritas por Frederick Bosner (ou pelo jovem William Bosner); ou (3) elas podem ter sido escritas *originalmente* tanto pela sra. Leidner quanto pelo primeiro marido, mas agora eram *falsificações*... ou seja, de autoria de uma *terceira* pessoa que sabia das primeiras cartas.

"Agora vou proceder à análise franca do séquito da sra. Leidner.

"Primeiro examinei as oportunidades reais que cada membro da expedição teve para cometer o assassinato.

"Grosso modo, pelo visto, *qualquer um* poderia tê-lo cometido (no que tange à oportunidade), à exceção de três pessoas.

"O dr. Leidner, de acordo com testemunhos irrefutáveis, nunca abandonou o terraço. O sr. Carey trabalhava no sítio arqueológico. O sr. Coleman cumpria missões em Hassanieh.

"Mas esses álibis, meus amigos, não eram assim *tão bons* quanto aparentavam. Abro exceção ao dr. Leidner. Não há sequer sombra de dúvida: ele permaneceu no terraço todo o tempo e só desceu uma hora e quinze minutos depois do crime ter acontecido.

"Mas era *absolutamente* certo que o sr. Carey estava no montículo o tempo todo?

"E o sr. Coleman *estava mesmo em Hassanieh* na hora em que o crime aconteceu?"

Bill Coleman corou, abriu e fechou a boca, correndo o olhar ao redor de modo inquieto.

A expressão do sr. Carey não mudou.

Poirot continuou em tom suave.

– Também me detive em outra pessoa que, na minha avaliação, seria perfeitamente capaz de cometer assassinato *se ela se sentisse com força suficiente.* A srta. Reilly tem coragem, inteligência e um toque de crueldade. Quando ela conversava comigo sobre a falecida, eu lhe disse, em tom de brincadeira, que seria bom que ela tivesse um álibi. Acho que a srta. Reilly naquele instante sabia que, pelo menos, havia sentido no coração a vontade de matar. De qualquer forma, tratou logo de inventar uma mentira boba e sem nexo. Disse que tinha ido jogar tênis naquela tarde. No dia seguinte, fiquei sabendo numa conversa casual com a srta. Johnson que, em vez de jogar tênis, a srta. Reilly *na verdade rondava a casa na hora do crime*. Ocorreu-me que a srta. Reilly, mesmo não sendo culpada do crime, poderia ser capaz de me contar algo útil.

Parou e em seguida emendou com voz tranquila:

– Vai nos contar, srta. Reilly, o que *viu* naquela tarde?

A moça não respondeu logo. Permaneceu olhando pela janela sem virar a cabeça. Ao tomar a palavra, o fez com a voz desinteressada e comedida:

– Cavalguei até a escavação depois do almoço. Devo ter chegado lá por volta de quinze para as duas.

– Encontrou algum de seus amigos na escavação?

– Não, parecia que ninguém comandava os trabalhos além do encarregado árabe.

– Não viu o sr. Carey?

– Não.

– Curioso – disse Poirot. – Monsieur Verrier também não viu quando foi lá naquela mesma tarde.

Mirou Carey sugestivamente, que não se moveu nem falou.

– Tem alguma explicação, sr. Carey?

– Fui dar uma caminhada. Não havia nada de interesse acontecendo.

– Caminhou em que direção?

– À beira do rio.

– Não de volta para a casa?

– Não.

– Imagino – interpôs a srta. Reilly – que estivesse esperando por alguém que não apareceu.

Ele a fitou, mas não emitiu resposta.

Poirot não insistiu nesse detalhe. Dirigiu-se à moça outra vez:

– Viu algo mais, mademoiselle?

– Sim. Não muito longe da sede, me deparei com a caminhoneta da expedição estacionada num uádi. Achei aquilo muito estranho. Então avistei o sr. Coleman. Caminhava cabisbaixo, como se procurasse algo.

– Olhe aqui – explodiu o sr. Coleman –, eu...

Poirot o interrompeu com um gesto de autoridade.

– Espere. Falou com ele, srta. Reilly?

– Não. Não falei.

– Por quê?

A moça disse devagar:

– Porque, de vez em quando, ele erguia a cabeça e olhava ao redor de modo incrivelmente furtivo. Aquilo me deu uma sensação desagradável. Puxei as rédeas, fiz o cavalo virar a cabeça e me afastei a trote. Acho que ele não me viu. Eu estava a uma boa distância, e ele, absorto no que fazia.

– Olha só – seria impossível manter o sr. Coleman calado por mais tempo –, tenho uma boa explicação para o que (admito) parece um tanto suspeito. Na realidade, no dia anterior eu tinha achado no montículo um bonito selo cilíndrico. Guardei no bolso do casaco em vez de levar ao depósito de antiguidades... e me esqueci completamente. Então descobri que tinha deixado o cilindro cair do bolso... em algum lugar por aí. Não queria chamar atenção para o caso, por isso decidi fazer uma procura minuciosa às escondidas. Tinha certeza de que havia perdido no caminho entre a sede e a escavação.

Mandei um mestiço fazer parte das compras e voltei mais cedo. Estacionei num lugar discreto e fiquei procurando nas imediações durante mais de hora. Mesmo assim não consegui achar o maldito cilindro! Daí subi na caminhoneta e fui para a sede. Claro que todo mundo pensou que eu recém havia chegado.

– E não fez nada para convencê-los do contrário? – indagou docemente Poirot.

– Bem, isso foi bastante natural sob as circunstâncias, não acha?

– Não posso dizer que concordo – murmurou Poirot.

– Ah, vamos lá... não procure problema: *esse* é meu lema! Mas não pode me acusar de nada. Nunca entrei no pátio, e o senhor não será capaz de encontrar alguém que tenha visto.

– Nisso, é claro, reside a dificuldade – admitiu Poirot. – A declaração dos funcionários de que *ninguém entrou no pátio vindo de fora*. Mas me ocorreu, depois de refletir, que *não* foi bem isso que eles disseram. Juraram que *nenhum estranho* havia entrado na propriedade. Ninguém lhes perguntou *se um membro da expedição* havia entrado.

– Bem, pode perguntar a eles – retorquiu Coleman. – Que um raio caia em minha cabeça se me viram ou se flagraram Carey.

– Ah! Mas isso levanta um ponto bem interessante. Eles notariam *um intruso* sem dúvida... mas será que notariam *um membro da expedição*? Os membros da equipe estão a toda hora num entra e sai. Os funcionários dificilmente reparariam suas idas e vindas. É possível, penso eu, que tanto o sr. Carey quanto o sr. Coleman *pudessem* ter entrado sem que o fato ficasse registrado na memória dos funcionários.

– Bobagem! – exclamou o sr. Coleman.

Poirot prosseguiu tranquilo:

– Dos dois, acho que o sr. Carey era o menos provável de ser notado entrando e saindo. O sr. Coleman partira rumo a Hassanieh de carro naquela manhã e era esperado que retornasse a bordo dele. Sua chegada a pé seria, portanto, detectável.

– Claro que seria! – disse Coleman.

Richard Carey ergueu a cabeça e fixou os olhos azul-escuros em Poirot.

– Está me acusando de assassinato, sr. Poirot? – indagou.

Seu jeito era bastante calmo, mas a voz insinuava certa ameaça.

Poirot fez uma reverência na direção dele.

– Por enquanto, só conduzo todos vocês a uma jornada... minha jornada rumo à verdade. Até agora estabeleci um fato: todos os membros da expedição, inclusive a enfermeira Leatheran, *poderiam* ter cometido o crime. O fato de ser pouco provável que alguns o tenham cometido é secundário.

"Tendo examinado *meios* e *oportunidade*, passei então ao *motivo*. Descobri que *cada um de vocês poderia ter o seu motivo*!"

– Ah! Monsieur Poirot – gritei. – *Eu* não! Ora, eu era uma forasteira que tinha acabado de chegar.

– *Eh bien, ma soeur*, e não era *justo isso que a sra. Leidner temia*? Um *forasteiro* recém-chegado?

– Mas... mas... ora, o dr. Reilly sabia tudo sobre mim! Foi ele quem sugeriu a minha vinda!

– O quanto ele sabia, na verdade? *Em essência, o que a senhorita mesma havia lhe contado.* Não terá sido a primeira nem a última vez que um impostor se fez passar por enfermeira.

– Escreva para o St. Christopher – desafiei.

– Por ora fique em silêncio. É impossível prosseguir enquanto a senhorita conduz essa discussão. Não estou dizendo que suspeito da senhorita *agora*. Tudo o que digo é que, mantendo a cabeça aberta, qualquer um pode com facilidade ser alguém diferente do que finge ser. Existem muitos casos bem-sucedidos de homens que se travestiram de mulher, sabe. O jovem William Bosner poderia ter tentado algo desse tipo.

Tive que me segurar para não lhe dizer poucas e boas. Homem travestido de mulher, pois sim! Mas ele ergueu a voz e continuou com tamanho ar de determinação que pensei duas vezes.

– Agora vou ser franco... e cruel. É necessário. Vou desnudar a estrutura secreta deste local.

"Perscrutei e estudei cada alma aqui presente. Para começar, o dr. Leidner. Logo me convenci que o amor pela esposa era a causa maior de sua vida. A perda o dilacerava e arrasava. A enfermeira Leatheran já mencionei. Se fosse farsante, era muitíssimo competente. Fiquei inclinado a acreditar que ela era mesmo o que afirmava ser: uma enfermeira de plena eficácia."

– Obrigada por nada – atalhei.

– Minha atenção voltou-se de imediato ao casal Mercado, claramente num estado de grande inquietude e agitação. Primeiro avaliei a sra. Mercado. Seria capaz de matar e, caso positivo, por que razões?

"O físico da sra. Mercado é frágil. À primeira vista, não parecia concebível que pudesse ter forças para derrubar alguém como a sra. Leidner com uma pesada ferramenta de pedra. Se, entretanto, a sra. Leidner estivesse ajoelhada na hora do golpe, a ideia se tornaria pelo menos *fisicamente possível*. Existem maneiras pelas quais uma mulher pode induzir que outra se ajoelhe.

Ah! Não maneiras emocionais! Por exemplo, a mulher pode dobrar a barra da saia e pedir que a outra a prenda com alfinetes. Ela se ajoelharia no chão sem suspeitar de nada.

"Mas o motivo? A enfermeira Leatheran tinha me contado sobre os olhares zangados que a sra. Mercado dirigia à sra. Leidner. O sr. Mercado, é claro, capitulou ao feitiço da sra. Leidner sem oferecer resistência. Mas eu não acreditava que a solução residisse no mero ciúme. Tinha certeza de que, na verdade, a sra. Leidner não se interessava nem um pouco pelo sr. Mercado... e, sem dúvida, a sra. Mercado sabia disso. Ela poderia estar temporariamente furiosa, mas para *assassinato* teria que haver maior provocação. Mas a sra. Mercado é em essência um tipo maternal veemente. Pelo jeito que olhava o marido, dei-me conta de que não apenas o amava, mas que lutaria por ele com unhas e dentes. E mais do que isso: *que ela considerava a possibilidade de fazê-lo.* Andava sempre vigilante e inquieta. A inquietude era por ele... não por si própria. E quando estudei o sr. Mercado, sem muita dificuldade pude fazer uma suposição sobre onde residia o problema. Providenciei um modo de me assegurar da veracidade de minha suposição. O sr. Mercado é um viciado em drogas... no estágio avançado, que não tolera abstinência.

"Ora, acho que não preciso contar a todos que o consumo de drogas durante períodos demorados resulta no embotamento do senso moral.

"Sob a influência das drogas, a pessoa comete atos que nem sonharia cometer poucos anos antes do vício. Em certos casos, homicídios foram cometidos... e é difícil dizer se o autor do crime era ou não completamente responsável pelos seus atos. A lei varia um pouco nesse ponto conforme o país. A principal característica de um criminoso viciado em drogas é a confiança arrogante na própria esperteza.

"Achei possível haver algum incidente desonroso, talvez criminoso, no passado do sr. Mercado, que sua esposa tivesse de uma forma ou de outra conseguido abafar. No entanto, a carreira dele andava na corda bamba. Se algo sobre esse incidente viesse à tona, seria a ruína do sr. Mercado. Por isso, a esposa dele ficava sempre à espreita. Mas tinha que medir forças com a sra. Leidner, pessoa de inteligência aguçada e adoração por poder. Ela poderia até induzir o pobre coitado a tê-la como confidente. Teria sido bem adequado a seu peculiar temperamento saborear um segredo que pudesse revelar a qualquer minuto com efeitos desastrosos.

"Aqui, então, haveria um possível motivo para assassinato da parte do casal Mercado. Para proteger o esposo, a sra. Mercado, eu não tinha dúvida, seria capaz de qualquer coisa! Tanto ela como o marido tiveram a oportunidade... durante aqueles dez minutos em que o pátio ficou deserto."

O sr. Mercado gritou:

– Não é verdade!

Poirot não prestou atenção.

– A seguir me detive na srta. Johnson. *Ela* seria capaz de assassinato?

"Avaliei que sim. Era uma pessoa de vontade e autodomínio férreos. Essas pessoas constantemente reprimem os sentimentos... e um belo dia a represa arrebenta! Mas, se a srta. Johnson tivesse cometido o crime, só poderia ser por alguma razão conectada ao dr. Leidner. Se de algum modo ela se convencesse de que a sra. Leidner estragava a vida do marido, então o ciúme intenso e despercebido lá no fundo, aproveitando um motivo plausível, saltaria à tona, desenfreado.

"Sim, a srta. Johnson representava uma possibilidade significativa.

"Restavam os três jovens.

"Primeiro, Carl Reiter. Se, por hipótese, um integrante da expedição fosse William Bosner, Reiter seria de longe a pessoa mais provável. Mas, se *fosse* William Bosner, com certeza era um ator de primeira! Se ele fosse apenas *ele mesmo*, teria algum motivo para assassinato?

"Analisando do ponto de vista da sra. Leidner, Carl Reiter era uma vítima muito fácil e não permitia divertimento. Pronto a se lançar ao chão e idolatrar de imediato. A sra. Leidner desprezava adoração cega... e a postura de capacho quase sempre faz aflorar a pior face das mulheres. A sra. Leidner tratava Carl Reiter com crueldade realmente premeditada. Um escárnio aqui... uma alfinetada ali. Ela tornou a vida dele um inferno."

Poirot calou-se de repente e dirigiu-se ao jovem de modo pessoal e bastante íntimo.

– *Mon ami*, que isso lhe sirva de lição. Você é *homem*. Comporte-se, pois, como *homem*! É contra a natureza masculina rastejar. O sexo feminino e a natureza reagem quase da mesma forma! Lembre-se: é melhor pegar o maior prato à mão e jogar na cabeça da mulher do que se retorcer como verme sempre que ela olha para você!

Abandonou o estilo intimista e retornou ao tom de preleção.

– Será que Carl Reiter havia sido aguilhoado a tal nível de suplício a ponto de fazê-lo voltar-se contra a causadora? Seria capaz de matá-la? O sofrimento provoca coisas esquisitas em um homem. Não havia como ter *certeza* de que *não* era isso!

"A seguir, William Coleman. O comportamento dele, conforme o relato da srta. Reilly, é sem dúvida suspeito. Se fosse o criminoso, só podia ser porque sua extrovertida personalidade esconde a identidade secreta de William Bosner. Não creio que William Coleman, do jeito que aparenta ser, tenha temperamento assassino. Seus deslizes podem se situar noutra direção. Ah! Talvez a enfermeira Leatheran saiba de que se trata?"

Como *diabos* ele fez isso? Tenho certeza de que não fiz a expressão de quem pensava em algo.

– Não é nada, mesmo – hesitei. – Só que, *a bem da verdade*, o sr. Coleman disse uma vez que daria um bom falsificador.

– Pormenor interessante – argumentou Poirot. – Portanto, se tivesse topado com uma das antigas cartas ameaçadoras, ele poderia tê-las copiado sem dificuldade.

– Opa lá! – exclamou o sr. Coleman. – Isso que eu chamo de conspiração.

Poirot retomou a palavra.

– Quanto a ele ser ou não William Bosner, eis uma questão difícil de verificar. Mas o sr. Coleman tem falado de um *tutor* (não de um pai) e não há nada que descarte a ideia.

– Besteira – retorquiu o sr. Coleman. – Não consigo entender por que todos levam a sério esse sujeito.

– Dos três jovens, falta analisarmos o sr. Emmott – continuou Poirot. – Também um possível escudo para a identidade de William Bosner. Sejam quais forem as *razões pessoais* que pudesse ter para a eliminação da sra. Leidner, logo percebi que não teria como descobri-las a partir dele. Ele é capaz de guardar sua opinião com uma classe extraordinária, e não havia a mínima chance de provocá-lo ou de enganá-lo para que se traísse em algum ponto. De toda a expedição, ele parecia ser o melhor e mais imparcial juiz da personalidade da sra. Leidner.

Acho que sempre a conheceu exatamente por aquilo que ela era... mas qual impressão a personalidade da sra. Leidner causou nele fui incapaz de sondar. Imagino que a própria sra. Leidner tenha se sentido provocada e irritada por sua atitude.

"Devo dizer que, de toda a expedição, *quanto à personalidade e à capacidade*, o sr. Emmott me parecia o mais apto a levar a cabo de modo satisfatório um crime inteligente e bem-cronometrado."

Pela primeira vez, o sr. Emmott parou de mirar as próprias botas e levantou o olhar.

– Obrigado – murmurou.

Em sua voz transpareceu um leve toque de divertimento.

– As últimas duas pessoas da lista: Richard Carey e o padre Lavigny.

"De acordo com o testemunho da enfermeira Leatheran e de outros, o sr. Carey e a sra. Leidner não se davam bem. Os dois esforçavam-se para manter a cortesia. Outra pessoa, a srta. Reilly, propôs uma teoria bem distinta para explicar essa atitude de polidez glacial.

"Logo me restaram pouquíssimas dúvidas sobre a exatidão da hipótese da srta. Reilly. Tive a certeza absoluta lançando mão do simples expediente de incitar o sr. Carey a uma conversa despreocupada e irrefletida. Não tive dificuldades. Logo percebi que um estado de alta tensão nervosa o dominava. De fato, ele estava (e está) à beira de um total colapso nervoso. Quem sofre de uma dor quase insuportável raramente consegue impor resistência.

"As defesas do sr. Carey vieram abaixo quase de imediato. Ele me confessou, com uma sinceridade da qual nem por um instante duvidei, que odiava a sra. Leidner.

"E sem dúvida falava a verdade. Ele *realmente* odiava a sra. Leidner. Mas *por que* a odiava?

"Já falei de mulheres que possuem magia catastrófica. Mas homens também têm essa magia. Existem homens que sem o mínimo esforço atraem as mulheres. O que hoje se chama de *sex appeal*! O sr. Carey tem essa qualidade em grau intenso. A princípio, mostrou-se dedicado ao amigo e chefe e indiferente à esposa dele. Essa situação não servia à sra. Leidner. Ela *precisava* dominar... e enfiou na cabeça que ia subjugar Richard Carey. Mas aqui, acredito, algo completamente imprevisto aconteceu. Ela própria, talvez pela primeira vez na vida, caiu vítima de uma paixão arrebatadora. Ela se apaixonou... se apaixonou de verdade... por Richard Carey.

"E ele... não foi capaz de resistir a ela. Essa é a verdade sobre o terrível estado de tensão nervosa que ele tem suportado. É um homem dilacerado por duas paixões contrárias. Amava Louise Leidner... sim, mas ele também a odiava. Odiava-a por acabar sua lealdade para com o amigo. Não há maior ódio do que o de um homem induzido a amar uma mulher contra a sua vontade.

"Aqui vislumbrei motivo mais que suficiente. Convenci-me de que para Richard Carey, *em certos momentos*, a coisa mais natural a fazer seria golpear com toda a força o belo rosto que o enfeitiçara.

"Durante o tempo todo, algo me dizia que o assassinato de Louise Leidner era um *crime passionnel*. No sr. Carey, encontrei o assassino ideal para esse tipo de crime.

"Resta outro candidato para o título de assassino: o padre Lavigny. Logo tive minha atenção atraída ao bom padre devido às discrepâncias entre sua descrição do estranho que espiava pela janela e a fornecida pela enfermeira Leatheran. Em geral, todos os relatos fornecidos por testemunhas diferentes contêm *certas* discrepâncias, mas nesse caso elas eram absolutamente gritantes. Além disso, o padre Lavigny insistia numa característica específica (estrabismo) que facilitaria bastante a identificação.

"Sem demora ficou claro que, *enquanto a descrição da enfermeira Leatheran era substancialmente exata*, a do padre Lavigny *destoava em tudo.* A impressão que se tinha era que o padre Lavigny tentava nos ludibriar de modo intencional... como se ele *não quisesse que o homem fosse capturado.*

"Mas, nesse caso, *ele devia saber algo sobre essa singular pessoa.* Ele havia sido visto conversando com o homem, mas tínhamos apenas sua palavra como testemunho do conteúdo da conversa.

"O que o iraquiano fazia quando a enfermeira Leatheran e a sra. Leidner o avistaram? Tentava espiar pela janela... a janela da sra. Leidner, elas pensaram, mas me dei conta ao ir até o local onde elas estavam, que poderia igualmente ter sido a *janela do depósito de antiguidades.*

"Na noite seguinte, um alarme soou. Havia um intruso no depósito de antiguidades. No entanto, não havia evidência de algo roubado. Para mim, o ponto curioso é que quando o dr. Leidner chegou ao local, descobriu que o *padre Lavigny já estava lá.* O padre Lavigny conta que avistou uma luz. *Mas de novo só temos a palavra dele para nos basearmos.*

"O padre Lavigny começou a despertar a minha curiosidade. Durante as investigações, sempre quando insinuei que ele poderia ser Frederick Bosner, o dr.

Leidner desdenhou a insinuação. Afirma que o padre Lavigny é um profissional renomado. Faço a suposição de que Frederick Bosner, que teve quase vinte anos para construir uma carreira usando novo nome, a esta altura podia muito bem *ser* um profissional renomado! Em todo o caso, não acho que nesse meio-tempo ele tenha se dedicado a uma congregação religiosa. Uma solução bem mais simples se desvela.

"Alguém na expedição conhecia pessoalmente o padre Lavigny antes de sua vinda? Ao que parece, não. Por que, então, ele não podia ser *alguém se fazendo passar pelo bom padre*? Descobri que um telegrama tinha sido enviado a Cartago em razão do repentino adoecimento do dr. Byrd, que acompanharia a expedição. O que pode ser mais fácil do que interceptar um telegrama? Quanto ao trabalho, não havia outro epigrafista ligado à expedição. Com um conhecimento superficial, um homem esperto *poderia* iludir os demais. Até o momento, poucas tábulas e inscrições haviam aparecido, e fiquei sabendo que as manifestações do padre Lavigny sobre o significado das frases inscritas despertavam certa estranheza.

"Tudo indicava que o padre Lavigny era um *impostor*.

"Mas seria ele Frederick Bosner?

"De certo modo, as coisas não pareciam se moldar dessa forma. A verdade parecia pender a uma direção bem diferente.

"Tive uma longa conversa com o padre Lavigny. Sou católico praticante e conheço muitos padres e membros de congregações religiosas. O padre Lavigny parecia não se encaixar no papel. Mas, por outro lado, ele me parecia muito familiar numa habilidade bastante distinta. Com frequência eu *havia encontrado* sujeitos desse tipo... mas não eram membros de congregações religiosas. Longe disso!

"Comecei a enviar telegramas.

"E então, de modo involuntário, a enfermeira Leatheran me forneceu uma pista valiosa. Examinávamos os ornamentos de ouro no depósito de antiguidades quando ela mencionou um vestígio de cera grudado à taça de ouro. Eu pergunto: 'Cera?'. O padre Lavigny repete, 'Cera?', numa entonação que disse tudo! Soube num átimo exatamente o que ele fazia ali."

Poirot fez uma pausa e logo se dirigiu diretamente ao dr. Leidner.

– Sinto lhe informar, monsieur, que a taça de ouro, a adaga de ouro, os ornamentos de cabelo e vários outros itens no depósito de antiguidades *não são os artigos autênticos* encontrados pela expedição. São engenhosas cópias galvanotípicas. O padre Lavigny é, acabo de saber por esta última resposta a meus telegramas, ninguém menos do que Raoul Menier, um dos ladrões mais talentosos conhecidos pela polícia francesa. Especialista em roubar *objets d'art* de museus e coisas do tipo. Seu cúmplice é o meio-turco Ali Yusuf, um primoroso ourives. A primeira notícia que tivemos de Menier foi quando se revelou que certos artefatos no Louvre não eram genuínos. Em todas as vezes, se descobriu que um arqueólogo famoso *não previamente conhecido de vista pelo diretor* havia manuseado os artigos falsos ao fazer uma recente visita ao Louvre. Ao serem interrogados, todos esses eminentes cavalheiros negaram ter visitado o Louvre nas ocasiões declaradas!

"Fiquei sabendo que Menier planejava em Túnis roubar o acervo dos Santos Padres quando o seu telegrama chegou. O padre Lavigny, mal de saúde, foi obrigado a recusar, mas Menier deu um jeito de interceptar o telegrama e trocar por um de aceitação. Sentiu-se seguro ao fazer isso. Mesmo se os monges lessem em algum jornal (por si só uma coisa improvável) que o padre Lavigny estava no Iraque, eles só iam pensar que os jornais tinham publicado uma informação equivocada, como acontece com tanta frequência.

"Menier e o cúmplice chegam. O último é visto fazendo o reconhecimento externo do depósito de antiguidades. O plano é o padre Lavigny fazer moldes de cera. Então Ali produz cópias perfeitas. Sempre existem certos colecionadores dispostos a pagar um bom preço por antiguidades genuínas sem fazer perguntas embaraçosas. O padre Lavigny fará a substituição dos artigos genuínos pelos falsos... de preferência à noite.

"E sem dúvida é isso que ele está fazendo quando a sra. Leidner o escuta e dá o alarme. O que ele pode fazer? Rápido inventa a história de ter enxergado uma luz no depósito de antiguidades.

"Aquilo 'colou', como se diz, muito bem. Mas a sra. Leidner não era boba. Deve ter lembrado do vestígio de cera que havia notado e tirou suas conclusões. Se descobriu tudo, então o que ia fazer? Não seria *dans son caractère* cruzar os braços e divertir-se fazendo insinuações para deixar o padre Lavigny constrangido? Vai deixá-lo saber que ela suspeita... mas não que *sabe*. É, talvez, um jogo perigoso, mas ela gosta de jogos perigosos.

"Mas talvez ela tenha prolongado o jogo demais. O padre Lavigny vislumbra a verdade e ataca antes de ela se dar conta das intenções dele.

"Padre Lavigny é Raoul Menier... um ladrão. Seria também... um assassino?"

Poirot caminhou pela sala. Tirou um lenço do bolso, enxugou a testa e prosseguiu:

– Essa era minha posição hoje de manhã. Existiam oito possibilidades, e não sabia qual delas era a correta. Eu ainda não sabia *quem era o assassino.*

"Mas o assassinato é um hábito. O homem ou a mulher que mata uma vez vai matar de novo.

"E, pelo segundo assassinato, o homicida foi entregue em minhas mãos.

"Durante todo o tempo, algo me dizia que uma das pessoas do grupo talvez tivesse guardado informações... informações que incriminariam o assassino.

"Se fosse assim, essa pessoa corria perigo.

"Minha apreensão recaía mais na enfermeira Leatheran, dona de personalidade dinâmica e intelecto vivo e curioso. Temia que descobrisse mais do que seria seguro para ela saber.

"Como é do conhecimento de todos, um segundo assassinato aconteceu. Mas a vítima não foi a enfermeira Leatheran... e sim a srta. Johnson.

"Aprecio a ideia de que teria alcançado a solução certa de qualquer modo por puro raciocínio, mas com certeza o assassinato da srta. Johnson me ajudou a descobrir a verdade mais rápido.

"Para começo de conversa, havia um suspeito a menos (a própria srta. Johnson), pois nem por um instante considerei a tese de suicídio.

"Agora vamos examinar os fatos desse segundo assassinato.

"Fato número um: na tarde de domingo, a enfermeira Leatheran encontra a srta. Johnson em prantos. Naquela mesma tarde, a srta. Johnson queima o fragmento de uma carta que a enfermeira acredita ser escrita com a mesma letra das cartas anônimas.

"Fato número dois: no entardecer antes de sua morte, a srta. Johnson é encontrada estática no terraço pela enfermeira Leatheran, num estado de horror incrédulo. Quando a enfermeira pergunta o motivo, ela diz: 'Descobri como alguém poderia entrar no pátio sem ninguém perceber'. Não fala mais nada. O padre Lavigny está cruzando o pátio, e o sr. Reiter encontra-se na porta do ateliê.

"Fato número três: a srta. Johnson é encontrada agonizando. As únicas palavras que consegue articular são 'a janela... a janela...'.

"Esses são os fatos. Eis os problemas com os quais nos deparamos:

"Qual é a verdade sobre as cartas?

"O que a srta. Johnson viu do terraço?

"O que ela quis dizer com 'a janela... a janela...'?

"*Eh bien*, vamos pegar o segundo problema como o de solução mais fácil. Subi com a enfermeira Leatheran e fiquei na posição exata que a srta. Johnson estava. Dali, ela podia ver o pátio, o arco e o lado norte do prédio, além de dois membros da expedição. Teriam aquelas palavras algo a ver com o sr. Reiter ou com o padre Lavigny?

"Quase de imediato uma possível explicação lampejou em meu cérebro. Se um intruso viesse de *fora* só poderia fazê-lo *disfarçado*. E só havia *uma* pessoa cuja aparência geral se prestaria a uma representação dessas. Padre Lavigny! De chapéu colonial, óculos escuros, barba negra e uma comprida vestimenta de lã, típica dos monges, um estranho poderia passar sem que os empregados *se dessem conta* de que havia entrado.

"Era *isso* que a srta. Johnson queria dizer? Ou ela havia ido mais longe? Teria percebido que toda a *per-*

sonalidade de padre Lavigny era um disfarce? Que ele não era quem fingia ser?

"Com as informações de que dispunha sobre o padre Lavigny, inclinei-me a declarar o mistério resolvido. Raoul Menier era o assassino. Tinha matado a sra. Leidner para silenciá-la antes que ela o entregasse à polícia. Agora *outra pessoa demonstra que penetrou o seu segredo*. Ela, também, deve ser eliminada.

"E, assim, tudo se explica! O segundo assassinato. A fuga do padre Lavigny... sem vestimenta e sem barba. (Ele e o comparsa sem dúvida agora atravessam com rapidez a Síria portando irrepreensíveis passaportes, na pele de dois caixeiros-viajantes.) A ação de colocar o moinho de mão manchado de sangue embaixo da cama da srta. Johnson.

"Como eu disse, estava quase satisfeito... mas não plenamente. Pois a solução perfeita deve explicar *tudo*... e essa não explicava.

"Não explicava, por exemplo, por que a srta. Johnson disse 'a janela' quando morria. Não explicava o acesso de choro por causa da carta. Não explicava sua atitude no terraço... o horror incrédulo e a recusa a contar à enfermeira Leatheran o que afinal *ela agora suspeitava ou sabia*.

"Era uma solução que se encaixava com os fatos *externos*, mas que não satisfazia as exigências *psicológicas*.

"E então, enquanto recapitulava no terraço esses três pontos: as cartas, o terraço e a janela, eu *vi*... exatamente como a srta. Johnson tinha visto!

"*E desta vez o que vi explicava tudo!*"

Capítulo 28

Fim da jornada

Poirot correu o olhar em volta. Nesse momento, todos os rostos estavam fixos nele. Por um instante houvera certa descontração – um relaxamento da tensão. Súbito a tensão retornara.

Algo vinha à tona... algo...

A voz de Poirot, calma e fria, continuou:

– As cartas, o terraço, "a janela"... Sim, tudo se explicava... tudo se encaixava.

"Eu disse há pouco que três homens tinham álibi para a hora do crime. Demonstrei que dois desses álibis não tinham valor. Agora vejo meu imenso... meu assombroso engano. O terceiro álibi também não tinha valor. O dr. Leidner não só *poderia* ter cometido o assassinato... como eu estava convencido de que o *havia* cometido."

Um silêncio dominou o ambiente, um silêncio de perplexidade e incompreensão. O dr. Leidner nada disse. Pareceu ainda mais perdido em seu longínquo mundo. David Emmott, no entanto, remexeu-se inquieto e falou.

– Não sei o que quer dar a entender, monsieur Poirot. Eu lhe disse que o dr. Leidner em nenhum momento saiu do terraço até pelo menos quinze para as três. Esta é a verdade absoluta. Juro pela minha honra. Não estou mentindo. Teria sido impossível que ele o fizesse sem eu ter visto.

Poirot assentiu com a cabeça.

– Ah, acredito no senhor. *O dr. Leidner não saiu do terraço.* Esse fato é inconteste. Mas o que vi (e o que a srta. Johnson viu) foi *que o dr. Leidner poderia matar a esposa sem sair do terraço.*

Todos o fitamos surpresos.

– A *janela*! – exclamou Poirot. – A janela *da sra. Leidner*! Foi disso que me dei conta... e a srta. Johnson também. A janela da sra. Leidner, logo abaixo, abria-se para o lado oposto ao pátio. Lá em cima, o dr. Leidner, sozinho, sem ninguém para testemunhar seus atos, com aqueles pesados moinhos à disposição. Simples, simplicíssimo, com uma condição: *a de que o assassino tivesse a oportunidade de mudar a posição do cadáver antes que alguém o visse...* Ah, é primoroso... de uma simplicidade inacreditável!

"Escutem... tudo aconteceu assim:

"O dr. Leidner está no terraço trabalhando com a cerâmica. Ele pede para o senhor subir, sr. Emmott, e enquanto o distrai conversando, percebe que, como costuma acontecer, o menino se aproveita de sua ausência para abandonar o trabalho e sair do pátio. Ele retém o senhor por dez minutos, então o deixa voltar ao pátio e, assim que o senhor está lá embaixo ralhando com o menino, desencadeia a execução do plano.

"Tira do bolso a máscara besuntada de plasticina, com a qual já havia assustado a mulher numa ocasião prévia, e a dependura por cima do parapeito até tocar a janela do quarto da esposa.

"Essa, lembrem-se, é a janela que se abre para o campo, no lado oposto ao pátio.

"A sra. Leidner, tranquila e feliz, está deitada na cama meio adormecida. De repente, a máscara começa a bater na janela e ela desperta. Mas agora não era lusco-fusco (era plena luz do dia), e não havia nada de aterrorizante naquilo. Reconhece o objeto por aquilo que ele é: uma forma tosca de embuste! Em vez de se assustar, fica revoltada. Faz o que qualquer outra mulher faria em seu lugar. Pula da cama, abre a janela, põe a cabeça pelas grades e vira o rosto para cima para ver quem é o autor da trapaça.

"O dr. Leidner espera. Mantém, equilibrado e pronto, um pesado moinho de mão. No instante propício *ele o deixa cair*...

"Com um grito abafado (ouvido pela srta. Johnson), a sra. Leidner cai sobre o tapete junto à janela.

"Detalhe: no moinho há um buraco e, por ele, o dr. Leidner havia passado com antecedência uma corda. Agora só precisa puxar a corda e içar o moinho. Ele o repõe com cuidado, com a face manchada de sangue para baixo, entre os demais artefatos semelhantes no terraço.

"Então, continua seu trabalho por uma hora ou mais, até que julga chegar o momento do segundo ato. Desce as escadas, conversa com o sr. Emmott e com a enfermeira Leatheran, atravessa o pátio e entra no quarto da esposa. Esta é a explicação, segundo o relato do próprio dr. Leidner, do que ele fez ao entrar no quarto:

"*– Vi o corpo de minha esposa todo amontoado, caído perto da cama. Por um instante fiquei petrificado; não conseguia me mexer. Enfim me aproximei, ajoelhei-me ao lado dela e ergui sua cabeça. Vi que ela estava morta... Por fim me levantei. Fiquei aturdido, como se estivesse embriagado. Consegui alcançar a porta e pedir ajuda.*

"Relato perfeitamente possível dos atos de um homem atordoado pela dor. Agora ouçam o que acredito ser a verdade. O dr. Leidner entra no quarto, corre até a janela e, tendo calçado um par de luvas, fecha-a e passa a tranca. Em seguida, pega nos braços o corpo da mulher e o transporta até uma posição entre a cama e a porta. Percebe então uma leve mancha de sangue no tapete à frente da janela. Não pode trocar pelo outro tapete, eles têm tamanhos diferentes, mas adota a segunda melhor opção. Dispõe o tapete manchado na frente do lavatório e o tapete do lavatório perto da janela. Se a mancha for percebida, será conectada com o *lavatório*... e não com a *janela*. Detalhe importantíssimo. É fulcral que nem se cogite que a janela teve algo a ver com o caso. A seguir, surge à porta e encena o papel do marido transtornado, coisa que, imagino, não é tão difícil. Pois ele *realmente* amava a mulher."

– Meu bom homem – gritou o dr. Reilly, impaciente –, se ele a amava, por que a matou? Qual é o motivo? Por que não fala, Leidner? Diga que isso não passa de loucura do sr. Poirot.

O dr. Leidner não abriu a boca nem se mexeu.

Poirot disse:

– Não falei desde o começo que esse era um *crime passionnel*? Por que o primeiro marido dela, Frederick Bosner, ameaçava matá-la? Porque a amava... E no fim, sabe, fez valer suas bravatas...

"*Mais oui... mais oui... assim que me dei conta de que o dr. Leidner era o assassino*, tudo se encaixava...

"Pela segunda vez, recomeço minha jornada desde o princípio: o primeiro casamento da sra. Leidner... as cartas ameaçadoras... o segundo casamento. As cartas a impediram de se casar com qualquer outro homem, mas não a impediram de se casar com o dr. Leidner. E isso fica fácil de entender... *se o dr. Leidner for na verdade Frederick Bosner.*

"De novo me permitam recomeçar a nossa jornada, agora do ponto de vista do jovem Frederick Bosner.

"Para começo de conversa, ele ama a esposa Louise com uma paixão avassaladora, do tipo que apenas mulheres assim conseguem suscitar. Ela o trai. Ele é condenado à morte. Foge. Envolve-se num acidente ferroviário, mas consegue ressurgir com uma falsa identidade: *a do jovem arqueólogo sueco, Eric Leidner,* cujo cadáver fica gravemente desfigurado e, de modo conveniente, é enterrado como Frederick Bosner.

"Qual é a atitude do novo Eric Leidner em relação à mulher que desejava enviá-lo à morte? Em primeiríssimo lugar, *ele ainda a ama.* Ele se dedica a construir sua vida nova. Tem grande capacidade; a profissão é compatível com seus interesses, e ele transforma a carreira num sucesso. *Mas nunca esquece a paixão que governa sua vida.* Mantém-se informado dos passos da mulher. De uma coisa está friamente determinado (lembrem-se do modo com que a própria sra. Leidner descreveu o primeiro marido para a enfermeira Leatheran... gentil e bondoso, mas implacável): *ela não vai pertencer a outro homem.* Sempre que julga necessário, envia uma carta. Imita certas particularidades da caligrafia da esposa, para o caso de ela resolver levar as cartas à polícia. Mulheres que escrevem cartas anônimas e melodramáticas para si mesmas são um fenômeno tão corriqueiro que a polícia com certeza chegaria a essa conclusão devido à semelhança da letra. Ao mesmo tempo, ele a deixa na dúvida se está vivo ou não.

"Por fim, depois de muitos anos, considera que chegou a hora e volta a entrar na vida dela. Tudo transcorre como planejado. A esposa nem sonha com sua verdadeira identidade. É um arqueólogo famoso. O jovem aprumado e bonito agora é um barbudo de meia-idade e ombros caídos. E assim vemos a história se repetir. Pela segunda vez, ela consente em se casar com ele. *E não chega nenhuma carta de objeção ao casamento.*

"Mas, *depois*, uma carta chega. Por quê?

"Acho que o dr. Leidner não queria se arriscar. A intimidade do casamento *poderia* despertar uma lembrança. Deseja causar a impressão indelével na esposa, de uma vez por todas, *que Eric Leidner e Frederick Bosner são duas pessoas diferentes.* A ponto de uma carta ameaçadora desse último ter chegado em protesto ao primeiro. Em seguida, vem o caso bastante pueril do envenenamento com gás... providenciado pelo dr. Leidner, é claro. Ainda com o mesmo objetivo em vista.

"Depois disso, ele se satisfaz. Não há necessidade de novas cartas. Os dois podem se aquietar felizes na vida matrimonial.

"E então, após quase dois anos, *as cartas reiniciam.*

"*Por quê? Eh bien*, acho que sei. *Porque a ameaça por trás das cartas sempre foi autêntica.* (É por isso que a sra. Leidner vivia assustada. Ela *conhecia* a natureza cortês, mas implacável de Frederick.) *Se ela pertencesse a qualquer outro homem à exceção dele, ele a mataria. E ela havia se entregado a Richard Carey.*

"E então, ao descobrir isso, a sangue-frio, com toda a calma, o dr. Leidner prepara o cenário para o assassinato.

"Agora percebem o importante papel desempenhado pela enfermeira Leatheran? Isso explica a curiosa conduta do dr. Leidner (que me intrigou desde o princípio) em contratar seus serviços para a esposa. Era crucial que uma testemunha profissional e confiável fosse capaz de atestar sem controvérsias que a sra. Leidner já estava morta *há mais de uma hora* quando o corpo fosse encontrado; ou seja, que ela havia sido morta num horário em que *todos pudessem jurar que o marido estava no terraço.* Alguém poderia levantar a suspeita de que ele a tivesse matado ao entrar no quarto e encontrar o corpo... Mas essa hipótese nem seria aventada se uma enfermeira bem-treinada afirmasse com ênfase que ela já estava morta há mais de uma hora.

"Outra coisa que se explica é o curioso clima de nervosismo e tensão que dominava a expedição este ano. Desde o começo, nunca pensei que isso pudesse ser atribuído *apenas* à influência da sra. Leidner. Durante vários anos, essa mesma expedição cultivou uma reputação de feliz camaradagem. Na minha opinião, o estado mental de uma comunidade sempre está diretamente relacionado com a influência de seu líder. O dr. Leidner, por mais calado que fosse, sempre teve personalidade forte. Com sensibilidade, capacidade de julgamento e simpatia ao lidar com as pessoas, conseguia manter uma atmosfera feliz o tempo todo.

"Se havia mudança, portanto, ela provinha do líder. Em outras palavras: do dr. Leidner. Era o *dr.* Leidner, e não a sua esposa, o responsável pela tensão e inquietude. Não é de se admirar que o pessoal tivesse percebido a mudança sem entendê-la. O dr. Leidner, por fora o mesmo, apenas interpretava o papel de bondoso e cordial. Por trás dessa máscara, pulsava um fanático obcecado maquinando um assassinato.

"E agora vamos esmiuçar o segundo crime: o da srta. Johnson. Organizando a papelada do dr. Leidner no gabinete (tarefa à qual se entregou sem ser mandada, ansiosa por arrumar algo a fazer), ela deve ter se deparado com o rascunho inacabado de uma das cartas anônimas.

"Para ela, aquilo deve ter sido ao mesmo tempo

incompreensível e intensamente perturbador! O dr. Leidner aterrorizando a esposa de propósito! Não conseguia entender... mas aquilo a perturbava demais. É nesse estado de espírito que a enfermeira Leatheran a descobre chorando.

"Não acho que a esta altura ela suspeitasse que o dr. Leidner fosse o assassino, mas minhas experiências sonoras nos quartos da sra. Leidner e do padre Lavigny não lhe passam despercebidas. Ela se dá conta de que, se *havia sido* o grito da sra. Leidner que ela ouvira, *a janela do quarto dela devia estar aberta, não fechada.* Por enquanto, isso não lhe dizia nada importante, *mas ela vai se lembrar disso.*

"A mente dela continua trabalhando... buscando com empenho a verdade. Talvez ela tenha feito alguma referência às cartas; o dr. Leidner compreende e muda de comportamento. É possível que ela tivesse percebido que ele, de repente, tornou-se receoso.

"Mas o dr. Leidner *não podia* ter matado a mulher! Todo o tempo estava no *terraço.*

"E então, numa tardinha, enquanto ela mesma se encontra no terraço quebrando a cabeça para resolver o problema, a verdade lampeja em sua mente. A sra. Leidner tinha sido morta *dali de cima*, pela janela aberta.

"Foi nesse instante que a enfermeira Leatheran a encontrou.

"Mas, de imediato, a antiga afeição volta a se reafirmar, e ela providencia uma rápida camuflagem. A enfermeira Leatheran não deve adivinhar a horripilante e recente descoberta.

"De modo deliberado, olha na direção oposta (para o pátio) e faz uma observação sugerida pela aparência do padre Lavigny enquanto ele atravessa o pátio.

“E se recusa a comentar mais. Tem que ‘*pensar no assunto*’.

“E o dr. Leidner, que a tem vigiado aflito, *percebe que ela sabe de tudo*. Ela não é o tipo de mulher capaz de esconder dele o horror e a perturbação que a dominavam.

“É bem verdade que até então ela não o havia denunciado... mas por quanto tempo poderia confiar nela?

“O assassinato é um hábito. Aquela noite, ele troca o copo d’água por outro de ácido. Existia certa possibilidade de que as pessoas acreditassem em autoenvenamento proposital. Existia inclusive a possibilidade de que ela fosse considerada a autora do primeiro crime e que agora estivesse dominada pelo remorso. Para realçar a última ideia, ele pega o moinho do terraço e o planta embaixo da cama dela.

“Não é para menos que a coitada da srta. Johnson, agonizante, houvesse tentado compartilhar desesperadamente a informação conquistada a duras penas. Pela ‘janela’, por *ali* que a sra. Leidner foi assassinada... *Não* pela porta: pela janela...

“E assim tudo se explica, tudo se encaixa... Com perfeição psicológica.

“Mas não há prova... Não há prova alguma...”

Nenhum de nós falou. Perdidos num oceano de horror... Sim, e não apenas de horror. De compaixão, também.

O dr. Leidner nem pestanejou. Permaneceu sentado, impassível, como durante toda a explicação. Um sujeito marcado pela idade, dominado pelo cansaço e esgotamento.

Por fim, mexeu-se de leve e mirou Poirot com olhos ternos e exaustos.

– Não – disse ele –, não há provas. Mas isso não importa. O senhor sabia que eu não negaria a verdade... Nunca neguei a verdade... Acho que estou até muito feliz... Estou tão cansado...

Emendou simplesmente:

– Sinto muito quanto a Anne. Aquilo foi malvadeza... estupidez... não era *eu*! E ela sofreu, também, coitada. Sim, não era eu. Era o medo...

Um sorrisinho pairou nos lábios estorcidos pela dor.

– Daria um bom arqueólogo, monsieur Poirot. Tem o dom de recriar o passado.

"Tudo aconteceu exatamente como o senhor disse.

"Eu amava Louise e a matei... se o senhor tivesse conhecido Louise entenderia... Ou melhor: acho que o senhor entende assim mesmo..."

Capítulo 29

L'Envoi

Sobra pouca coisa a contar.

Eles prenderam o "padre" Lavigny e o cúmplice quando se preparavam para embarcar num vapor em Beirute.

Sheila Reilly se casou com o jovem Emmott. Acho que será bom para ela. Ele não é capacho – vai mantê-la em seu lugar. Ela teria feito gato e sapato do coitado do Bill Coleman.

Eu cuidei dele, a propósito, quando ele teve apendicite, um ano atrás. Passei a gostar muito de Bill. Sua família ia mandá-lo à África do Sul para entrar no ramo agrícola.

Não retornei ao Oriente. É engraçado – às vezes me dá vontade. Lembro do ranger da roda-d'água, das lavadeiras, daquele esquisito olhar insolente dos camelos – e sinto saudades. Afinal de contas, talvez a sujeira não seja assim tão insalubre quanto nos ensinam na infância!

O dr. Reilly costuma me visitar quando está na Inglaterra e, como já disse, foi ele quem me pediu para escrever este livro.

– É pegar ou largar – eu disse a ele. – Sei que a gramática está toda enviesada e não segue a norma culta... mas cheguei ao fim.

Ele não se fez de rogado: pegou o manuscrito. Vou ter uma sensação estranha se algum dia virar livro.

Monsieur Poirot retornou para a Síria e, cerca de uma semana depois, voltou para casa no *Expresso Oriente*; na viagem se viu às voltas com outro assassinato.

Ele demonstrou perspicácia, não vou negar, mas não vou perdoá-lo assim tão fácil por me fazer de boba como ele fez. Fingir pensar que eu talvez estivesse envolvida no crime e não fosse uma enfermeira de verdade!

Médicos às vezes são assim. Perdem a nossa amizade, mas não a piada. Nunca pensam no sentimento alheio!

Tenho pensado muito na sra. Leidner e em como ela era de verdade... Às vezes me parece que ela não passava de uma terrível mulher – em outras, me lembro de tudo: de como ela me tratava bem, do quanto sua voz era macia, de como era lindo o seu cabelo loiro... E sinto que talvez, no fim das contas, ela merecesse mais compaixão do que censura...

E não consigo deixar de me compadecer do dr. Leidner. Sei que por duas vezes ele cometeu assassinato, mas parece que isso não faz diferença. Ele era tão perdidamente apaixonado por ela. É horrível amar alguém assim.

Não sei explicar, quanto mais amadureço, quanto mais conheço as pessoas, a tristeza e a doença, mais sentida fico por todos. Às vezes, sabe, não sei que fim levou a boa e rígida moral com que minha tia me criou. Mulher deveras religiosa e singular. Não havia vizinho nosso cujos defeitos ela não conhecesse como a palma da mão.

Ai, meu Deus, é bem verdade o que o dr. Reilly disse. Como é que se para de escrever? Se pelo menos me viesse à cabeça uma boa frase de efeito.

Tenho que pedir ao dr. Reilly uma frase típica dos árabes.

Como aquela que monsieur Poirot utilizou.

Em nome de Alá, o Misericordioso, o Compassivo...

Algo assim.

Impressão e Acabamento

Prol
EDITORA GRÁFICA